Werner Klockow

# Jerome

Roman

## Über den Autor

Werner Klockow wurde 1956 in Lippstadt geboren.
Nach seiner Ausbildung zum Schauspieler folgten
Engagements an zahlreichen deutschen Bühnen. Aktuell
ist er Ensemblemitglied am Theater Kiel. Nach einigen
Texten fürs Theater veröffentlichte er 2014 den Roman
„25 Jahre Schmiere". 2019 folgte der Roman „Trotzdem
schade, dass die Jugend vorbei ist". Werner Klockow lebt
in Kiel und Lübeck.

**Bibliografische Information der Deutschen Bibliothek:**
Die Deutsche Bibliothek verzeichnet diese Publikation
in der Deutschen Nationalbibliografie; detaillierte Daten
sind im Internet unter http://dnb.ddb.de abrufbar.

Werner Klockow
Jerome
Roman
© Werner Klockow, 2021
Kontakt: wernerklockow@gmx.de
Alle Rechte vorbehalten
Lektorat, Satz, Cover: Beate Schaefer

Herstellung und Verlag:
BoD – Books on Demand, Norderstedt

ISBN: 9783754340103

# Erster Teil

# 1

Im Wohnzimmer ihres mit Efeu völlig überwachsenen Hauses in Königswinter am Rhein sitzt die berühmte Wahrsagerin dem deutschen Bundeskanzler Dr. Adenauer gegenüber. Zwischen ihnen ein niedriger Couchtisch mit gehäkelter Decke, darauf Tarot-Karten, eine mittelgroße Kristallkugel, die von drei Frauenfiguren aus Bronze gehalten wird, und ein überquellender Aschenbecher.

Die Wahrsagerin hat den Bundeskanzler gerade in der Entscheidung beraten, ob er zu den „Ssoffjets" nach Moskau fliegen soll oder besser doch nicht. Nachdem sie die Karten befragt und sich für kurze Zeit in Trance versetzt hat, hat sie dem Kanzler zugeraten.

Dr. Adenauer weiß noch nicht, ob er der Empfehlung der Wahrsagerin folgen wird. Jedenfalls ist der offizielle Teil seines nichtsdestoweniger heimlichen Besuchs in Königswinter (er hat seinen Fahrer angewiesen, in einer Seitenstraße auf ihn zu warten) jetzt beendet.

Die Wahrsagerin serviert Kräutertee und Ingwerkekse. Die Figurengruppe mit der Kristallkugel schiebt sie beiseite, damit die dampfenden Tassen auf dem Couchtisch Platz finden. Der Tee schmeckt dem Bundeskanzler nicht besonders gut, er verzieht etwas den Mund. Auch die Ingwerkekse sind nicht ganz sein Fall.

„Wo wir gerade so nett zusammensitzen, Herr Bundeskanzler", sagt die Wahrsagerin, „ich warte immer noch auf meine Entschädigung."

„Entschädigung wofür?", fragt Dr. Adenauer.

„Ich bin im Konzentrationslager gewesen", erwidert

die Wahrsagerin. „Dafür bekommt man ja wohl eine Entschädigung."

„Ach wissen Sie", seufzt Dr. Adenauer, „das waren so viele. Wenn wir da jeden einzelnen … Sie bekommen für Ihre Dienste ein sehr anständiges Honorar. Per Kurier. In bar. Ohne Quittung. Betrachten Sie das als Wiedergutmachung."

Er setzt seine Tasse ab und schiebt sie von sich weg. „Nehmen Sie es mir nicht übel, aber den Tee kann ich nicht trinken. Er ist mir zu bitter. Behalten Sie Platz. Ich finde allein raus."

Dr. Adenauer erhebt sich und verlässt das Haus durch eine Hintertür, die in den Garten führt.

Die Wahrsagerin lehnt sich in ihrem zierlichen Sessel zurück und zündet sich eine Zigarette an. Ihr Blick fällt auf die aus dunklem Holz gefertigte Anrichte an der Wand gegenüber. Zwischen den filigran gedrechselten Säulen sind einige Fotografien aufgestellt: das Brustbild eines jungen Mannes in Uniform, in dessen rechtem Auge ein Monokel klemmt, eine beinahe nackte Tänzerin, die sich grotesk verrenkt und förmlich aus dem Bild zu springen scheint, ein Baby mit seltsam starren Augen in einem Kinderwagen aus Korbgeflecht. Daneben und dahinter weitere gerahmte, teilweise bereits nachgedunkelte Portraits.

Die Wahrsagerin lässt den Rauch der filterlosen Senoussi durch Mund und Nase ausströmen. Auf ihrer Stirn bilden sich zwei scharfe, senkrechte Falten.

„Ich sehe etwas", sagt sie leise und streicht sacht über die Kristallkugel vor ihr auf dem Tisch. „Aber ich sehe es noch nicht deutlich genug."

# 2

Es kam, wie es kommen musste. Das kleine rote Auto konnte nicht mehr ausweichen, Jerome hatte aber auch nicht nach rechts und links geschaut, sich allzu sorglos auf die Fahrbahn vor dem Bellavista-Supermarkt begeben.

Das Auto erfasste ihn an der Hüfte, Jerome flog über die rundliche Schnauze des Toyota Aygo oder Hyundai i10, dengelte noch gegen den Mast einer Straßenlaterne, die auf der Stelle erlosch, und blieb neben einer grünen Streusandkiste liegen.

Es war ein düsterer, deprimierender Januarabend, schwere nasse Schneeflocken fielen. Jerome fragte sich, ob er Schmerzen habe, seine Gefühlsrezeptoren meldeten nichts, den Versuch aufzustehen unternahm er aber erst gar nicht.

Er war gerade einkaufen gewesen.

Im Bellavista-Supermarkt hatte er sich wie gewöhnlich über die in Plastik verpackten Wurst- und Käseaufschnitt-Massen aufgeregt und im Kopf die immer gleiche Textzeile wiederholt, dass nämlich das Weltklima nur durch eine radikale Dekarbonisierung zu retten sei. Andererseits ging er nicht gern in Bio-Läden, weil er die wissenden, seine schlechten Ernährungsgewohnheiten durchschauenden Augen der Biowaren-Verkäufer fürchtete. Also nahm er den Wurst-Käse-Plastik-Müll dann natürlich doch aus der Kühltheke und schmiss ihn in seinen Einkaufswagen.

Vor einigen Jahren hatte er die flachen Packungen sogar ganz praktisch gefunden, weil sie beim Klauen so leicht in das aufgerissene Innenfutter seiner Lederjacke glitten.

Hauptsächlich war Jerome an diesem Abend wegen seiner bevorzugten Kaffeesorte in den Bellavista-Supermarkt gekommen: Auslese Spezial gab es gerade im Sonderangebot, das Pfund für dreineunundvierzig statt fünfneunundsechzig, er hatte das große, etwas schief hängende Plakat am Eingang gesehen.

Im Supermarkt war es ungewöhnlich leer. Sie hatten umgeräumt, das Kaffeeregal stand jetzt neben dem Tierfutter. Was das wieder soll, dachte Jerome, nur damit die Leute rumsuchen müssen und dabei Sachen kaufen, die sie gar nicht brauchen.

Er hatte sich ein Paket Auslese Spezial aus dem fast leeren Regal gegriffen, war zur Kasse geeilt und hatte den Kaffee zusammen mit seinen anderen Einkäufen aufs Band gelegt. Als der Kaffee an der Reihe war, erschien auf dem kleinen Kassenmonitor fünf Euro neunundsechzig, Jerome bemerkte es gerade noch rechtzeitig.

„Moment! Stopp!", rief er. „Fünfneunundsechzig stimmt nicht! Auslese Spezial ist im Angebot!"

Die Kassiererin hatte eine ungesunde, rötlich-blaue Gesichtsfarbe. Jerome hatte sie noch nie im Markt gesehen. Sie hielt inne, sah Jerome an, runzelte die Stirn, stand auf und wand sich schwerfällig durch die Barriere, die den Kassenbereich vom Verkaufsraum trennte.

Jerome schraubte sich ebenfalls durch die Schranke und folgte ihr zum Kaffeeregal. „Sehen Sie, hier steht es!", sagte er triumphierend. „Kaffee Auslese dreineunundvierzig!"

„Schauen Sie mal genau hin", erwiderte die Kassiererin, deutete auf ein Preisschild und ordnete nebenbei ein paar

Kaffeepackungen, die kreuz und quer im Regal standen. Jerome fiel eine Tätowierung an ihrem linken Handballen auf, ein kleiner Vogel mit ausgebreiteten Schwingen.

„Kaffee Auslese von Grosso kostet dreineunundvierzig", sagte die Kassiererin. „Nicht Kaffee Auslese Spezial. Der kostet fünfneunundsechzig das Pfund."

Grosso war die Hausmarke des Supermarkts und stand direkt neben Auslese Spezial. Beide Packungen waren knallgrün.

„Und das Sonderangebot?", fragte Jerome.

„Keine Ahnung. Habe ich leider nicht in der Kasse." Die Kassiererin hob ein Grosso-Paket auf, das ihr aus der Hand gefallen war.

„Na gut", sagte Jerome, „alles klar."

Sie gingen zurück zur Kasse.

„Storno?", fragte die Kassiererin und fummelte, während sie wieder Platz nahm, an ihrem Headset herum.

„Nein, kein Storno", erwiderte Jerome. „Ist nun mal meine Lieblingssorte."

„Moment noch", sagte die Kassiererin. „An Ihrem Kaffee ist ja das Papier eingerissen."

„Wo? Ich sehe nichts", sagte Jerome.

„Da oben an der Ecke. Ich gebe Ihnen ein anderes Paket."

Die Kassiererin holte eine Packung Kaffee Auslese Spezial unter ihrer Kasse hervor und tauschte sie gegen das Paket aus, das vor ihr auf dem Band lag.

Jerome zahlte sein Pfund Auslese Spezial und gestattete sich noch die Bemerkung, dass beide Kaffeesorten, zumal in ähnlichen Verpackungen, sehr dicht beieinander gestanden hätten, was unter Verbraucherschutzaspekten schon ein wenig bedenklich sei.

„Bonuspunkte?", fragte die Kassiererin, die ihm nicht zugehört hatte, irgendetwas pfiff in ihrem Headset.

„Bonuspunkte?", fragte Jerome seinen glatzköpfigen Hintermann an der Kasse, vielleicht hatte er Interesse. Der Mann, der einen dunklen Anzug trug, reagierte nicht, fingerte nur wie die Kassiererin an seinem Ohr herum.

„Danke, keine Bonuspunkte", sagte Jerome.

Er verstaute den Einkauf in seinem schwarzen Swiss-Gear-Rucksack und ärgerte sich einmal mehr über die vielen Reißverschlüsse, die er ständig verwechselte.

Neben ihm piepte es hektisch und schrill. Jerome erschrak.

„Der Scanner spinnt mal wieder", sagte die Kassiererin. „Gehen Sie einfach durch."

Jerome verließ den Bellavista-Supermarkt und trat hinaus in den trüben, nasskalten Winterabend. Recht geschieht mir, dachte er.

Die unwürdige Szene am Kaffeeregal hätte als angemessener Abschluss dieses verdaddelten, sinnfreien Tages vollkommen ausgereicht. Aber dann erwischte ihn auch noch das kleine rote Auto; er flog gegen die Straßenlaterne und blieb im Schneematsch vor einer grünen Streusandkiste liegen.

# 3

Aus dem Auto stürzte eine junge, sehr schöne Frau in einem dunklen Business-Kostüm. Sie beugte sich über Jerome und fragte: „Sind Sie verletzt? Sie sind doch verletzt!"

„Ich weiß nicht genau, ich glaube ja", erwiderte Jerome. Er lag etwas verdreht auf der Seite; neben ihm bildete sich eine Pfütze, eine weiße Flüssigkeit, Milch, tropfte aus seinem Rucksack.

„Versuchen Sie mal, sich zu bewegen", schlug die schöne junge Frau vor, die aus dem Toyota oder Hyundai gestiegen war. „Ganz systematisch, ein Bein, das andere Bein und dann die Arme."

Jerome hatte das Gefühl, sich überhaupt nicht bewegen zu können, spürte nur das dumpfe Pulsen anrollender Schmerzen.

„Nun machen Sie mal!", sagte die Frau ungeduldig, „so schwer kann das doch nicht sein!"

Einige Passanten waren stehengeblieben, zückten ihre Mobiltelefone und riefen unisono: „Hallo, hallo, hier ist ein Unfall, schicken Sie bitte einen Krankenwagen!"

Die Frau blickte nervös hoch und sagte leise, beinahe zärtlich zu Jerome: „Versuchen Sie es doch wenigstens. Bitte. Mir zuliebe." In ihren langen, schwarzen Haaren glitzerten Schneekristalle. Jerome hob den linken Arm und staunte, dass es funktionierte.

„Na bitte", flüsterte die schöne junge Frau, die Jerome in diesem Moment trotz seines Zustands extrem betörend vorkam.

„Krankenwagen kommt!", rief einer der Passanten.

„Nicht nötig", sagte die junge Frau, „ich bin Ärztin. Er kommt mit mir."

„Sie sind doch nie im Leben Ärztin", meinte der Passant, aber die junge Frau hatte Jerome bereits mit einem sehr professionell wirkenden Griff untergefasst und zog ihn zu dem roten Toyota Aygo oder Hyundai i10. Sie verfügte über erstaunliche Kräfte. Jerome ließ es geschehen, ein irgendwie wohliges Gefühl stellte sich ein. Vielleicht war er ja jetzt querschnittsgelähmt, dann war sowieso alles egal. Aus dem Rucksack sickerte weiterhin Milch.

„Moment mal, junge Frau", sagte ein zweiter Passant, „so einfach geht das aber nicht!"

„Krankenwagen ist unterwegs!", rief der erste Passant dazwischen.

Die Frau im dunklen Business-Kostüm zauberte von irgendwoher ein Ledermäppchen hervor, klappte es, während sie Jerome mit der anderen Hand weiter festhielt, auf, hielt das Mäppchen dem zweiten Passanten direkt vor die Nase und bellte: „Geheimer Sondereinsatz. Gefahr in Verzug. Alles klar?"

„Ach so", sagte erste Passant. „Das konnten wir ja nicht wissen." Er zeigte auf Jerome. „Ein Agent?"

„Möglicherweise", erwiderte die Frau, „aber wir wissen es noch nicht genau."

„Und Sie sind wirklich Ärztin?" Passant Nummer zwei gab keine Ruhe. Über ihnen rasselte ein Hubschrauber, aus der Ferne war das anschwellende Tatü-Tata einer Ambulanz zu hören.

„Natürlich bin ich Ärztin, denken Sie, ich mache das hier zu meinem Vergnügen?", herrschte die Frau den zweiten Passanten an. „Stehen Sie nicht herum, machen Sie lieber die Autotür auf!"

Der Mann gehorchte und öffnete die Beifahrertür des Toyota Aygo oder Hyundai i10. Die Frau bugsierte Jerome auf den Sitz und hob mit einer heftigen Bewegung seine Beine in den Fußraum. Dann schmiss sie die Tür zu. Jerome jaulte auf.

Die Frau wechselte zur Fahrerseite, stoppte kurz und wandte sich noch einmal an die fünf oder sechs Passanten, die unschlüssig herumstanden: „Noch etwas: den Sanitätern, die gleich kommen, sagen Sie, die Kollegen seien schon dagewesen. Am besten vergessen Sie alles, was Sie gerade gesehen haben. Sonst –"

„Sonst was?", fragte der erste Passant.

„Ach – ist ja auch egal", sagte die Frau im dunklen Businesskostüm. „Schönen Abend noch."

Sie schwang sich hinters Steuer, schaltete die Scheinwerfer aus, beschleunigte stark, was man aber kaum hörte, weil es sich bei dem Toyota Aygo oder Hyundai i10 offenbar um ein Elektroauto handelte, driftete in die nächste dunkle Seitenstraße und war verschwunden.

# 4

Jeromes Schmerzen manifestierten sich in einem stetigen, den ganzen Körper ergreifenden Pochen. Von welchem Plan bin ich ein Teil des Teils, dachte er, ich weiß es nicht, ich weiß es nicht.

Seine schöne Chauffeurin fuhr wie eine Teufelin; sie preschte durch die schmale Straße und durch eine noch schmalere Gasse, durchquerte einen Hinterhof und schoss schließlich in die hell erleuchtete Ausfallstraße. Dort ließ sie das Seitenfenster herunter. Ihr ebenholzschwarzes Haar wirbelte im Fahrtwind.

Jerome wand sich auf dem Beifahrersitz, der Rucksack drückte unbequem im Rücken. „Ich versaue Ihnen gerade Ihr schönes Auto", sagte er, „der Matsch, die ausgelaufene Milch ..."

„Macht nichts", erwiderte seine rasante Chauffeurin. „Musik?"

Sie berührte das große bunte Display neben dem Lenkrad. Sofort ertönte laute klassische Musik, ziemlich pompös, Jerome tippte auf die Eroica, war nicht gerade wieder ein Beethovenjahr?

Die schöne junge Frau saß kerzengerade hinter dem Lenkrad, steuerte den Toyota oder Hyundai mit ausgestreckten Armen. Jerome kam sie sehr heroisch vor, wie eine Bannerträgerin.

„Wäre es sehr vermessen von mir, erfahren zu wollen, wohin wir fahren?", fragte er.

Die mysteriöse Chauffeuse antwortete nicht, schaute lächelnd geradeaus.

Jerome wiederholte seine Frage: „Wohin fahren wir, bitte?!"

„La-la-la", sang die schöne junge Frau und fädelte sich in einen Kreisverkehr ein, in dessen Mitte sich tatsächlich ein riesiges Reiterdenkmal mit einer jungen, bannertragenden Frau befand.

Merkwürdig, dachte Jerome.

Seine Chauffeurin umrundete den Kreisverkehr zweimal, vollführte dann einen abrupten, diagonalen Spurwechsel über fünf oder sechs Fahrstreifen von ganz innen nach ganz außen, und verließ mit quietschenden Reifen das Rondell. In die majestätischen Eroica-Klänge mischte sich ein wütendes Hupkonzert.

Hat sie überhaupt Licht an, fragte sich Jerome.

Die Straße, auf der sie sich nun befanden, war zwar breit, aber nur schwach beleuchtet. Rechts und links anfangs flache Gebäude, Lagerhallen oder ähnliches, dann immer mehr Baulücken, Brachen, schließlich freies Gelände. Diffuse Nebelschwaden, durch die ein paar müde Schneeflocken torkelten, legten sich über die Straße. Jerome schien es, als bewegten sie sich auf ein gähnendes, grauschwarzes Nichts zu.

Sie fährt definitiv ohne Licht, dachte er.

Plötzlich verstummte die Musik, stattdessen ertönte ein schrilles Piepen. Die Fahrtgeschwindigkeit verringerte sich drastisch. Auf dem Display erschien eine große Weinbergschnecke, die schwer an ihrem Haus zu tragen schien, aber trotzdem freundlich lächelte. Auf ihrem Kopf schwankten zwei lange Fühler. Dann aber hörte die Schnecke zu lächeln auf und sah mit einem Mal sehr panisch aus. Die Fühler verfärbten sich und begannen zu blinken. Kurz darauf blinkte die gesamte Schnecke.

„Scheiße! Akku leer!“, sagte die schöne junge Frau. „Aber egal.“

Der Toyota oder Hyundai rollte mit einem sirrenden

Geräusch aus. Die Schnecke winkte mit dem linken Fühler, löste sich in tausend Glitzerpunkte auf und verschwand vom Display.

„Gerade noch geschafft", sagte die geheimnisvolle Chauffeurin. „Wir sind da."

# 5

Sie waren an der Kante einer steil abfallenden Hafenmauer zum Stehen gekommen, noch einen Meter weiter, und der Toyota oder Hyundai wäre ins schwarze Wasser gestürzt.

„Ich heiße übrigens Irmela", sagte die schöne junge Frau, die ihn beinahe umgebracht hätte, zu Jerome. „Nicht mein richtiger Name, wie du dir denken kannst. Aber nenn mich einfach so."

„Ich bin Leo", sagte Jerome.

„Quatsch, du heißt Jerome", entgegnete Irmela. „Und jetzt schauen wir uns mal deine Verletzungen an. Ich glaube, du hast Glück gehabt. Beziehungsweise war es gar kein Glück, sondern – ach, eigentlich brauche ich mir deine Verletzungen gar nicht anzuschauen, denn du hast gar keine."

Die schöne junge Frau, die möglicherweise Irmela hieß, umrundete den roten Toyota oder Hyundai und öffnete die Beifahrertür.

„Steig mal aus."

„Ich kann nicht", erwiderte Jerome, „ich bin verletzt."

„Los, steig aus. Stell dich nicht so an. Du hast gar nichts."

„Das weiß ich ja wohl besser! Was haben Sie mit mir vor? Was soll das alles überhaupt?"

„Pschhht!" Irmela legte den rechten Zeigefinger auf seine Lippen. „Sei brav. Hoch die müden Leiber, die Pier steht voller nackter Weiber!"

Jerome fasste sein rechtes Bein unter und hob es aus dem Auto.

„Na siehst du. Weiter! Weiter!", kommandierte Irmela fröhlich.

Jerome schaukelte sich aus dem Autositz hoch, suchte für einen Moment Halt am Türholm, stieg aus, stand und streckte sich, als hätte er eine ganz normale längere Autofahrt hinter sich. Aus dem Swiss-Gear-Rucksack, der ihm schief am Rücken hing, tropfte es immer noch.

„Ihr Toyota oder Hyundai wird ganz schön stinken. Den Geruch von saurer Milch kriegen Sie nie mehr raus."

„Egal, ist nur ein Dienstwagen. Es ist auch kein Toyota oder Hyundai, sondern ein Minolta XRS."

„Exquisites Sound-System", lobte Jerome. „Nett, die Eroica mal über eine richtig gute Anlage zu hören."

„Quatsch Eroica." Irmela schüttelte den Kopf und verdrehte die Augen. „Das war der zweite Satz aus Schuberts Unvollendeter. Die Eroica ist ja wohl läppisch dagegen."

Irgendwo im Dunkeln tutete ein dumpfes Typhon.

„Ein Schiff wird kommen ...", sang Irmela.

„Was für ein Schiff? Warum singen Sie das?", unterbrach sie Jerome.

„... und meine Sehnsucht stillen, die Sehnsucht mancher Nacht ...", sang Irmela unbeeindruckt weiter und deutete ein paar Sirtaki-Schritte an.

„Kommt das Schiff, das da draußen tutet, etwa wegen uns?", insistierte Jerome.

„Wer weiß …" Irmela schraubte ihre Handgelenke in den Nachthimmel. „Ná-na-na-ná-na-nanananana-ná …"

„Ich will auf kein Schiff. Auf gar keinen Fall. Ich will nach Haus!"

„Negativ. Geht leider nicht", sagte Irmela. „Und warum willst du überhaupt unbedingt nach Haus? Was ist da Besonderes los? Haben deine Topfpflanzen Sehnsucht nach dir? Willst du nicht lieber wissen, was hier als Nächstes passiert? Was hinter der nächsten Ecke ist? Ich verspreche dir, es bleibt aufregend."

Jerome stutzte. Woher wusste Irmela von dem Einblatt, den Wasserlilien und den zwei Gummibäumen in seiner Wohnung, die ihm tatsächlich sehr am Herzen lagen?

Er überlegte. Eigentlich hatte Irmela recht. Endlich mal etwas Bewegung in seinem ansonsten eher ruhigen, zu ruhigen Leben. Die Gummibäume konnten warten.

Jerome begann, die Reise, die sich abzuzeichnen schien, interessant zu finden.

„Ná-na-na-ná-na-nanananana-ná …", sang Irmela.

Jerome befühlte seinen rechten Arm. „Wieso geht es mir eigentlich so gut? Warum habe ich keine Schmerzen?", wunderte er sich.

„Weil es dir eben gut geht." Irmela drehte eine kleine Pirouette. „Sei doch froh. Nicht allen Menschen geht es so gut wie dir. Und sag endlich du-du-du zu mir."

Sie machte mit angewinkelten Armen, als wären sie gestutzte Flügel, Ententanz-Bewegungen.

Jerome streifte sich den Rucksack von der Schulter und

zog einen der Reißverschlüsse auf. „Scheiße. Alles nass und verklebt von der blöden Milch."

Er kramte ein Zweihundertgramm-Display Schnittkäse hervor, eine runde Packung Lyoner Wurst, den zerquetschten Milch-Tetrapack, eine Dose Gulaschsuppe, das Paket Auslese Spezial (fünfneunundsechzig das Pfund, für einen Moment stieg in Jerome der alte Ärger wieder hoch), und schließlich eine Tüte Erdnüsse. Er legte alles an die Kaikante, drehte den Rucksack, damit er auslüften konnte, auf links, platzierte ihn neben die Lebensmittel, riss die Tüte mit den Erdnüssen auf und hielt sie Irmela hin.

„Hunger?"

„Gute Idee", sagte Irmela und griff zu.

# 6

Plötzlich wurde es taghell. Riesige Suchscheinwerfer rissen die Dunkelheit auf. Hinter Jerome und Irmela heulten großvolumige Motoren wie hungrige Wölfe. Zwei monströs-adipöse Ford-Pickups preschten heran und bremsten scharf. Ungefähr ein Dutzend Männer mit rasierten Schädeln und in dunklen Anzügen stiegen aus oder sprangen von den seitlichen Trittbrettern ab und schritten in breiter Phalanx auf Jerome und Irmela zu. Silberne Colts blitzten in ihren Holstern.

„Ist gut, Männer!", rief Irmela ihnen entgegen. „Hier ist alles sauber. Ihr könnt wieder abhauen."

Die Anzugtypen blieben stehen und wechselten einige Blicke.

„Wirklich?", fragte einer, der wie Clint Eastwood aussah.

„Wenn ich es euch doch sage. Alles läuft nach Plan!"

„Okay. Du bist der Boss."

Die Männer schickten sich an, den Rückzug anzutreten.

„Moment noch", sagte Irmela. „Nehmt den Minolta an den Haken und lasst uns einen der Fords da."

Die Männer ließen ein leises Knurren hören.

„Hey – ist es etwa unter eurer Würde, mal ausnahmsweise in einen Kleinwagen zu steigen!?" Irmelas Stimme nahm einen scharfen Tonfall an.

Die Männer knurrten und murrten lauter.

„Kusch!"

Irmela hatte mit einer schnellen Bewegung eine Dressurpeitsche aus dem Minolta XRS gezogen und ließ sie knallen.

„Kusch, Ralf! Kusch, Horst! Kusch, Dieter! Kusch auch ihr anderen, ihr Namenlosen!"

Das Murren und Knurren verstummte augenblicklich.

Wahnsinn, dachte Jerome bewundernd. Und der Leu mit Gebrüll richtet sich auf, da wird's still.

„Und jetzt ein bisschen Bewegung, wenn ich bitten darf!", kommandierte Irmela.

Die Männer schoben den Minolta von der Kaikante zurück und wendeten ihn mit einigen umständlichen Manövern, bis er mit dem Heck zum Wasser stand. Sie fuhren einen der Fords rückwärts an den Minolta heran; von einer Winde rollte ein Stahlseil ab, das die Männer am Minolta befestigten. Einer setzte sich hinters Steuer, die anderen Männer gingen zum Schleppfahrzeug. In der Fahrerkabine des ihnen verbliebenen Pickups war nicht genug Platz für alle. Erneut erhob sich in bedrohlichem Crescendo ein Murren und Knurren.

„Kusch!"

Irmela knallte mit der Peitsche. Die Männer hoben beschwichtigend die Arme, steckten die Köpfe zusammen und warfen verachtungsvolle Schulterblicke auf den Minolta XRS. Drei Männer lösten sich schließlich mit angewiderten Gesichtern aus der Gruppe und quetschten sich in den Fond des Minolta. Ein vierter nahm auf dem Beifahrersitz Platz. Die übrigen Männer bestiegen nun den Ford.

Der Acht-Zylinder-Motor brabbelte und heulte auf, und das Abschlepp-Fahrzeug setzte sich in Bewegung. Der Minolta jedoch rührte sich nicht. Nur das Stahlseil rollte von der Winde ab. Nach wenigen Sekunden war der unbeleuchtete Ford in der Dunkelheit verschwunden.

„Hey, was soll das?"

Der Mann hinter dem Lenkrad des Minolta machte Anstalten, wieder auszusteigen. In diesem Moment zog das Seil mit einem gewaltigen Ruck an, und der Minolta schoss nach vorn. Mit knapper Not rettete sich der Mann wieder ins Innere des Wagens. Der Minolta tauchte nun ebenfalls in die Dunkelheit ab. Aus der Ferne ertönte raues Gelächter.

„Kindsköpfe", sagte Irmela. Sie wies auf den verbliebenen Ford-Pickup mit seinem riesigen, bleckenden Kühlergrill. „Schau mal, was für ein schönes Auto."

„So ein Ford F-150 ist ja wohl das Letzte", sagte Je-

rome. „Eine geradezu obszöne Verhöhnung der Klimakatastrophe, jawohl."

„Sei nicht so streng", erwiderte Irmela. „Und woher
willst du wissen, dass wir genau in diesem Moment nicht
gerade etwas Gutes tun für" – sie malte Anführungszei-
chen in die Luft – „das Klima?"

„Wie das?"

„Alles hängt mit allem zusammen", sagte Irmela ge-
heimnisvoll. „Und jetzt komm. Hierbleiben ist keine Option."

Jerome schaute auf den zweifellos obszönen Ford. Eigentlich sah er ja ganz schick aus. Er war noch nie in so
einem Riesenauto gefahren. Vielleicht ließ Irmela ihn sogar
ans Steuer.

Jerome fasste sich ein Herz.

„Darf ich – ich meine – darf ich vielleicht –"

„Fahren? Nein, darfst du nicht", beschied ihn Irmela
knapp.

Jerome verstaute die Lebensmittel, die er an der Kaikante aufgebaut hatte, wieder im Rucksack. Nur den leck
geschlagenen Tetrapack Milch ließ er stehen.

Sie stiegen ein. Jerome streckte sich wohlig aus. Klimakatastrophe hin oder her – die großzügige Doppelkabine
des Fords hatte etwas ungemein Behagliches.

Irmela hob den Kopf, lauschte, ihr Blick konzentrierte
sich. Sie glich einem Hund, der Witterung aufnahm.

„Hier stimmt was nicht", sagte sie. „Raus. Sofort raus."

„Wieso, warum soll ich –"

„Frag nicht! Raus! Schnell! Und renn!", schrie Irmela.
„Nimm die Beine in die Hand!"

Sie griff hastig nach dem Rucksack, der auf Jeromes Schoß lag, drückte sich gegen die Fahrertür und sprang ins Freie. Jerome kletterte ebenfalls nach draußen, hörte, wie Irmela wiederum „Renn! Renn!" schrie, und lief los.

Im nächsten Moment knallte es hinter ihm. Der Knall war ohrenbetäubend. Die Druckwelle der Explosion warf Jerome zu Boden, instinktiv bedeckte er den Kopf mit seinen Armen.

Es knallte noch einmal. Irgendetwas, ein Gegenstand, schlug direkt neben ihm auf. Jerome hörte das saugende Prasseln eines großen Feuers. Vorsichtig richtete er sich auf. Neben ihm lag eine schwere Autotür.

Glück gehabt, dachte Jerome.

Er sah sich um. Der Ford brannte lichterloh, die Motorhaube stand senkrecht hoch.

„Irmela?", rief Jerome. „Irmela! Wo bist du?"

„Hier! Hier bin ich!"

Irmela stand hoch aufgerichtet etwa dreißig Meter von ihm entfernt. Zwischen ihnen loderte, die geborstenen Fenster wie tote Augen, der Ford. Täuschte sich Jerome, oder sah er über Irmela den funkensprühenden Rest einer zerfetzten Fahne? Auf Irmelas Gesicht irrlichterte nervös der Feuerschein. Ein Scheiterhaufen, schoss Jerome durch den Kopf, Irmela auf dem Scheiterhaufen. Sie winkte, deutete nach vorn.

„Bist du okay?", fragte Jerome, als sie sich an der Kaimauer trafen, und widerstand dem Reflex, Irmela zu umarmen.

„Alles okay", antwortete sie, „und du? Ach, was frage ich – natürlich bist du okay."

An ihrer rechten Hand baumelte der Swiss-Gear-Rucksack.

„Was hast du bloß mit diesem Rucksack?", fragte Jerome.

„Hunger!", antwortete Irmela. „Huuunger!"

Sie langte in den Rucksack und zog die Dose mit der Gulaschsuppe hervor.

„Ringpull. Wie praktisch."

Sie riss die Dose auf und setzte sie sich an den Mund.

„Lecker! Nur ein bisschen zähflüssig. Soll ich dir was übriglassen? Vielleicht mit einem Schuss Milch?"

An der Kaikante stand immer noch der zerquetschte Tetrapack.

„Nein danke", erwiderte Jerome. „Ich finde kalte Gulaschsuppe mit Milch ziemlich eklig."

„So?", meinte Irmela. „Ich nicht."

Sie stellte die Dose neben sich ab und schaute aufs Wasser. Ein paar Schneeflocken wirbelten. In der Ferne flimmerten Lichter.

„Ein lauschiges Plätzchen, findest du nicht?"

„Es ist kalt", antwortete Jerome.

Irmela hob die Arme und machte wiederum ein paar Sirtaki-Schritte.

„Was meinst du", fragte sie, „wie geht es jetzt weiter?"

„Wenn du es nicht weißt – wie soll ich es dann wissen?"

„Wer sagt denn, dass ich es nicht weiß? Da-dá." Irmela fasste Jerome an der Hand. „Komm, tanz mit!"

„Nein, das ist mir zu blöd." Jerome riss sich los.

„Ná-nananana … Hast Du jemals einen Ford F-150 so wunderschön abbrennen sehen? Nanana-ná-nananana …"

„Hör auf!"

Jerome kickte die Suppendose von der Kaimauer. „Woher hast du gewusst, dass der Ford explodiert, genau in diesem Moment?"

„Ich wusste es gar nicht. Er hätte auch nicht explodieren können. Aber ich dachte mir, sicher ist sicher."

„Deine Knechte – stecken etwa deine Knechte dahinter?"

„Ach, Ralf, Horst, Dieter und die anderen – im Leben nicht! Die sind grundanständig. Nenn sie bitte nicht Knechte. Das ist kränkend."

„Wer war es dann?"

„Keine Ahnung, ich weiß es nicht."

„Wirklich nicht?", fragte Jerome misstrauisch.

„Wenn ich es dir doch sage!"

„Na gut." Jerome war nicht restlos überzeugt. „Und wie kommen wir jetzt wieder von hier weg?"

„Lass die Dinge einfach auf dich zukommen. Entspann dich."

Irmela schraubte wieder ihre Handgelenke in die Höhe. „Ná-na-na-ná-na-nanananana-ná …"

# 7

Die berühmte Wahrsagerin in Königswinter am Rhein drückt, nachdem Dr. Adenauer das Haus verlassen hat, ihre Zigarette im überquellenden Aschenbecher aus, erhebt sich aus dem Sessel und geht die paar Schritte hinüber zur Anrichte, einem dunklen Möbel aus der Gründerzeit. Sie nimmt die Fotografie mit der beinahe nackten, sich grotesk verrenkenden Tänzerin in die Hand und betrachtet sie lange.

„Das bin ich", sagt die Wahrsagerin leise. „Das war ich."

Sie stellt das Foto zurück, streift mit dem Blick kurz das Bild mit dem Baby im Kinderwagen aus Korbgeflecht und ergreift dann das Brustbild des jungen Mannes mit dem Monokel im rechten Auge.

„Hans", murmelt sie.

Hans war Anfang der Zwanzigerjahre für ein paar Monate ihr Liebhaber gewesen. Ein haltloser, wilder Geselle, durch den Ersten Weltkrieg desorientiert und traumatisiert wie so viele seiner Generation. Nachdem auch die Freikorpszeit im Baltikum vorbei war, trieb er sich in Berlin herum, wo es zu dieser Zeit sehr unordentlich zuging.

Die Wahrsagerin betrachtet jetzt ein Bild, das etwas weiter hinten auf der Anrichte steht. Es zeigt das Innere eines Varieté-Lokals mit Tischchen, einer Tanzfläche und einer kleinen Bühne. Das Lokal ist leer, nur hinter dem Tresen stehen einige befrackte Kellner und Gigolos.

„Die Pony-Bar", murmelt die Wahrsagerin. „Da war ich der Star. Die berühmte Anita B. Ah, da an der Bar ist ja auch der – wie hieß er noch gleich …"

Ein gewisser Hermann Göring, ehemaliger Jagdflieger, in der Pony-Bar als Eintänzer engagiert.

„‚Meine kleine Elfe' hat mich der Hermann immer genannt. Und neben ihm, da steht der Hans."

Hans, der wilde Geselle aus dem Baltikum, der irgendwann in die Pony-Bar gespült worden war. Er kümmerte sich um die Cocktails.

Hermann mochte Hans nicht.

„Eigentlich merkwürdig, denn Hans war genau so ein Raubein wie er selbst. Aber irgendwie habe ich es auch verstanden."

Denn sie hatte Hermann abblitzen lassen und etwas mit Hans angefangen. Hermann war sehr eifersüchtig, er platzte geradezu vor Eifersucht. Wenn er die kleine Elfe nicht besitzen durfte, dann durfte sie auch sonst niemand haben.

Die kleine Elfe wurde schwanger, bekam eine Tochter, verschwand kurz danach spurlos aus Berlin, und ließ das Baby bei seinem Erzeuger zurück.

Hermann und Hans vertrugen sich wieder.

Die Wahrsagerin nimmt das Bild mit dem Baby im Korbkinderwagen in die Hand und stellt es gleich wieder weg.

„Ich konnte es damals nicht. Ich musste gehen", murmelt sie. „Verzeih mir."

Sie zündet sich die nächste Senoussi an und vertieft sich wieder in ihre Kristallkugel.

# 8

Nun zu etwas Zwischenmenschlichem. Was könnte uns zu der Annahme verleiten, Jerome sei ein junger oder doch ein immerhin noch verhältnismäßig junger Mann, jedenfalls passend zu Irmela, die deutlich unter dreißig ist? Der Umstand, dass er einen Rucksack trägt? Dass er sich über das Klima Gedanken macht? Oder dass er bis vor ein paar Jahren noch im Supermarkt geklaut hat?

Alles nicht zwingend.

Mit dem Klimawandel setzt sich heutzutage beinahe jeder auseinander, Rucksäcke werden quer durch alle Generationen getragen, und die alte Lederjacke mit dem aufgerissenen Innenfutter hat Jerome schon lange nicht mehr.

Nein – Jerome ist alles andere als ein junger Mann. Jerome ist jenseits der sechzig; er hat eine Glatze, eine rundliche Figur (Body-Mass-Index 28), und seine Bewegungen sind schon etwas schwerfällig.

Die Vorstellung, dass aus Jerome und Irmela ein Liebespaar werden könnte, ist absurd, außer man gibt sich gewissen ranzigen Altmännerphantasien hin, in denen sich vom Leben gebeutelte männliche Wracks trotz allem für unwiderstehlich halten.

Zwischen Irmela und Jerome britzelte, knisterte oder funkte absolut nichts. Im Gegenteil, sie froren, wenn auch gemeinsam. Irmela hatte unter ihrem Business-Kostüm zwar spezielle Agenten-Thermo-Unterwäsche an, aber das Schneetreiben hatte zugenommen, und es ging ein scharfer, zermürbender Wind.

Jerome trug immerhin eine gefütterte Wachsjacke mit Kapuze. Auf den Gedanken, Irmela wenigstens seinen Schal anzubieten, kam er nicht, irgendwelche väterlichen Gefühle waren ihm fremd. Umgekehrt schien Irmela nicht besonders anlehnungsbedürftig zu sein. Sie hatte die Wurstpackung aufgerissen und schob sich gerade eine zusammengerollte Scheibe Lyoner in den Mund.

Warum bloß hat sie ihre Knechte weggeschickt, dachte Jerome, wir könnten längst wunderbar irgendwo im Warmen sitzen, bräuchten uns hier nicht die Beine in den

Bauch zu stehen. Knechte – ihm fiel immer noch kein passenderes Wort für diese tumben Gesellen ein, die sich von einer lächerlichen Dressurpeitsche hatten einschüchtern lassen. Was war von solchen Figuren zu erwarten, wenn es wirklich einmal gefährlich wurde?

Jerome musste lachen.

„Du hast schon wieder Knechte gesagt", sagte da Irmela kauend, ohne ihn anzuschauen.

Jerome war verblüfft. „Ich habe überhaupt nichts gesagt!"

„Aber gedacht!"

Jerome betrachtete Irmela von der Seite. Die schöne junge Frau neben ihm war ein Rätsel.

# 9

Ralf, Horst, Dieter und die Namenlosen hockten in ihrem dämmerigen, mit Sandsäcken armierten Unterstand und knirschten unisono mit den Zähnen. Das Geräusch erinnerte an knarrendes, arbeitendes Holz auf einem alten, unheimlichen Schiff.

Niemand redete.

Ein Streichholz flammte auf. Ralf zündete sich ein Zigarillo an. Die Tabakglut knisterte leise.

Plötzlich riss einer der Namenlosen seinen Colt aus dem Holster und feuerte mehrmals gegen die Decke. Sand rieselte herab.

„Wohl wahnsinnig geworden!", zischte Ralf.

Die Männer starrten vor sich hin und mahlten mit den Kiefern.

„Warum lassen wir uns das gefallen?", knurrte schließlich Horst. „Irmela demütigt uns. Sie verspottet und demütigt uns in einem fort."

„In einem Ford. Gut bemerkt!" Dieter lachte spöttisch.

Horst griff reflexartig nach seinem Colt. „Das ist nicht zum Lachen. Ich saß hinten im Minolta. Hinten! Absolut demütigend."

„Ruhig, Compañeros!"

Ralf zog an seinem Zigarillo und blies den Rauch in die verbrauchte Luft. Die Namenlosen hüstelten.

Von der Decke rieselte in dünnen Fäden der Sand. Dieter fing etwas davon auf und verrieb das Silikat zwischen seinen Fingern.

„Brennend heißer Wüstensand, fern so fern dem Heimatland …", sang er leise.

„Was machen wir mit dem Minolta?", fragte Ralf.

„Schreddern!", presste Horst hasserfüllt hervor. „In die Luft jagen! Von der Klippe kippen!"

Die Namenlosen knurrten zustimmend.

„Geht nicht." Ralf winkte ab. „Brunhild wäre dagegen."

„Brunhild!", wiederholten tonlos die Namenlosen.

„Was wir bräuchten, wäre ein Minolta-Super-Charger", überlegte Dieter. „Oder wenigstens eine Steckdose."

Ralf betrachtete sein glimmendes Zigarillo. „Es hat keine Eile. Lasst uns die Füße stillhalten und auf neue Befehle warten."

Der Sand aus den zerschossenen Sandsäcken über ihnen bildete kleine Kegel auf dem Boden des Unterstands.

# 10

Brunhild war in ihrem wendigen, schwarzen Helikopter unterwegs. Es war wie immer eine unvergleichliche Freude, mit dem Black little Rooster durch die Nacht zu fliegen. Dass es heftig stürmte und schneite, bedeutete nur eine willkommene Gelegenheit, um ihre herausragenden fliegerischen Fähigkeiten unter Beweis stellen zu können.

Der Hubschrauber hatte früher dem ADAC gehört, da war er gelb lackiert gewesen und hörte auf den Namen Christoph 4. Brunhild hatte ihn sofort neu lackiert und umgetauft, und Black little Rooster stand auch in silberner, geschwungener Schrift auf dem Rücken ihres nachtblauen Fliegeroveralls.

Sie liebte ihren Heli über alles und verließ ihn nur, wenn es unbedingt sein musste. Ralf, Horst und Dieter munkelten, er verfüge sogar über eine kleine Bordtoilette.

Brunhilds Black little Rooster hatte über dem Bella-vista-Supermarkt in der Luft gestanden, als Jerome nach dem vermeintlichen Kaffee-Sonderangebot griff, sie war Irmelas halsbrecherischer Fahrt zum Kai gefolgt und schließlich abgedreht, als die Aktion erfolgreich zu verlaufen schien; außerdem musste sie sich noch um eine andere Mission kümmern.

Im Rückspiegel sah Brunhild den Feuerball des explodierenden Fords, bedauerlich, aber mit Verlusten musste man immer rechnen, und ihr Instinkt sagte ihr, dass niemand von der Organisation Counter-H zu Schaden gekommen war.

Über den seltsamen Spaß, den sich die Namenlosen mit

dem Minolta erlaubt hatten, würde allerdings noch zu reden sein.

Ralf, Horst und Dieter waren dagegen gewesen, Irmela an die Spitze dieses Kommandounternehmens zu setzen, hatten grummelnd protestiert, weil sie sich zurückgesetzt fühlten. Aber Brunhilds knapper Imperativ hatte genügt, um sie zum Schweigen zu bringen.

Irmela verfügte über einige sehr spezielle Fähigkeiten, von denen Ralf, Horst, Dieter und die anderen Kampfmaschinen nur träumen konnten. Im Grunde wussten sie selbst, dass Irmela etwas Besonderes war. Sie hatte eine unerklärliche Macht über sie, eine Macht, die ihnen sehr peinlich war, und aus Scham vermieden sie es, selbst untereinander darüber zu sprechen.

Brunhild flog durch die Nacht und zog Bilanz. Irmela hatte sich, abgesehen von dem Missverständnis um das Codewort im Supermarkt, großartig geschlagen. Counter-H konnte zufrieden sein. Die Zerstörung der Weltwirtschaft durch die Organisation H war in letzter Sekunde abgewendet worden. Es war Brunhild aus dem Helikopter heraus gelungen, per Richtfunk die Daten aus dem unheilvollen Krypto-Chip abzusaugen und dessen Aktivierung zu verhindern. Darüber hinaus war Counter-H jetzt sogar im Besitz dieses Chips, der einen unermesslichen Wert hatte.

Trotzdem war Brunhild nervös. Irgendetwas stimmte nicht. Es war so leicht gewesen, an den Krypto-Chip zu kommen. Zu leicht. Während der gesamten Aktion war die Organisation H seltsam unsichtbar geblieben, erst mit der

Sprengung des Fords hatte sie sich zurückgemeldet. Brunhild konnte sich nicht helfen: ein ernsthafter Gegenangriff hätte anders ausgesehen.

War der Ford vielleicht nur zur Täuschung in die Luft gejagt worden? Konnte es sein, dass sie der Organisation H in eine Falle gegangen waren? Aber in welche?

Brunhild runzelte die Stirn.

Plötzlich beschrieb der Helikopter eine abrupte Linkskurve und ging in den Steigflug. Brunhild versuchte gegenzusteuern, die Nase nach unten zu drücken – ohne Erfolg. Wie um sie zu verhöhnen, heulte die Turbine auf und ging auf maximale Geschwindigkeit.

Der Black little Rooster gehorchte Brunhild nicht mehr.

# 11

Mit weit geöffneter Motorhaube stand die Brandruine des Fords auf der weiten, asphaltierten Fläche. Ein paar Flammen züngelten noch aus dem schwarzen Autoskelett. Ein Niemandsland, so kam es Jerome vor. Vielleicht ein Rollfeld, vielleicht ein Exerzierplatz, vielleicht ein verlassenes Hafengelände, vielleicht …

Wie viel Zeit mochte vergangen sein, seit ihn der rote Minolta auf die Hörner genommen hatte? Eine halbe Stunde? Länger oder eher kürzer? Jerome dachte nach. Er kam zu keinem Ergebnis. Die Zeit war aus den Fugen geraten.

„Ich bin doch nicht im Begriff, etwas zu – zu bedeuten?" Jerome kicherte.

„Storno?", fragte Irmela. „Bonuspunkte?"

„Nein danke", erwiderte Jerome. „Hast du gerade Bonuspunkte gesagt?"

„Ja. Jetzt staunst du, was?"

Irmelas Haare flatterten im Wind. Ein kleiner, federnder Reflex durchlief ihren Körper.

O Gott, dachte Jerome, jetzt tanzt sie gleich wieder.

„Storno", wiederholte Irmela. „Hör zu. Du willst doch wissen, was passiert ist. Die Kassiererin im Bellavista-Supermarkt hat Storno ins Mikro gesagt. Anstatt dir zwei Euro irgendwas als Kulanzgutschrift anzubieten, damit du den Kaffee auch wirklich kaufst. So war es eigentlich geplant. Und im Auto habe ich dann auch noch Porno statt Storno verstanden. Eine dumme Frequenzüberlagerung. Porno war das Codewort, verstehst du?"

„Das Codewort, um mich zu kidnappen?"

„Genau."

„Was für ein Wahnsinn! Ich hätte tot sein können!"

„Irgendwie schon." Irmela hielt inne. „Besonders weil du noch gegen die Laterne geflogen bist."

Sie legte ihre Hand auf Jeromes Schulter. „Entschuldige. Das wollte ich nicht. Hat es sehr wehgetan?"

„Ja, das hat es!"

„Du Armer. Zumal Code Porno gar nicht nötig gewesen wäre. Code Venus hätte vollkommen ausgereicht. Ich glaube, du wärest auch freiwillig zu mir ins Auto gestiegen."

Jerome lachte auf. „Warum hätte ich das tun sollen?"

„Ach, weißt du …" Irmela strich mit zwei Fingern über seine Stirn.

Jerome drehte den Kopf weg. „Ich interessiere dich

überhaupt nicht. Du bist doch nur scharf auf meinen Rucksack. Warum auch immer."

Irmela lächelte. „Woher weißt du das? Aber gut. Jetzt konzentrier dich mal." Sie griff in den Rucksack, wühlte darin herum und zog die Kaffeepackung hervor.

Fünfneunundsechzig, dachte Jerome grimmig.

„Was ist das?", fragte Irmela.

„Ein Pfund Kaffee Auslese Spezial", erwiderte Jerome genervt.

„Und das hier?" Irmela deutete auf einen dünnen, mit einem Strichcode versehenen Plastikstreifen an der Schmalseite der Packung.

„Was weiß ich – eine Diebstahlsicherung oder so etwas."

„Richtig – eine Diebstahlsicherung. Aber zunächst einmal ist das nur ein Chip. Da kann alles Mögliche drauf gespeichert sein. Muss gar nichts mit Kaffee zu tun haben. Warst du im November nicht ein paar Tage auf Uitstromlyg?"

„Wo?"

„Uitstromlyg? Die ziemlich unbekannte, entlegene Nordseeinsel?"

„Ja. Und?"

„Wie hieß die Fähre, mit der du übergesetzt bist?", bohrte Irmela weiter.

„Irgendetwas mit H – Hera, Hawesta, Homunculus – was weiß ich."

„Es war die Hydra. Hattest du Gepäck dabei?"

„Ja sicher, einen Rucksack. Was soll das? Ist das hier ein Verhör?"

„Du hattest zwei Rucksäcke dabei. Einen großen und diesen hier."

„Der zählt nicht, den kleinen Rucksack habe ich immer dabei."

„Wo waren die Rucksäcke während der Überfahrt?"

„In der Gepäckstation."

„Beide Rucksäcke?"

„Mein Gott, ich weiß es nicht mehr."

„Aber ich weiß es. Du hattest noch überlegt, ob du den kleinen Rucksack mit aufs Oberdeck nehmen solltest, hast ihn dann aber neben den großen gestellt."

„Kann sein."

„Und bist ohne den kleinen Rucksack hoch aufs Oberdeck. Obwohl du ihn doch sonst immer dabei hast. Merkwürdig, nicht?"

Jerome zuckte mit den Achseln.

„Kann es sein, dass du einen winzigen Blackout hattest? An der Gepäckstation?"

Jerome runzelte die Stirn. „Es war laut. Es war voll. Ich war verwirrt."

„Hast du etwas gerochen?"

„Ja, vielleicht … ich brauchte dringend frische Luft."

„Aha!", rief Irmela triumphierend. „Du gerietest in Panik und bist hoch aufs Oberdeck – ohne deinen kleinen schwarzen Rucksack!"

Sie machte eine kurze Pause. „Organisation H – sagt dir das was?"

„Nein, überhaupt nichts."

„Umso besser. Anscheinend bist du wirklich völlig ahnungslos." Irmela senkte die Stimme. „Die Organisation

H ist ein abgrundtief schlimmer Verein. Sie wollen, kurz gesagt, die Weltherrschaft. Und du, Jerome, bist, ohne es zu wissen, zu ihrem Werkzeug geworden."

„Ich?" Jerome erschrak. „Das ist ja furchtbar!"

„Beruhige dich. Wir waren die ganze Zeit bei dir."

„Wer ist ,wir'?"

„Die Organisation Counter-H. Du warst auch unser Werkzeug."

„Aha. Und ihr habt mich beinahe umgebracht. Na, das ist ja sehr beruhigend."

Irmela nahm ihren sachlichen Ton wieder auf. „Während du dich auf dem Oberdeck der Hydra durchpusten ließest, machte sich unten ein Agent der Organisation H an deinem kleinen schwarzen Rucksack zu schaffen, den du leichtsinnigerweise hattest stehen lassen. Er hat das metallene Swiss-Gear-Emblem abgeknipst. Du weißt, das silberne Kreuz auf rotem Grund. Er tauschte es gegen ein Schweizerkreuz aus, unter dem sich ein Hochleistungs-Chip verbarg. Ein Chip mit dem Code einer verbrecherischen Kryptowährung. Würde dieser Code aktiviert, wäre die gesamte Weltwirtschaft dem Untergang geweiht. Und niemand würde je erfahren, warum das alles passierte. Aber für die Aktivierung dieses Prozesses war noch ein zweiter Chip erforderlich. Und dieser Chip befand sich, als Diebstahlsicherung getarnt, auf einer bestimmten Kaffeepackung der Marke Auslese Spezial. Deiner Packung Auslese Spezial. Die beiden Chips mussten für etwa eine Minute miteinander kommunizieren, damit der Vernichtungsprozess in Gang gesetzt wurde, der Abstand durfte dabei nicht mehr als einen halben Meter betragen. Du, Jerome, warst, ohne es zu wissen, die ganze Zeit in diese Aktion eingebunden. – Kannst du mir folgen?"

„Ich bemühe mich", sagte Jerome.

„Du wurdest von dem Sonderangebot in den Bellavista-Supermarkt gelockt. Du kauftest ein Paket Kaffee Auslese Spezial, die Kassiererin schob dir eine andere Packung unter, und du verstautest das ausgetauschte Paket in deinem Rucksack. Sofort koppelten die beiden Chips, und das Verhängnis war im Begriff, seinen Lauf zu nehmen. Aber wir, die Organisation Counter-H, waren schon längst auf den Plan getreten. Unser Ziel war es, in den Besitz des unknackbar verschlüsselten Rucksackchips zu kommen. Unsere Masterminds hatten herausbekommen, dass sich, während Rucksack-Chip und Kaffee-Chip miteinander korrespondierten, ein schmales Zeitfenster öffnete, in welchem der Rucksackchip auslesbar, aber noch nicht aktiv war. In dieser kurzen Initiationsphase würde der Chip wie ein aufgeschlagenes Buch sein. Wir mussten also zulassen, Rucksack und Kaffee zunächst miteinander kommunizieren zu lassen. Hohes Risiko, aber nicht anders möglich. Danach musstest du schnellstens mitsamt deinem Rucksack gekidnappt werden, und zwar unbedingt in einem Elektroauto. Denn durch das elektromagnetische Feld im Innenraum des Minolta wurde der Rucksack-Chip abgeschirmt und eingefroren. Seine Daten konnten in aller Ruhe abgesaugt werden. Gleichzeitig wurde die Aktivierung der verbrecherischen Kryptowährung gestoppt, die der Weltwirtschaft den Todesstoß versetzt hätte. – So war das. Ungefähr."

„Puh", sagte Jerome. „Das war ein bisschen viel auf einmal. Ich glaube nicht, dass ich alles verstanden habe."

„Das musst du auch nicht. Es reicht, dass du die Welt gerettet hast."

„Die Welt gerettet? Die Weltwirtschaft meinst du wohl."

„Schscht, Jerome. Sei lieb. Warten wir auf Brunhild."

„Brunhild?"

„Meine Chefin. Sie freut sich sehr, dich endlich kennenzulernen."

# 12

Die Stimmung im Unterstand war schlecht. Ralf, Horst, Dieter und die Namenlosen hatten sich ihre In-Ear-Sets aus den Ohren gepult. Wozu sollten sie sie noch tragen: seit Stunden gab es keine neue Order, keinen Lagebericht, nicht einmal eine Positionsnachfrage. Niemand wollte etwas von ihnen. Eine zermürbende Situation. Nichts hassten Ralf, Horst, Dieter und die Namenlosen so sehr wie Stillstand.

Dieter begann, leise vor sich hinzumurmeln. Nach und nach hob sich seine Stimme. Was er sprach, klang fremd und schön, wie ein gesungenes Gedicht. Die Namenlosen beugten sich staunend vor, um möglichst viel von dieser eigenartigen Darbietung mitzubekommen.

„Blaue Fackel auf das Dach –", sang Dieter.

„Was soll der Schwachsinn?", fuhr Horst dazwischen.

„Pscht!", machte Ralf, und Dieter fuhr fort:

„Sirene an und dann mit Krach

Überholen rammen stoppen
Tür auf rausziehn und verkloppen
Arschloch du, kommst nicht davon
Meine Faust ist wie Beton
Aufgepasst, hier kommt ein Tritt
Die Uzi macht jetzt auch noch mit
Motor qualmt Detonation
Ab dafür, das war's auch schon."

Eine andächtige Stille trat ein.

„Bravo!", sagte Ralf schließlich. „Wirklich toll. Wusste gar nicht, dass wir einen Dichter unter uns haben."

„Ach, das war nichts." Dieter lächelte bescheiden. „Ich habe einfach nur mal –"

„De-to-na-zion!", raunten die Namenlosen.

Einer von ihnen stand auf, bewegte sich auf Dieter zu und machte Anstalten, ihn unbeholfen zu umarmen. Dieter erwiderte die Umarmung zunächst, stieß den Namenlosen dann jedoch rüde zurück.

„Finger weg, du Tunte!"

Pluff-pluff rieselte der Sand. Ein Augenblick kam zum anderen. Irgendetwas ging seinen Gang.

## 13

Der Heli donnerte über das dunkle Wasser. Brunhild hatte die Hände vom Steuerknüppel genommen. Es hatte keinen Sinn mehr. Alle Funkkanäle waren tot. Brunhild war klar, dass der Hubschrauber nicht etwa außer Kontrolle geraten war, sondern dass er ferngesteuert wurde.

Sie hatte alle Steuerungsoptionen durchprobiert, auch

die eigentlich verbotenen Tricks, die sie als erfahrene Hubschrauber-Pilotin dennoch beherrschte – ohne Erfolg. Der Helikopter machte nicht, was sie wollte, sondern was irgend jemand wollte, den sie nicht kannte. Ein unbehagliches Gefühl. Brunhild hasste es, ausgeliefert zu sein.

Ein Verräter, schoss es Brunhild durch den Kopf. Ein dreckiger Verräter in den eigenen Reihen, der sich an meinem Black little Rooster zu schaffen gemacht hat!

Der Hubschrauber flog auf die offene See hinaus. Brunhild checkte die Tankanzeige. Der Treibstoff reichte noch für ungefähr hundertzwanzig Kilometer. Ein Anschlag auf mich, dachte Brunhild. Der Heli wird irgendwo ins Meer stürzen, und ich werde nie gefunden werden.

Sie lachte bitter. Was für ein Aufwand.

Wieviel Zeit würde ihr noch bleiben? Eine halbe, eine dreiviertel Stunde? Eher weniger. Jedenfalls war es offenbar Zeit, mit dem Leben abzuschließen. Brunhild wurde bewusst, dass sie auf diese Situation nicht vorbereitet war. Eine seltsame Lücke in der Agentenausbildung, zumal es doch auf der Hand lag, dass sie in lebensbedrohliche, ja auswegslose Situationen geraten konnte. Vielleicht war es aber gerade richtig, sich nie mit den so genannten Letzten Dingen zu beschäftigen, weil dadurch nur das Nachdenken über einen möglicherweise doch noch vorhandenen Ausweg blockiert wurde.

Im nächsten Moment schlug sie sich mit der flachen Hand gegen die Stirn. „Ich bin vielleicht eine Idiotin! Der Fallschirm!"

Natürlich gab es einen Fallschirm an Bord, er hing gleich neben dem Erste-Hilfe-Kasten.

Aber Brunhild hielt gleich wieder inne. War es wirklich eine gute Idee, mitten in der Nacht über dem eiskalten Meer abzuspringen?

Brunhild kalkulierte kurz. Überlebensprognose nahe null Prozent. Lieber mit dem Heli abstürzen? Nein. Sie musste, auch wenn es sinnlos erschien, bis zum Schluss aktiv bleiben, zumal ihr in der Rubrik Letzte Dinge nicht viel einfiel.

Okay, dachte Brunhild, wenn es so gespielt werden soll, dann spielen wir es eben so.

Sie griff nach dem Fallschirm-Rucksack, der schräg hinter ihr hing. Er kam ihr merkwürdig leicht vor. Sie öffnete ihn. Styropor-Chips quollen ihr entgegen. Brunhild griff in den Rucksack, ertastete einen Gegenstand und zog ihn heraus. Es war ein Gameboy der ersten Generation. Er war eingeschaltet und dudelte die Super-Mario-Melodie. Auf dem winzigen, monochromen Bildschirm rannte Super-Mario gerade vergeblich gegen einen Berg an.

Sehr witzig, dachte Brunhild.

Sie durchwühlte den Rucksack, Styropor-Flocken flogen durch die Kabine, aber es blieb dabei, der Gameboy war der einzige relevante Inhalt.

Plötzlich knarzte es im tot geglaubten Funkgerät. „Hallo, Fräulein Gerstäcker!", sagte eine hohe, verrauschte Stimme.

Brunhild erstarrte. Fräulein Gerstäcker war ihr Kampfname während der unglücklich verlaufenen Operation Maiglöckchen gewesen, die sie am liebsten aus ihrem Gedächtnis streichen würde.

„Fräulein Gerstäcker", wiederholte die Stimme, „bitte

antworten Sie. Wenn Sie nicht wollen, auch gut. Wir sind auf Ihre Kooperation nicht angewiesen."

Brunhild zögerte.

„Falls Ihnen die Zeit zu lang wird – den Gameboy haben Sie sicher schon gefunden." Die Stimme lachte meckernd.

Brunhild nahm das Mikrofon aus der Halterung, drückte die Sprechtaste, räusperte sich und sagte: „Ich höre."

# 14

Irmela zitterte wie ein kleiner frierender Vogel.

Es wird langsam Zeit, dass ich anfange, mich wie ein Gentleman zu benehmen, dachte Jerome. Er zog seine Wachstuchjacke aus und legte sie Irmela um die Schultern.

„Keine Widerrede!", sagte er und reichte ihr auch seinen Schal.

„Danke!", erwiderte Irmela und zog die Kapuze hoch.

Uitstromlyg, dachte Jerome, so haben die Menschen am Strand von Uitstromlyg auch alle ausgesehen.

Das Wetter auf der Nordseeinsel war miserabel gewesen, fast die ganze Zeit Sturm und heftiger Regen. Aber was hatte Jerome erwartet, es war Mitte November. Überhaupt war es ein seltsamer Kurzurlaub.

Er hatte einen Brief bekommen: „Herzlichen Glückwunsch! Sie haben drei Tage Aufenthalt in unserer neu eröffneten Apartment-Anlage auf Uitstromlyg gewonnen, inklusive großzügigem Taschengeld und einigen Wertgutscheinen. Beste Grüße von Stella Nova Real Estate."

Jerome hatte nie an einem Preisausschreiben oder ähnlichem teilgenommen. Aber es schien kein Haken an der Sache zu sein, und einem geschenkten Gaul schaut man bekanntlich nicht ins Maul.

Er setzte nach Uitstromlyg über und genoss es, am weiten Sandstrand vom Herbststurm durchgepustet zu werden. Das aufgepeitschte, graue Meer war beeindruckend, und im Restaurant des Stella Nova Resorts, wo er seine Mahlzeiten einnahm, wurde er sehr aufmerksam bedient. Ihm fielen die zahlreichen durchtrainierten Männer in dunklen Anzügen auf, die wie er im Restaurant speisten und dauernd an ihren Ohren herumfummelten. Vielleicht fand auf Uitstromlyg gerade ein Manager- oder ein Mormonen-Kongress statt.

„Dir ist ja wohl klar, dass hinter der Einladung ins Stella Nova die Organisation H steckte", sagte Irmela.

Wieder schien sie Jeromes Gedanken erraten zu haben.

„Sie wollten nämlich die Aktion mit den kommunizierenden Chips ursprünglich schon auf Uitstromlyg durchziehen. Deshalb manipulierten sie auf der Hydra deinen Rucksack. Hattest du nicht auch einen Gutschein für den Insel-Supermarkt bekommen? Für ein Pfund Auslese Spezial?"

„Das stimmt. Der Kaffee war aber schon weg."

„Und das Paket mit dem Chip hatte die Verkäuferin versehentlich an irgendeinen anderen Kunden verkauft. Dieselbe dusselige Kuh, die auch das Ding im Bellavista-Supermarkt beinahe vermasselt hätte. Eine Doppelagentin. Sie arbeitet sowohl für die Organisation H als auch für uns. Schwere Alkoholikerin. Aber wir haben leider sonst niemanden in der Organisatin H. Die Aktion wurde jedenfalls abgebrochen. Der ganze Tross zog wieder ab."

„Warst du – warst du auch auf Uitstromlyg?", fragte Jerome.

„Na klar", erwiderte Irmela. „Alle waren auf Uitstromlyg. Und hinter den Dünen wartete Brunhild mit ihrem Helikopter."

„Wieso ich?", fragte Jerome. „Wieso ausgerechnet ich?"

Irmela zuckte mit den Achseln. „Wir wissen es nicht", sagte sie. „Es ist merkwürdig. Aber wir wissen es wirklich nicht." Plötzlich nahm sie wieder die gespannte Haltung eines witternden Hundes ein. „Hörst du?"

Jerome lauschte. Er konnte nichts Besonderes aus dem Heulen des Windes herausfiltern. Aber zwischen den Schneeflocken, die über dem schwarzen Wasser tanzten, bewegten sich Lichter, ein rotes und zwei weiße, die sich auf den Kai zubewegten. Und jetzt hörte Jerome auch das typische Knattern eines Hubschraubers.

„Das ist Brunhild", sagte Irmela.

Der Helikopter war nun deutlich zu erkennen.

Besonders groß ist er ja nicht gerade, dachte Jerome.

In donnerndem Tiefflug überflog der Hubschrauber Irmela und Jerome, beschrieb einen engen Halbkreis und setzte neben dem ausgebrannten Ford zur Landung an. Die Rotorblätter drehten langsamer, die Tür der Pilotenkanzel öffnete sich, und an der Schwelle der Kabine erschien eine Gestalt in dunklem Overall und mit langen, wehenden Haaren. Sie winkte, machte Jerome und Irmela Zeichen, näherzukommen.

„Brunhild?", fragte Jerome.

„Das ist Brunhild", bestätigte Irmela. „Irgendetwas ist mit ihrem linken Auge. Und sie hat die Haare anders. Aber das macht sie öfter." Irmela lachte. „Sie muss nur aufpassen, dass sie nicht irgendwann vom Rotor skalpiert wird. Komm!"

Jerome und Irmela liefen in gebeugter Haltung zum Hubschrauber. Brunhild saß bereits wieder in ihrem Pilotensessel, die langen blonden Haare hingen ihr halb vor dem Gesicht. Sie beugte sich etwas nach vorn und gab so den Einstieg auf die beiden Notsitze hinten in der Kanzel frei.

Jerome sah Irmela fragend an. „Was hast du erwartet?", meinte sie nur. „First Class mit allem Drum und Dran?"

Sie quetschten sich in das enge Gestühl. Die Drehzahl des Rotors erhöhte sich, der Hubschrauber hob ab und flog aufs offene Meer hinaus.

Jerome blickte auf das dichte, seltsam fest wirkende Haar der Pilotin vor ihnen. Irgendetwas stimmte nicht. Warum schlug Irmela keinen Alarm? Aber Irmela wirkte nicht im Mindesten nervös.

Es wird wohl alles seine Ordnung haben, dachte Jerome.

In diesem Moment wandte sich die Pilotin zu ihren Passagieren um. Irmela und Jerome sahen in ein kleines, uraltes Gesicht. Das linke Auge war von einer schwarzen Klappe verdeckt.

„Welcome to flight number eight-seven-eight", grinste ein zahnloser Mund.

Die Pilotin griff in ihre festen blonden Haare und zog

sie sich vom Kopf. Ein kahler, altersfleckiger Schädel kam zum Vorschein.

„Brunhild?", flüsterte Jerome.

„Blödsinn, das ist natürlich nicht Brunhild", flüsterte Irmela zurück, „das ist ja noch nicht einmal eine Frau."

Jetzt sah Jerome es auch: ihre Pilotin war ein ausgedörrtes, mumienhaftes Männlein, um dessen Körper der nachtblaue, viel zu große Fliegeroverall schlotterte.

„Guten Abend, Jerome", sagte das Männlein, „weißt du, wer ich bin?"

„Nein, das weiß ich nicht", antwortete Jerome mit bebender Stimme.

„Ich bin dein Onkel Hieronymus", sagte das Männlein.

„Onkel Hieronymus? Aber das ist doch unmöglich!", stammelte Jerome. „Mein Onkel Hieronymus ist tot. Gefallen. Im Krieg geblieben."

„Typischer Fall von denkste", kicherte das Männlein. „Ach, entschuldige, liebe Irmela. Selbstverständlich auch dir einen guten Abend. Und wo wir gerade bei Familienverhältnissen sind: ich bin dein lieber Opapa. Hihi."

# 15

In Brunhilds Kopf ereignete sich eine nicht enden wollende Reihe von kleinen, funkensprühenden Explosionen. Mühsam öffnete sie die Augen. Über ihr funzelte trübes, grünliches Neonlicht. Sie lag auf einem schmalen Bett, ein weißes Laken bedeckte ihren Körper.

Brunhild versuchte, Beine und Arme zu bewegen. Es funktionierte. Langsam zog sie ihre rechte Hand unter dem Laken hervor. Offensichtlich war sie nicht gefesselt. Brunhild nahm den Raum, in dem sie sich befand, jetzt genauer wahr. Kein Mobiliar außer dem Bett, auf dem sie lag. Konnte es sein, dass sich der gesamte Raum leicht bewegte?

Brunhild wendete den Kopf. Gegenüber vom Bett war eine runde dunkle Öffnung in die Wand eingelassen.

Aha, dachte Brunhild, ein Bullauge.

Befand sie sich auf einem Schiff, in einer Schiffskabine? Sie setzte sich vorsichtig auf. Neben ihr rasselte leise eine dünne Eisenkette. War sie etwa doch fixiert? Nein, es handelte sich um eine von zwei Ketten, mit denen das Bett an der Wand befestigt war. Das Bett war eine Pritsche, wie in einer Gefängniszelle.

Brunhild sah an sich herunter. Sie trug nicht mehr ihren nachtblauen Fliegeroverall, sondern ein weißes Hemd, ein am Nacken geschlossenes, rückenfreies Hemd, wie es in Krankenhäusern verwendet wird. Sie hob das Hemd ein wenig an und erschrak: darunter war sie nackt.

Brunhild fuhr sich mit der Hand über ihren immer noch dröhnenden Kopf. Er fühlte sich merkwürdig an. Sie betastete ihn und stellte fest, dass er war völlig glatt war.

Mein schönes, reiches, volles Haar!

Für einen Moment verlor Brunhild jeden Mut.

Dann sagte sie langsam vor sich hin: „Bei altem Unglück klagend stillzustehn, heißt schon den Schritt ins nächste Unglück gehn."

Warum fiel ihr gerade jetzt dieses Shakespeare-Zitat ein? In welchem Stück kam es vor?

Brunhilds Gedanken drohten abzuirren. Sie ballte die

Hände zu Fäusten und hämmerte mit ihnen gegen ihren Kopf. „Ich bin nackt. Ich bin geschoren. Ich bin nackt. Ich bin geschoren."

Es wurde höchste Zeit, die Situation zu analysieren und vor allen Dingen: sich zu erinnern. Brunhilds Kopf schmerzte. Aber sie musste sich konzentrieren.

Was war geschehen?

## 16

„Staunemann und Söhne, hihi."

Der Greis, der behauptete, Onkel Hieronymus zu sein, blieb seinen beiden Passagieren zugewandt, der Helikopter flog offenbar auf Autopilot. Das Männlein verschwand fast in seinem Pilotensessel, so winzig war es. Seine fistelige Stimme hörte sich an wie eine Märchenhexe.

„Wo ist Brunhild?", fragte Irmela.

„Wer?"

Der Greis nestelte an seiner Augenklappe und tat so, als müsse er angestrengt nachdenken.

„Ach so. Eure Chefin, eure fabelhafte Brunhild. Bruunhild! Sie ist an einem sicheren Ort. Behütet von einigen erstklassigen Fotzenleckerinnen. Endlich bekommt sie das, was sie wirklich braucht. Mit allem Komm-Vor und Komm-Zurück."

Er schüttete sich aus vor Lachen.

„Leute, entschuldigt", japste er, „ich bin gerade ein bisschen albern."

In Jerome empörte sich alles. „Ausgeschlossen", sagte er und bemühte sich, seine Fassung zu bewahren. „Sie sind nie und nimmer Onkel Hieronymus. Mein Onkel Hieronymus ist in Ostpreußen verschollen und für tot erklärt. Sie sind ein widerlicher, abgeschmackter Clown, der, aus welchen Gründen auch immer, den Namen meines Onkels missbraucht. Im Übrigen wäre Onkel Hieronymus, wenn er noch lebte, jetzt hundertzehn Jahre alt. Was ja wohl kaum möglich ist."

„Oh – sehe ich jünger aus? Danke für das Kompliment, mein lieber Neffe! Ich bin nämlich schon hundertelf. Eins-eins-eins."

Der obszöne Greis lachte meckernd.

Warum haue ich ihm nicht einfach seinen alten Schädel ein?, dachte Jerome.

„Bringt nichts", sagte Irmela, „wir können den Heli nicht allein runterbringen."

Sie konnte offenbar wirklich Gedanken lesen, so war das eben; Jerome hatte es aufgegeben, sich über Irmela zu wundern.

Ich muss ihm ein paar Fragen tun, die mich aufs Reine bringen ... – was wusste er über seinen Onkel Hieronymus, den er nie kennengelernt hatte? Worüber konnte er diesen Greis, der vorgab, Onkel Hieronymus zu sein, befragen?

Das Männlein hatte sich wieder nach vorn gedreht, nur noch sein dürres linkes Ärmchen, das vom Pilotensessel herunterhing, war von ihm zu sehen.

Irmela saß mit gleichmütiger Miene neben ihm im engen Gestühl des Hubschraubers. Sie schien sich nicht für den Abgrund zu interessieren, der sich da gerade aufgetan hatte.

Okay, ich versuche es, beschloss Jerome.

„Wenn du wirklich mein Onkel Hieronymus bist, dann nenne mir die Adresse deiner Eltern."

„Adolf-Hitler-Straße drei", antwortete der Greis prompt. „Das war ja leicht."

„Man muss, mein Seel', ein bisschen an ihn glauben", sagte Jerome zu Irmela.

„Du murmelst in die Zähne, wie ich höre?", kicherte von vorn der Alte.

„Gut – dann wird es jetzt ein wenig schwieriger." Jerome überlegte. „Von der Beute, die du in Russland hast gefunden, sag an – was schafftest du davon nach Haus?"

„Ein Mikroskop war es, ein großes schwarzes, durch das als Knabe du wohl manches Mal gelugt", krächzte das vertrocknete Männlein.

Jerome erschrak. Auch das stimmte. Er hatte Pflanzenquerschnitte, die kleinen Kotwürstchen seines Goldhamsters und später auch sein eigenes wuselndes Sperma unter genau diesem russischen Mikroskop betrachtet.

„Letzte Frage", sagte er.

„Nur zu. Das ganze Leben ist ein Quiz –", sang der Greis.

„Als beide Heer' im Handgemenge waren", ging Jerome dazwischen, „was machtest du, sag' an, in den Gezelten, wo du gewusst geschickt dich hinzudrücken?"

„– und wir sind nur die Kandidaten. Handgemenge? Welches? Wann genau? Datum?"

„Zum Beispiel das Gefecht am 8. August 1942."

Das uralte Gesicht erschien wieder hinter der Lehne des Pilotensessels.

„Hm – 8. August 1942 ...“

Der zahnlose Mund schmatzte leicht.

„Das war ... ah ja – Dom Invalidow, nördlich von Woronesch. Der Russe bestrich die Gegend stundenlang mit Artilleriefeuer, um zu beweisen, dass er noch da ist. Die Schießerei am Morgen war zwar toll, aber jetzt sitze ich hier und langweile mich zu Tode. Die Sonne sticht unbarmherzig. Noch lästiger sind die Fliegen, deren man sich kaum erwehren kann. Da schnitt ich mir ein Kernstück, ein saftiges, vom Schinken ab und öffnete geschickt ein Flaschenfutter, um ein wenig Munterkeit mir zu verschaffen. Zufrieden?“

Er weiß um alles, dachte Jerome, er ist es! Er ist tatsächlich mein Onkel Hieronymus!

Auf der dunklen Wasserfläche erschien ein Lichtfleck. Der Lichtfleck wurde größer und bunter, oszillierte, flackerte, blinkte wie ein prächtig illuminierter Rummelplatz mitten auf dem Meer.

Ein die Weltmeere ruinierendes Kreuzfahrtschiff im Party-Modus?

Der Hubschrauber ging in den Sinkflug, steuerte das große, reflektierende Kreuz eines Landedecks an, legte sich in eine letzte, wackelige Kurve, und setzte unsanft auf.

Man sollte diesem widerlichen Kerl den Helikopterführerschein wegnehmen, dachte Jerome. Falls er überhaupt einen hat.

Auch Irmela hatte es nicht mehr ganz geschafft, ihren gleichmütigen Gesichtsausdruck zu bewahren.

„Here we are!“

Onkel Hieronymus stellte die Turbine ab. Techno-

Beats peitschten und hämmerten; im von Laserschwerthieben durchzuckten, kirmesbunten Licht eilten geduckte Gestalten heran und wuselten um den Helikopter herum. Es waren ausschließlich junge Frauen in knappen, armfreien Tuniken; sie waren gekleidet, als sollten sie an einer klassischen, antiken Olympiade teilnehmen. Ihre Haare waren raspelkurz.

„Willkommen zurück auf der Martin B., Avunculus Hieronymus!"

Eine der hellenisch gewandeten Frauen hatte die Kabinentür geöffnet und bot Onkel Hieronymus ihren Arm an. Onkel Hieronymus schlug ihn ungehalten weg, verlor aber, während er herauskletterte, das Gleichgewicht und ließ sich dann doch vom sehnigen Arm der hochgewachsenen Frau stützen. Neben ihr wirkte Onkel Hieronymus geradezu absurd klein. Sobald er festen Boden unter den Füßen spürte, entwand er sich seiner Begleiterin und befahl barsch: „Reib mein Pferd trocken!"

Blitzschnell zog er die blonde Perücke hinter seinem Rücken hervor und setzte sie, indem er einen kleinen Hüpfer vollführte, der Dienerin aufs Haupt.

„Hihi."

Die Dienerin errötete.

# 17

„Et hätt noch immer jot jejange!", seufzt Dr. Adenauer. Er sitzt wieder auf dem Sofa im Wohnzimmer der berühmten Wahrsagerin. Auf dem Couchtisch ein Schälchen mit Ingwerkeksen.

„Gratuliere!", sagt die Wahrsagerin.

Dr. Adenauer ist in Moskau gewesen und hat die Freilassung der so genannten Letzten Zehntausend erwirkt, der letzten deutschen Soldaten aus dem Zweiten Weltkrieg, die sich noch in russischer Gefangenschaft befanden.

Dr. Adenauer ist stolz auf seinen Verhandlungserfolg. Allerdings habe es, so erzählt er, den seltsamen Fall eines Kriegsgefangenen gegeben, der nicht nach Deutschland zurückwollte und es rundherum ablehnte, freigelassen zu werden.

„Ganz merkwürdige Sache, das", berichtet Dr. Adenauer. „Der wollte nicht mit. Wollte partout in der Ssoffjet-Union bleiben. Ihm ginge es dort prima, hat er gesagt, und hat sogar darum gebeten, sämtliche Spuren seines Lebens in Deutschland zu verwischen. ‚Warum sollte ich das tun?', fragte ich den Mann, der übrigens eine schwarze Klappe über dem linken Auge trug. ‚Ganz einfach', sagte der. ‚Weil ich andernfalls Geheimnisse preisgeben würde, die Ihnen und dem ganzen Land höchst unangenehm werden könnten.' Der Mann war drauf und dran, mit seinem Gerede das Abkommen mit den Ssoffjets zum Scheitern zu bringen. Deshalb wollte ich ihn am nächsten Tag unbedingt noch einmal treffen. Da war er jedoch unauffindbar. Jetzt bin ich, wie Sie vielleicht verstehen, doch ein wenig beunruhigt. Können Sie mal kucken? Hieronymus sein Name."

„Moment, das haben wir gleich."

Die Wahrsagerin wirft einen Blick in ihre Kristallkugel. „Hieronymus, sagten Sie? Also, da ist nichts. Jedenfalls nichts, das ... Ich glaube, Sie können ganz entspannt sein. Allerdings sehe ich gerade ..."

Sie schaut noch einmal hin, diesmal etwas intensiver, wedelt die Qualmwolke ihrer Senoussi beiseite, die sich vor die Kristallkugel gelegt hat, und runzelt die Stirn.

„Was?", fragt Dr. Adenauer, „was sehen Sie?"

„Ach – nichts", erwidert die Wahrsagerin und hustet ein bisschen. „Nichts von Bedeutung. Nehmen Sie doch noch ein Plätzchen."

Dr. Adenauer zögert.

„Was ist? Schmecken die Ihnen etwa nicht?"

„Doch, doch", versichert Dr. Adenauer, „aber ich hatte schon zwei. Ich soll auch so hartes, krümeliges Gebäck nicht mehr essen. Wegen meines Zahnfleischs, wissen Sie."

„Ach so", sagt die Wahrsagerin, „und ich dachte schon, sie schmecken Ihnen nicht. Haben Sie denn sonst noch etwas auf dem Herzen?"

„Nein", antwortet Dr. Adenauer, „aktuell gerade nicht. Wegen der nächsten Bundestagswahl muss ich mir wohl keine großen Sorgen machen. Oder?"

„Moment, ich schau noch mal."

Die Wahrsagerin streift ihre Kristallkugel mit einem flüchtigen Blick. „Da haben Sie vollkommen recht. Das wird eine sichere Sache."

„Also dann – bis zum nächsten Mal", sagt Dr. Adenauer und verlässt das Haus der Wahrsagerin wie gewohnt durch die Tür zum Garten.

# 18

Unverstand im Unterstand. Der niedrige Raum erbebte von einer immer stärker anschwellenden Kakophonie: Grummeln, Stöhnen und Keuchen bahnten sich ihren Weg tief aus den Eingeweiden der Namenlosen, einige von ihnen unterdrückten mühsam nervöse, konvulsivische Spasmen.

„Ruhig, Männer!", mahnte Ralf.

Aber die Namenlosen waren nicht mehr zu halten, sie wollten raus, raus aus diesem Loch, irgendwas tun, sich in den Ford quetschen, losfahren, irgendwohin fahren und wenigstens ein paar MP-Salven abfeuern, um den akuten Adrenalinstau zu lösen.

Der Unterstand glich einem Atomreaktor, der außer Kontrolle zu geraten drohte. Horst griff nach seinem Colt.

„Seid vernünftig, Männer!", wiederholte Ralf. „Sinnlos losschlagen bringt überhaupt nichts! Wir müssen auf neue Befehle warten."

„Sonst gerät alles durcheinander", rief Dieter. „Habt Geduld!"

„Geduld! Geduld!", pressten die Namenlosen verächtlich hervor. „Immer nur Geduld!"

Sie hörten nicht mehr auf Ralf, Horst und Dieter, sie hörten auf überhaupt niemanden mehr. Vor ihren Augen schwebte etwas Undeutliches, das sich wie ein blutroter Vorhang herabsenkte.

Wie auf ein unausgesprochenes Kommando bildeten sie eine stöhnende, keuchende Phalanx, die Ralf, Horst und Dieter und mühelos überrannte. Die Wütenden sprengten die schwere Eichentür des Unterstandes auf und stürmten ins Freie.

„Ihr seid ein Mob!", schrie Ralf. „Nichts weiter als ein elender Mob!"

„Lass!" Dieter griff nach Horsts Hand, die wieder um den Colt zuckte.

Die Namenlosen hatten den Ford erreicht, bestiegen die Kabine, schwangen sich auf Ladefläche und Trittbretter des schweren Pickups. Kraftvoll blubbernd nahmen die acht Zylinder der Fünfkommavier-Liter-Maschine ihren Dienst auf.

„Ho-heeh! Ho-ho-ho-heeh!", riefen die Namenlosen gegen den heulenden Sturm und schwenkten ihre Uzis. Der Ford fuhr mit durchdrehenden Reifen an und verschwand im dichten Schneetreiben.

Ralf, Horst und Dieter sahen dem Pickup gedankenvoll nach, bis das Motorengeräusch im Brausen des Windes erstarb.

„Waren wir nicht früher genauso?", fragte Dieter schließlich mit einem feinen Lächeln.

## 19

Die Explosionen in Brunhilds Kopf ebbten allmählich ab. Sie saß mit hochgezogenen Beinen auf der Pritsche und grübelte. So sehr sie sich auch bemühte, systematisch vorzugehen – sie konnte sich an nichts erinnern. Sie hatte nicht die geringste Ahnung, wie sie in diese Zelle gekommen war.

Das letzte, was sie noch in ihrem Gedächtnis fand, war,

dass sie hinter dem Steuerknüppel des Black little Rooster gesessen und resigniert die Hände in den Schoß hatte sinken lassen, als sie merkte, dass ihr der Helikopter nicht mehr gehorchte. Was danach geschah, wusste sie nicht mehr.

Retrograde Amnesie, kam ihr in den Sinn. Retrograde Amnesie – genau, das war der Fachausdruck für das, was ihr wahrscheinlich widerfahren war. Ein Gedächtnisverlust, der bereits vor dem Ereignis eintrat, das diesen Gedächtnisverlust erst verursachte. Das musste es gewesen sein.

Aber diese Theorie half Brunhild nicht weiter. Sie wusste deshalb immer noch nicht, was geschah, nachdem sie realisiert hatte, dass sie die Kontrolle über ihren Hubschrauber verloren hatte. Und welches Ereignis hatte ihren plötzlichen Gedächtnisverlust ausgelöst? Sie wusste es nicht. Es war zum Verzweifeln.

Mutlos blickte Brunhild auf das entwürdigende weiße Klinikhemd, das sie jetzt trug. Es könnte so einfach sein. Denn es gab ja ein Mittel gegen diese retrograde Amnesie, eine spezielle Droge indianischen Ursprungs, die auch schon erfolgreich zum Einsatz gekommen war. Leider hatte diese Droge eine fatale Nebenwirkung: sie bewirkte gleichzeitig eine gewisse Redseligkeit, weshalb sie aus dem Agenten-Standardgepäck gestrichen worden war. Jetzt wäre sie überaus hilfreich gewesen. Brunhild beschloss, sich beim nächsten Agentenstammtisch (sofern sie ihren aktuellen Einsatz überstand) dafür einzusetzen, dieses Mittel, üblicherweise unter einem falschen Fingernagel verborgen, wieder zum Standard zu erheben.

Brunhild hörte ein Summen. Gleich darauf öffnete sich die Kabinentür. Zwei junge Frauen betraten den Raum. Brunhild war irritiert, als sie sie in dem dämmrig-grünen Neonlicht genauer wahrnahm: die Frauen trugen antikisch anmutende kurze Wickelröcke, die sich als Schulter-Überwurf fortsetzten und von Spangen unter dem Hals zusammengehalten wurden. Darunter schimmerten Harnische mit üppigen Wölbungen über den Brüsten. Schmale Lederriemen kreuzten die Oberkörper, Kurzschwerter steckten in hüfthohen Gehängen. Die strammen, stämmigen Oberschenkel waren ebenso wie die kräftigen Arme nackt. Sandalen, die bis knapp unters Knie geschnürt waren, gürteten äußerst wohlgeformte Füße.

Die beiden jungen Frauen waren von betörender Schönheit. Ihre absolut ebenmäßigen Gesichter leuchteten im Dämmerlicht der Kabine. Obwohl es gut zu ihrer Gesamterscheinung gepasst hätte, trugen sie keine Helme. Brunhild erkannte mit leichtem Schrecken, dass die Köpfe der beiden Schönen fast ebenso kahl geschoren waren wie ihr eigener.

„Wer seid ihr?", fragte Brunhild.

„Wir sind deine Wächterinnen", antwortete die etwas ältere der beiden Frauen.

„Wo bin ich?"

„An Bord der –", setzte die Jüngere an.

Sofort legte ihr die Ältere lächelnd den Zeigefinger auf die vollen Lippen. Brunhild schien es, als ob die Jüngere, deren braune Rehaugen feucht schimmerten, daraufhin einen federleichten Kuss andeutete.

„Davon später", sagte die Ältere. „Einstweilen, hohe Frau, werden wir um dein Wohl bemüht sein. Folge uns."

# 20

Die Namenlosen brausten durch die Nacht.

„Wohin, wohin?"

„Zu Hanna Reitsch! Zur guten alten Tante Ju!"

Krachend durchbrach der Ford die Einfahrt des alten Flughafens; Funken sprühten, geborstenes Metall wirbelte durch die Luft. „Ho-ho-ho, ho-ho-ho-heeh!"

Richtig – ganz hinten im Hangar, da stand sie, die ehrwürdige alte Ju 52, die nur noch sehr selten für exklusive touristische Rundflüge aus ihrem Dornröschenschlaf geweckt wurde.

Die Namenlosen sprangen vom Pickup und enterten die Junckers-Maschine mit der Kennung D-2600. Sie kannten sich aus, die uralte, nahezu taube Hanna Reitsch, berühmte Kunstfliegerin und Eigentümerin dieses winzigen Flughafens, brauchten sie nicht zu wecken, sie würde schon nichts dagegen haben.

Schon nach kurzer Zeit donnerte es aus den drei mächtigen Sternmotoren, achtzehnhundert Pferdestärken jubilierten. Die stolze Ju 52, mit der schon Adolf Hitler kreuz und quer durch Deutschland geflogen war, rollte aus dem Hangar und erhob sich majestätisch in die Lüfte.

„Rotz-rotz-spotz!", spuckte das linke Triebwerk.

„Hoch, hoch, altes Mädchen, einmal schaffst du es noch!", riefen die Namenlosen.

Tante Ju klapperte ein wenig mit den silbrigen Wellblech-Tragflächen. „Keine Sorge, Männer", brummte sie. „Hab mich nur ein bisschen verschluckt."

## 21

„Raus mit euch beiden!", rief Onkel Hieronymus. „Grüner wird's nicht!"

Irmela und Jerome stiegen aus dem Helikopter und wurden sofort von mehreren Amazonen (Jerome beschloss, sie der Einfachheit halber so zu nennen) in Empfang genommen. Eine von ihnen nahm den Swiss-Gear-Rucksack an sich; Irmela machte nicht den Versuch, ihn zu verteidigen, es wäre sinnlos gewesen.

„Ihr geliebten Rosenjungfrauen", flötete Onkel Hieronymus, „kümmert euch um unsere Gäste. Onkel Hiero muss jetzt ein bisschen Bubu machen."

Er gähnte, streckte seine welken Ärmchen aus und schwankte in Richtung Deckhaus. Auf dem Rücken des Overalls, der seinen dürren Körper umflatterte, stand in silbernen, geschwungenen Buchstaben Black little Rooster.

„Er trägt Brunhilds Overall", flüsterte Irmela Jerome zu. „Wie geschmacklos!"

Bevor Onkel Hieronymus durch eine kleine Tür verschwand, drehte er sich noch einmal um: „See you soon in the Saloon!"

Vier Amazonen, zwei vor, zwei hinter ihnen, geleiteten Irmela und Jerome unter Deck, ohne ein Wort mit ihnen zu sprechen.

Kampflesben, kurzgeschorene, dachte Jerome wütend, diese Tuniken, diese albernen Kurzschwerter – einfach nur lächerlich.

„Das ist aber ganz schön diskriminierend", sagte Irmela. Jerome stutzte nur kurz. Dass Irmela Gedanken lesen konnte, wusste er ja inzwischen.

Die Amazonen öffneten eine Tür und bedeuteten Jerome und Irmela einzutreten. Vor ihnen erstreckte sich nicht etwa eine karge Schiffskabine, sondern eine geräumige, luxuriöse Suite. Das erste, was Jerome wahrnahm, war ein riesiger Fernseher.

Die Amazonen zogen sich, wiederum wortlos, zurück, die Tür verriegelte sich mit einem kurzen Summen. Sofort ließ sich Irmela in die weichen Polster der ausgedehnten Sitzlandschaft gegenüber vom Fernseher fallen und schloss die Augen.

Jerome sah sich um. Ein Bier wäre jetzt nicht schlecht, irgendwo musste die Bar sein. Er entdeckte sie gleich neben dem Fernseher. Sie war bestens sortiert. Jerome entnahm ihr ein Fläschchen Heineken. Heineken, dachte er, dünnes, labberiges Heineken, das Bier, das man nur im Urlaub trinkt.

War das hier Urlaub? Abenteuerurlaub, so nannte man das doch früher, mit in Astlöchern deponierten Nachrichten, verdrehten Wegmarkierungen und furchtbar schwierigen Aufgaben, die man lösen musste – nein, ein Abenteuerurlaub war das hier ganz gewiss nicht.

Sie waren Gefangene, wenn auch mit einem gewissen Komfort.

Das Bier entspannte Jerome, er merkte aber auch, dass

es in seinen Magen fiel wie in einen tiefen, bodenlosen Brunnen. Er hatte einen barbarischen Hunger.

„Glaubst du, dass es hier irgendwo etwas zu essen gibt?", fragte er.

„Erdnüsse. Minibar", murmelte Irmela.

„Nicht schon wieder Erdnüsse. Ich meine, was Anständiges."

Aber Irmela antwortete nicht mehr. Sie war auf dem Sofa eingeschlafen.

## 22

Dieter öffnete die Fahrertür des roten Minolta XRS. Das abgedunkelte Display neben dem Lenkrad zeigte ein leicht pulsendes Schneckenhaus, darüber eine Sprechblase, in der „z-z-z" stand. Der Minolta war stromlos und leergefahren. Keine Steckdose weit und breit, geschweige denn ein Minolta-Super-Charger.

„Hm", knurrte Horst und rieb sich das Kinn, „ich glaube, wir haben ein Problem."

„Es gibt eine Möglichkeit, den Minolta flottzukriegen", sagte Ralf nach einer längeren Pause. „Eine einzige. Sie ist sehr riskant, und außerdem bräuchten wir eine große Portion Glück."

„An welche Möglichkeit denkst du?", fragte Dieter.

„Blitzeinschlag-Schnellladung."

„Aha. Wieso riskant?"

„Weil die Batterie dabei explodieren und das ganze Auto in Flammen aufgehen kann. Außerdem muss es ja erst einmal gewittern."

„Das ist gar nicht so unwahrscheinlich." Dieters Augenbrauen zuckten nervös. „Die Luft wirkt aufgeladen, findet ihr nicht?"

„Du bist doch nur hypersensibel", murrte Horst.

„Wie auch immer", sagte Ralf, „irgendwo an der Karosserie des Minolta muss es einen winzigen Blitzeinschlag-Rezeptor geben. Wo kann der sein? Lasst ihn uns suchen."

Dieter fuhr mit der Hand übers Autodach. „Hab ihn schon!", rief er und pulte einen etwa fünf Zentimeter hohen Stummel aus dem Blech.

Im nächsten Moment krachte es. Rasend schnell hatte sich am Himmel eine Gewitterwand aufgetürmt.

„Wo Donner ist, ist meistens auch ein Blitz", bemerkte Horst trocken.

Und da war er auch schon, ein mächtiges, beinahe schnurgerades Exemplar, das sich anschickte, unverzüglich in den Minolta einzuschlagen.

„Weg vom Fahrzeug!", konnte Ralf gerade noch schreien.

Für einen Moment waren sie geblendet, spürten an den sich aufstellenden Körperhaaren die elementare Wucht der elektrischen Ladung, und konnten froh sein, dass der Blitz nicht auch sie erwischt hatte.

„Fulminant!", entfuhr es Dieter.

Der Minolta knisterte und rauchte.

„Nie im Leben funktioniert das", stänkerte Horst.

„Abwarten und abkühlen lassen!" Ralf war sich seiner Sache sicher.

Sie warteten zehn Minuten. Dann berührte Ralf vorsichtig den Türgriff. Einige Funken sprangen wie von einer Wunderkerze auf seine Hand über, aber Ralf sagte dennoch „Okay!“ und nahm hinter dem Lenkrad Platz. Horst und Dieter stiegen ebenfalls ein.

Ralf drückte den Startknopf. Die Schnecke auf dem Display verließ ihr Haus, rieb sich mit den Fühlern die Augen, setzte ein fröhliches Gesicht auf und kroch zügig vom Bildschirm. Die Schleimspur, die sie hinterließ, funkelte noch ein wenig und verschwand dann ebenfalls. Auf dem Bildschirm war nun zu lesen: „Alles schön! Wohin soll's geh'n?“

Der Minolta-Elektromotor summte einen halben Ton höher als gewöhnlich, die Blitz-Schnellladung hatte offenbar wie ein Ionen-Doping gewirkt.

„Ja – wohin soll es überhaupt gehen?“, fragte Horst.

Ein Flugzeug donnerte in niedriger Höhe über sie hinweg.

„Wie wär's mit einem Bier im Letzten Hangar?“, schlug Ralf vor. „Ein bisschen Seele baumeln lassen bei Hanna Reitsch.“

## 23

Irmela schnarchte ganz leise. Ihr Mund war etwas geöffnet, die langen schwarzen Haare umflossen ihr Gesicht. Um den Hals trug sie immer noch den Schal, den Jerome ihr geliehen hatte.

Was habe ich für eine wunderschöne Nichte, dachte er.

War sie überhaupt seine Nichte? Wer sollten Irmelas

Eltern sein? Jürgen, Jeromes einziger Bruder, war kinderlos. So viel er wusste. Die Verbindung zu ihm war schon lange abgerissen.

Der angebliche Onkel Hieronymus hatte sich aber auch als Irmelas Opa bezeichnet. Das würde bedeuten, dass noch eine Generation zwischen ihnen läge und Irmela seine Nichte zweiten Grades wäre. Hieß das so? Oder war sie seine Großkusine? Jerome kannte sich in Verwandtschaftsbestimmungen nicht besonders gut aus.

Wie passte das alles zusammen? Hatte Onkel Hieronymus etwas mit dieser Organisation H zu tun, die von der Organisation Counter-H so erbittert bekämpft wurde?

Natürlich, H wie Hieronymus – das lag doch auf der Hand.

Was hatte „Onkel Hiero" mit ihnen vor? Was würde jetzt geschehen? Stand der beispiellose Wirtschaftscrash, von dem Irmela gesprochen hatte, unmittelbar bevor?

Mir doch egal, dachte Jerome, wir können sowieso nichts tun.

Da schlug Irmela die Augen auf. Sie schaute Jerome verschlafen an. „Etwas Gutes hat die Sache ja", sagte sie. „Ich habe endlich meine Verwandten kennengelernt. Wo sie mir in der Hippie-Kommune immer erzählt haben, ich hätte gar keine. Ich hab ja die ganze Zeit gewusst, dass das Quatsch ist."

# 24

Eine einsame Neonröhre zischte und flackerte im Schneetreiben und ließ für Sekunden die verblasste Inschrift auf dem schiefen Schild über der Tür erkennen: Zum letzten Hangar.

Ralf drückte den Off-Knopf des Minolta. Die Schnecke auf dem Display machte Winke-winke und kroch in ihr Haus.

„Hach", sagte Dieter, „es geht doch nichts über eine gemütliche Fliegerkneipe."

„Ganz deiner Meinung", knurrte Horst. „Ausnahmsweise."

Sie stiegen aus und betraten die schummerige, an eine große Flugzeughalle angeflanschte Wellblechhütte. Die Wände waren nahezu lückenlos bedeckt mit Fotos von alten Flugzeugen, welken Lorbeerkränzen und verblassten Ansichtskarten aus aller Welt, die sich im Lauf der Jahrzehnte konkav gebogen hatten. Geruch von Benzin, kaltem Rauch und sauer gewordenem Bier beizte die Luft. An der Decke schaukelte ein verbogener Propeller.

Der Letzte Hangar war menschenleer.

„Fliegerin, grüß mir die Sonne?", rief Ralf fragend ins Dämmerlicht.

Niemand antwortete. Nur der Ventilator quietschte.

„Die lieben Sterne und auch den Mond?", versuchte es Dieter.

Hinter dem ebenfalls mit Wellblech verkleideten Schanktisch rumpelte es. „Verflucht!", schimpfte eine abgrundtiefe, verrauchte Stimme.

Ralf fuhr zusammen. Obwohl er Hanna seit ewigen Zeiten kannte, erschrak er jedes Mal aufs Neue, wenn er diese Stimme hörte, die so gar nicht zu der zierlichen, nur einen Meter fünfzig großen Frau passen wollte, die jetzt zwischen Flaschen und ungespülten Gläsern auftauchte. Kaum mehr als ein Kopf war hinter dem Tresen zu sehen, ein winziger Kopf mit rabenschwarzen Haaren und verwirrten Augen, der Kopf eines greisenhaften, stark geschminkten Kindes, das an einem gespenstischen Kiosk wegen Lakritz oder Waffelbruch anstand.

„Was wollt ihr?", fragte das alte Kind.

Hanna Reitsch war auf ihrem kleinen Campingstuhl hinter dem Tresen eingenickt. Das passierte ihr häufiger, seitdem sich nur noch selten Gäste in den Letzten Hangar verirrten. Der letzte Gast, an den Hanna sich deutlich erinnerte, war Graf Zeppelin gewesen.

„Hanna, altes Flieger-Ass", rief Dieter launig, „servier uns mal drei Bier vom Fass!"

„Bier vom Fass ist lange aus", erwiderte Hanna mürrisch, „dreht euch um und geht nach Haus."

„Wie sieht's denn aus mit Flaschenbier?", fragte Ralf.

„Flaschenbier? Das haben wir."

Die drei Musketiere nahmen auf den wackeligen Hockern vor dem Tresen Platz. Hanna verschwand wieder hinter dem Schanktisch, fluchte, kramte, klirrte im Kühlschrank und reichte schließlich drei Flaschen Heineken heraus.

„Wo hab ich denn nur den blöden Flaschenöffner ..."

Hannas Blicke irrten suchend über das Büffet.

„Lass gut sein, Hanna", sagte Ralf. Er führte die Flasche an seine Gürtelschnalle und ließ sie aufzischen. Dieter benutzte zum Öffnen ein in seiner Armbanduhr verborgenes Universalwerkzeug. Horst knackte seine Flasche mit den Zähnen.

„Prost, Frau Wirtin!"

Ralf, Horst und Dieter leerten die kleinen, grünen Bierflaschen in einem Zug. „Bassa Manelka! Bassa Teremtemtem! Frau Wirtin, nochmal dasselbe! Und drei Schnaps! Und gut gemessen!"

Hinter dem Tresen hing ein großes, ausgeblichenes Foto, das Hanna Reitsch bei ihrem berühmten Flug durch die Berliner Deutschlandhalle zeigte.

„Weltklasse war das, Hanna." Ralf prostete der Wirtin zu.

„Was?", schrie Hanna. Sie hörte wirklich nicht mehr sehr gut.

„Ich sagte, das war Weltklasse – du damals im Fieseler Storch quer durch die Deutschlandhalle", schrie Ralf zurück. „Nicht wahr, das war dein spezielles Schätzchen, der Storch."

„Das war nicht der Storch in der Deutschlandhalle, du Depp, das war doch der Focke-Wulf, der Hub-Schrapp-Schrapp. Aber mein Liebling war der Storch, das ist wohl wahr."

Dieter war zum Musikautomaten gegangen. „Ah, wie schön", sagte er und drückte zwei Tasten.

Im Inneren des Apparates arbeitete es, und kurz darauf ertönte „Ich weiß, es wird einmal ein Wunder gescheh'n" von Zarah Leander.

Hannas Augen, die bis dahin verschlafen und ohne Glanz gewesen waren, begannen zu strahlen. Mit einem Satz, den ihr niemand zugetraut hätte, sprang sie auf den Schanktisch, bewegte sich im Takt der schwelgerischen Musik und sang ekstatisch mit: „Wir haben beide denselben Stern – Du bist mir fern und doch nicht fern …"

„Toll!", rief Dieter und applaudierte.

„Und jetzt alle!", kommandierte Hanna. „Ich weiß, es wird einmal ein Wunder gescheh'n …"

Ralf, Horst und Dieter sangen lauthals mit und bekamen, obwohl sie sich dagegen wehrten, feuchte Augen.

Irgendwie sind wir doch sentimentale Hunde, dachte Ralf.

„Ich weiß, es wird einmal ein Wunder gescheh'n" endete mit einem etwas rätselhaften Glissando, als würde das Lied nicht ganz an sich selbst glauben. Der Greifer in der Musikbox nahm die Schallplatte vom Teller und stellte sie zurück an ihren Platz im Magazin.

Hanna kletterte vom Schanktisch. „Jetzt trinken wir erst einmal ein Schnäpschen", sagte sie schwer atmend. „Etwas ganz Besonderes. Danziger Goldwasser!"

Tatsächlich schwebten einige Flocken Blattgold in dem süßen Likör, den Hanna nun in edlen Gläschen mit schimmernden Rändern kredenzte.

„Geschenk von Hermann Göring. War früher gern hier. Prost!"

„Was ist eigentlich aus ihm geworden?", fragte Ralf.

„Aus Hermann Göring? Zyankali, soweit ich weiß."

„Nein, ich meine, aus deinem Storch, dem Fieseler Storch."

„Ach so, der. Den gibt's noch. Gerade erst wieder über den TÜV gekommen. Moment!"

Hanna stellte ihr Likörglas ab, humpelte hinter dem Tresen hervor und stemmte eine große Schiebetür auf. Im Halbdunkel des Hangars zeichnete sich ein hochbeiniges, fohlenhaft anmutendes Flugzeug ab.

„Da steht das gute Stück!", sagte Hanna. „Dreisitzige Ausführung. Da passt ihr alle rein."

Sie sah sich irritiert um. „Aber wo ist denn die Ju 52? Die Tante Ju ist weg!"

Ralf begriff sofort. Das Flugzeug, das vorhin dröhnend über sie hinweggeflogen war, war die Ju 52 von Hannas Museumsflughafen gewesen. Und es konnten nur die Namenlosen gewesen sein, die sich ihrer, zu welchem Zweck auch immer, bemächtigt hatten.

„Verflucht! Meine Tante Ju ist weg!" Hanna rang nach Luft.

„Ruhig, Hanna!", beschwichtigte Ralf. „Wir bringen dir die Tante Ju zurück. Versprochen. Wir nehmen die Verfolgung auf. Mit dem Fieseler Storch, wenn du nichts dagegen hast."

Hanna zögerte kurz, seufzte und überreichte Ralf den Zündschlüssel, den sie um den Hals trug. „Aber wieder volltanken, wenn ich bitten darf!"

„Ehrensache, Hanna!" Ralf nahm den Schlüssel in Empfang. „Männer – aufsitzen!"

Horst und Dieter schwangen sich zu Ralf, der bereits den Motor angelassen hatte, ins Cockpit.

„Holm- und Rippenbruch!", rief Hanna und salutierte andeutungsweise.

Der Fieseler Storch rollte aus der Halle in die Schwärze der Nacht und hob vom Flugfeld ab.

Der Hangar war leer. Kein einziges Flugzeug befand sich mehr in der düsteren Halle. „Dreh schneller, blöder Propeller", grummelte die kleine, uralte Hanna Reitsch, schlurfte zurück in ihre Kneipe und zog die Schiebetür hinter sich zu.

# 25

Die überaus schönen, überaus durchtrainierten Frauen bedeuteten Brunhild, sich von ihrer Pritsche zu erheben, und eskortierten sie aus der Kabine.

Während sie zwischen ihnen ging, bemühte sich Brunhild, möglichst viel an Informationen aufzunehmen und zu speichern. Ein Schiff. So viel war sicher: sie befand sich auf einem Schiff. Auf einem großes Schiff. Ein luxuriöses Schiff, kein billiger Economy-Kreuzfahrer. Ungewöhnlich breite, holzvertäfelte Gänge.

Die Treppe, die sie jetzt herabschritten, mutete wie eine Freitreppe an. Sie mündete in einen weitläufigen, verblüffend hohen Saal, der ebenfalls mit dunklem Holz ausgekleidet war und einige Marmorelemente aufwies.

Brunhild stutzte. Der Saal kam ihr irgendwie bekannt vor, aber sie konnte sich nicht erinnern, woher.

Ihre Begleiterinnen hielten an. An der gegenüberliegenden Stirnseite befand sich ein üppig verzierter, goldlackierter Sessel mit hoher, rotgepolsterter Lehne. Er stand in einem eigentümlichen Gegensatz zum ansonsten eher düsteren Ambiente des Saals.

Wie ein Thron, dachte Brunhild.

Die ältere ihrer Begleiterinnen wies nach vorn. „Wir bitten dich, dort Platz zu nehmen."

„Warum sollte ich das tun?", fragte Brunhild.

Die Wächterin legte sanft eine Hand auf Brunhilds Schulter. Brunhild spürte trotzdem ihren Griff.

„Wir bitten dich."

Die Jüngere öffnete leicht die vollen Lippen; ihr Gesicht nahm einen unglücklichen, flehenden Ausdruck an.

Die alte Bambi-Nummer, dachte Brunhild verächtlich.

Sie durchquerte den mit Eichenparkett ausgelegten Saal, stieg die drei dem Thron vorgelagerten Stufen empor und nahm Platz. Die zwei Wächterinnen folgten ihr und postierten sich links und rechts.

Lächerlich, dachte Brunhild.

Sie musste an die immer winziger werdende Queen Elisabeth denken, die auf einem ganz ähnlichen Möbel jedes Jahr mit unbewegter Miene die Thronrede verlas. Die Queen hatte, während sie sich ihrer Pflichtübung entledigte, wenigstens anständige Klamotten an. Dagegen sie? Kahlgeschoren und ein entwürdigendes Hemdchen wie im Irrenhaus.

Welches Spiel wurde hier mit ihr gespielt? Sollte sie verhöhnt und verspottet werden wie jener verkommene Trunkenbold in dem Stück von Shakespeare, auf dessen Titel sie gerade nicht kam, wo jedenfalls eine dekadente Hofgesellschaft diesem Saufbruder vorgaukelt, er sei ein edler Lord?

Plötzlich wurde das Licht im Saal schwächer. Ein riesiger Bildschirm, der über der Freitreppe hing, blendete auf.

Brunhild sah ein großes Bett. In ihm lag halb aufgerichtet, den Oberkörper gegen das gepolsterte Kopfteil gestützt, ein Mann. Ein alter Mann, erkannte Brunhild, flankiert von zwei Kandelabern, in denen Kerzen brannten; ein sehr alter Mann in einer irgendwie barocken Umgebung, der mit einer Fernbedienung oder etwas ähnlichem hantierte.

Das Bild wackelte für ein paar Sekunden, dann füllte das Gesicht des Mannes den gesamten Bildschirm aus. Ein Greis mit altersfleckigem Gesicht, einer Klappe über dem linken Auge, eingefallenen Lippen und völlig kahlem Schädel. Er winkte mit den dürren Fingern seiner linken Hand, verzog die Lippen zu etwas, das ein Lächeln oder ein Grinsen sein konnte, und sagte dann mit hoher, fistelnder Stimme: „Guten Abend, Gudrun! Na – du bist mir ja eine!"

## 26

Die gute alte Tante Ju dröhnte und vibrierte, lag aber trotz des Wintersturms souverän in der Luft.

Die Namenlosen hatten es sich in der Passagierkabine bequem gemacht, mit Ausnahme des Spezialisten in der Pilotenkanzel, nennen wir ihn P, der die Maschine zu fliegen imstande war, unterstützt vom Navigator N, der, über ein paar vergilbte Landkarten gebeugt, den nervösen Kreiselkompass im Blick behielt. Ab und zu sackte Tante Ju in ein Luftloch, dann hob die ganze Gesellschaft die Arme und machte „Hoohhhuuhh!"

Wohin sie flogen, wussten sie nicht so genau. Sie hatten

nur die dumpfe Ahnung, dass ihre Chefin Brunhild in Gefahr sein könnte.

Brunhild war in Ordnung, sie ging anständig mit ihnen um, ganz im Gegensatz zur überheblichen, willkürlichen Irmela. Dieses kindische Herumfuchteln mit der Dressurpeitsche, wobei sie alle noch so tun mussten, als seien sie furchtbar davon beeindruckt. Brunhild würde sich derartige Mätzchen nie erlauben. Aber Irmela stand unter besonderem Schutz von „ganz oben", dagegen war nichts auszurichten.

Gut möglich, dass Brunhild entführt worden war, warum sonst sollte die Befehlskette so plötzlich abgerissen sein? Sie mussten ihren Aufenthaltsort ausmachen und sie befreien.

Aber wo mit der Suche anfangen? Die Namenlosen hatten keinen Plan. Ihre Aktion war heroisch, aber sinnlos.

Irgendwie war es aber auch egal. Es machte Spaß, einfach nur so mit dieser alten Ju 52 durch die Gegend zu fliegen, in der, so hatte es Hanna Reitsch ihnen erzählt, schon Adolf Hitler gesessen hatte. So ein Flugerlebnis gab es doch heutzutage gar nicht mehr!

Trotz des enormen Motorenlärms verzichteten die Namenlosen darauf, sich Ohropax in die Ohren zu kneten; sie waren im Gegenteil froh, dass sie die lästigen In-Ear-Sets, die sie sonst tragen mussten, endlich los waren.

Und der Sound der drei BMW-Sternmotoren war wie Musik. Wenn sie höher als dreitausend Meter stiegen, würden sie Sauerstoffmasken aufsetzen müssen, denn die alte Tante Ju hatte ja noch keine moderne Druckkabine. Herrlich!

Einer der Namenlosen, wir nennen ihn A, griff wie zufällig in die Handgepäckablage über seinem Sitz. Seine Finger ertasteten ein Buch; A nahm es und bugsierte es zu sich herunter.

Nanu, dachte A.

Das Buch war ein Band mit Gedichten von Bertolt Brecht. Sollte Adolf Hitler auf seinen Dienstreisen kreuz und quer durch Deutschland ausgerechnet diesen von ihm selbst verfemten Dichter gelesen haben? Aber warum nicht – Uwe Barschel, der Ministerpräsident von Schleswig-Holstein, hatte kurz vor seinem Ableben in einem Buch von Jean-Paul Sartre geblättert, was man auch nicht unbedingt erwartet hätte.

A schlug den schmalen Band auf. Legende von der Entstehung des Buches Taoteking auf dem Weg des Laotse in die Emigration – das hörte sich ziemlich anstrengend an.

A blätterte weiter. Fragen eines lesenden Arbeiters – das könnte interessant sein.

A begann zu lesen.

– Wer baute das siebenmotorige Theben? Haben die Könige die Felsbrocken herbeigeschleppt? –

Wohl eher nicht, dachte A.

– Wohin gingen an dem Abend, wo die Chinesische Mauer fertig war, die Maurer? –

Ja – wohin eigentlich? A war fasziniert. Darüber hatte er sich noch nie Gedanken gemacht.

– Cäsar schlug die Gallier. Hatte er nicht wenigstens einen Koch bei sich? Wer kochte den Siegesschmaus? –

Großartig!, dachte A, auf so etwas muss man erst einmal kommen!

— Alle zehn Jahre ein großer Mann. Wer bezahlte die Spesen? —

„Nämlich wir!"

„Der kleine Mann!"

„Wer sonst!"

A war derart in die Lektüre vertieft, dass er nicht gemerkt hatte, wie sich die Kollegen um seinen Sitz scharten, ihm über die Schulter schauten, halblaut mitlasen und zustimmende Bemerkungen von sich gaben.

„So ist es!"

„Genau!"

Waren es nicht immer sie, die Namenlosen, die ihre Köpfe hinhielten, die die Kohlen aus dem Feuer holen, die Suppe auslöffeln mussten?

„Der Mann hat recht."

„Wie heißt er?"

„Brecht."

Sonor brummte die Ju durch die Nacht.

## 27

Plötzlich wusste Brunhild wieder alles.

Genau genommen hatte der Greis auf dem Bildschirm nämlich nicht Gudrun gesagt, sondern „Guudruun", mit hoher, fistelnder Stimme und langgezogenen U's.

„Guudruun" war das Schlüsselwort, das sie aus ihrer qualvollen retrograden Amnesie erlöste.

Brunhild erinnerte sich.

Sie hatte die Kontrolle über ihren Black little Rooster

verloren; jemand anderes, nicht sie, steuerte jetzt den Hubschrauber. Vermutlich würde der Heli über kurz oder lang zum Absturz gebracht werden.

Brunhild nahm die Hände vom Steuerknüppel. Sie würde sterben, so war das eben, damit musste sie als Agentin jederzeit rechnen. Die letzte Option, der Fallschirm, hatte sich als geschmackloser Scherzartikel entpuppt.

Jemand nahm über Funk Kontakt mit ihr auf, aber als sie gerade antworten wollte, hatte die verrauschte Stimme schon „Over!" gesagt.

Sie hatte sich bemüht, über Letzte Dinge nachzudenken, ohne dass viel dabei herausgekommen wäre.

Bald ist es vorüber, dachte sie, und dem Meer geb' ich, den ewigen Gestirnen, die Atome wieder. So geht der Mensch zu Ende, und die einzige Ausbeute, die wir aus dem Kampf des Lebens wegtragen, ist die Einsicht in das Nichts und herzliche Verachtung alles dessen, was uns erhaben schien und wünschenswert …

Mehr fiel ihr gerade nicht ein.

So flog Brunhild ferngesteuert und illusionslos durch die Nacht. Sie streichelte flüchtig den nutzlos gewordenen Steuerknüppel und musste ein wenig lachen. Armes schwarzes Rooster-Tier – wärst du doch beim ADAC geblieben.

Der Heli wurde langsamer und ging in einen steilen Sinkflug über. Adelheid, es ist so weit!, dachte Brunhild und fragte sich, warum sie es so spannend machten. Einfach die Turbine stoppen, fertig, bumm, aus – das wäre ihr lieber gewesen.

Unter ihr flimmerten Lichter. Brunhild sah ganz deutlich bunte, wandernde Scheinwerfer, auch Laserstrahlen, die durch die Dunkelheit zuckten. Eine schwimmende Disco? Brunhild glaubte, Musikfetzen zu hören.

Der Hubschrauber ging noch tiefer, Brunhild konnte das große, reflektierende Kreuz eines Landedecks erkennen.

Doch noch nicht das Ende?, dachte sie.

Jetzt stand der Heli direkt über dem Kreuz, senkte sich die letzten Meter ab und legte ohne Brunhilds Zutun eine perfekte Landung hin.

Nicht schlecht, fand Brunhild.

Sie kannte sich aus, war lange bei der so genannten Chair Force gewesen, da hatte sie noch Fräulein Gerstäcker geheißen und von ihrem bequemen Chefsessel aus Kampfdrohnen ferngesteuert, über Tausende von Kilometern hinweg, bis zu dem Tag, als sie – hatte die verrauschte Stimme aus dem Funkgerät sie nicht Fräulein Gerstäcker genannt, wie konnte es sein, dass …?

Die Rotorblätter kamen zum Stillstand. Technomusik wummerte. Brunhild konnte in dem flackernden Licht Menschen erkennen, die seltsam gekleidet waren, sie trugen weite, kurze Hosen, oder waren es nicht sogar Röcke?

Niemand machte Anstalten, die Tür zur Pilotenkanzel zu öffnen. Brunhild beschloss, ihr Schicksal selbst in die Hand zu nehmen. Sie schnallte den Sicherheitsgurt ab, drehte sich aus dem Pilotensessel und schob die Tür der Kanzel auf.

Die Menschen näherten sich. Es schienen hauptsächlich Frauen zu sein, die tatsächlich aussahen, als wären sie einem Historienfilm entsprungen. Brunhild fiel auf, dass sie sehr kurze Haare hatten, einige waren sogar gänzlich kahl geschoren.

Sie überlegte, ob sie aussteigen sollte. Da traf sie eine Megaphon-Stimme mit sehr hohem, unangenehmem Frequenzgang wie ein Blitz:

„Guudruun!"

Brunhild hatte auf der Stelle das Bewusstsein verloren und erinnerte sich, als sie in ihrer Zelle wieder zu sich kam, an nichts mehr.

# 28

Der Fieseler Storch gewann rasch an Höhe. Ralf, Horst und Dieter saßen wie in einem lustigen, alten Fliegerfilm hintereinander im Cockpit. Sie hatten lederne Fliegermützen mit Schutzbrillen gefunden und sich über die Köpfe gezogen. Zu gern hätten sie auch weiße, wehende Schals getragen.

Ralf flog die Maschine mit ruhiger Hand.

„Ein Freund, ein guter Freund …", sang Dieter lauthals.

Schon wieder muss ich hinten sitzen, dachte Horst grimmig. Warum darf Ralf immer vorne sitzen? Und ich immer nur hinten? Das müssen wir echt mal problematisieren.

„Was macht der schwule Storch nach Feierabend?", rief Dieter, der in der Mitte saß, fröhlich und beantwortete die Frage gleich selbst. „Er fliegt auf seinen Horst!"

„Haha, sehr witzig!", giftete Horst zurück.

„Ich glaube, ein Storch hat gar keinen Horst, sondern ein Nest", schaltete sich Ralf vermittelnd ein. „Zumindest kenne ich eine Kneipe in Der-Name-spielt-keine-Rolle, die Storchennest heißt. Nicht Storchenhorst."

Dieter sang unverdrossen weiter: „Man verließ manche Madam', wir aber halten zusamm'! Ein Freund, ein guter Freund …"

„Vielleicht sollten wir uns zur Abwechslung mal wieder auf unseren Auftrag besinnen", murrte Horst.

Dieter hörte beleidigt auf zu singen.

Sie ließen die Küstenlinie hinter sich und flogen aufs offene Meer hinaus. Die Wischer hatten Mühe, die nassen Schneeflocken von der Windschutzscheibe des Cockpits zu schaufeln.

Ralf starrte angestrengt nach vorn. Horst hatte recht. Irgendwie hatten sie sich seit dem Aufbruch aus dem Unterstand verzettelt. Warum legten nicht wenigstens sie ein halbwegs erwachsenes Verhalten an den Tag, wenn schon die Namenlosen dazu nicht in der Lage waren?

„Auftrag!" Ralf schnaubte verächtlich.

Ihr Auftrag, lächerlich genug, war es irgendwann einmal gewesen, Irmelas dilettantisch ausgeführte Mission vor dem Bellavista-Supermarkt im Hintergrund abzusichern. Danach wurden sie von Irmela in, man musste es so bezeichnen, demütigender Art und Weise in den Unterstand zurückgeschickt.

„Dieses verzogene Gör!", murmelte Ralf in sich hinein.

Niemand redete mehr mit ihnen, nachdem sie schon zuvor nur mit den notwendigsten Informationen abgespeist worden waren, die keinen Blick auf die Totalität der

Situation zuließen. Was absolut nicht in Ordnung war. Sie waren erfahrene Agenten und keine kleinen Kinder.

Die Nachrichtenkanäle waren tot, die Befehlsketten gerissen; sie waren sich selbst überlassen, ohne Bestimmung, ohne Mission. Kein Wunder, dass die charakterlich noch nicht so gefestigten Namenlosen im klaustrophoben Unterstand die Nerven verloren hatten.

Aber auch sie selbst, Ralf, Horst, Dieter, hatten sich allzu schnell einer bisher nicht gekannten, seltsam weichlichen Stimmung hingegeben.

Seele baumeln lassen bei Hanna Reitsch ... Ralf musste grinsen.

Und jetzt? War es wirklich eine gute Idee, auf gut Glück der Ju 52 hinterherzufliegen? Noch dazu angetrunken und ohne die geringste Ahnung, wo das alte Mädchen stecken könnte?

Eine Fehlzündung erschütterte den Rumpf des Fieseler Storch, gleich darauf knallte es noch einmal.

„Ich weiß nicht", knurrte Horst. „Findet ihr, dass der Motor rund läuft? Ein gesunder Motor hört sich ja wohl anders an."

Eine ölgesättigte Rauchschliere klatschte gegen die Windschutzscheibe des Cockpits und ließ diese auf der Stelle erblinden.

„Wir haben ein Problem", sagte Ralf.

Er drückte die Funktaste. „Mayday! Mayday!"

# 29

„Das wurde aber auch Zeit", sagte Jerome.

Die Amazonen hatten einen üppig bestückten Servierwagen in die Suite geschoben: Meeresfrüchte, Saltimbocca, Parmaschinken auf silbernen Servierplatten, Weintrauben und Melonenscheiben, dazu Süßkartoffel-Pommes und ein paar kleine Deko-Früchte.

„Na, so lässt es sich doch leben", sagte Irmela. „Dann erzähle ich einfach mal von mir. Machen wir ein bisschen Biographie-Arbeit."

Sie knabberte an einer dicken roten Garnele.

„Mmhh, wirklich lecker. Also: ich bin in einer Landkommune aufgewachsen. Richtig süße Hippies waren das, die in alten Bauwagen lebten. Aber auch ein bisschen eklig. Sie haben statt Spülmittel ihr Pipi zum Geschirrabwaschen genommen. Wer meine leiblichen Eltern waren, weiß ich nicht. War auch nicht so wichtig, denn ich hatte ja jede Menge sozialer Mütter und Väter. Sie nannten mich Irmela. Das bedeutet Erde oder Welt, jedenfalls etwas ziemlich Allumfassendes."

„Stopp!", unterbrach Jerome. „Du hast mir gesagt, Irmela sei gar nicht dein wirklicher Name!"

Irmela überlegte kurz. „Ja, das stimmt. Irmela ist mein Agentenname. Zufällig ist der aber identisch mit meinem richtigen Namen."

„Und was soll das dann?"

„Verwirrung stiften. Sieh dich an. Du bist doch jetzt total verwirrt, oder?"

„Da fällt mir ein alter Bundeswehrwitz ein. Wie hängst

du, wenn du in der Wüste mit dem Jeep unterwegs bist, einen Feind ab?"

„Keine Ahnung."

„Links blinken, rechts abbiegen."

„Verstehe ich nicht. Warst du mal bei der Bundeswehr?"

„Ich? Nein. Ich hab Zivildienst gemacht."

„Und woher weißt du das dann?"

„Das war ein Witz!"

„Toller Witz", sagte Irmela. „Jedenfalls – die Hippies gaben mir den Namen Irmela, weil ich für sie so eine Art Göttin war. Das hört sich vielleicht bescheuert an, aber es war so. Ich war wirklich besonders, schon als kleines Kind. Ich hatte hellseherische Fähigkeiten. Ich sah ein Mädchen auf dem Fahrrad, dachte: Jetzt fällt es gleich runter, und das Mädchen fiel tatsächlich runter. Ein Auto bog um die Ecke, und ich wusste schon vorher, welche Farbe es hatte. Als ich das erste Mal in einem Museum war, betrachtete ich ein Gemälde, ich glaube, von Teniers dem Jüngeren, und dachte: Eigentlich schade, dass die drei Leute, die da im Hintergrund am Tisch die Köpfe zusammenstecken, so weit hinten sitzen. Ein Stück weiter vorn wäre viel besser. Und die drei rückten wirklich nach vorn. Von da an war ich ganz versessen darauf, durch die Museen zu streifen und die Bilder ein bisschen zu korrigieren."

„Hat das denn niemand gemerkt?"

„Es waren ja nie Dinge, die besonders auffielen. Die Mona Lisa guckte zum Beispiel nicht plötzlich in eine andere Richtung. Ein paar Experten waren natürlich trotzdem irritiert. Aber sie wussten selbst nicht genau worüber und konnten auch nichts beweisen, weil die Gemälde mit älteren Abbildungen in den Katalogen und den ganzen Postkarten im Museumsshop vollkommen übereinstimmten. Die habe ich nämlich gleich mitkorrigiert. Gut, was?"

„Raffiniert."

„Aber auch eine Menge Arbeit."

„Und was konntest du noch?"

„Zeitungsschlagzeilen vorhersagen zum Beispiel. Aber dafür musste ich mich schon mächtig konzentrieren. Und die Spielereien in den Museen fand ich irgendwann langweilig. Für die blöden Hippies blieb ich trotzdem die kleine Göttin. Sie waren natürlich mordsmäßig für und gegen alles, Klimawandel, Globalisierung, Atomkraft, Windkraft, Erdstrahlen, Weltraumstrahlen und was weiß ich noch alles. Es durfte nur nicht zu anstrengend sein. Ich habe mich mehr für die komplizierteren Sachen interessiert, die den Hippies zu hoch waren. Verborgene Wirtschaftskreisläufe und sowas. Da laufen Dinge, die kann man sich gar nicht vorstellen. Logisch, dass ich bei der Guy-Fawkes-Bewegung landete. In der Jugendgruppe. Die machten wenigstens was. Ich bekam ziemlich schnell Zugang zum Inneren Zirkel. Wegen meiner speziellen Fähigkeiten, du verstehst. Brunhild war das Alpha-Tier im Inneren Zirkel. Sie mochte mich sofort und machte aus mir so etwas wie eine Agenten-Azubine. In der Organisation Counter-H. Das ist der Innere Zirkel des Inneren Zirkels. Ich darf dir das eigentlich alles nicht sagen, aber jetzt hängst du so tief mit drin – ach, im Grunde weiß es sowieso schon jeder. Also – Counter-H ist ein privater Non-Profit-Geheimdienst. Eine klandestine NGO, finanziert von Jeff Bezos."

„Jeff Bezos? Amazon?"

„Ja genau. Obwohl man von dem auch nicht so genau weiß, auf welcher Seite er eigentlich steht. Unsere Mission ist es, der Organisation H das Handwerk zu legen. Der MI6, die CIA und all die anderen halten den Verein für ein Hirngespinst. Aber du hast ja selbst gemerkt, dass das nicht so ist. Die Organisation H ist so real wie die Klimakatastrophe."

Die Weintraube, in die Irmela gerade biss, platzte leise.

„So. Und jetzt du – Onkel!"

„Ich?"

„Ja, erzähl mal ein bisschen von dir."

„Ach – da gibt es nicht viel zu erzählen – ich lebe einfach so vor mich hin."

„Allein?"

„Ja – meistens."

„Sich als Hagestolz allein zum Grab zu schleifen, das hat noch keinem wohlgetan", leierte Irmela wie eine Grundschülerin, die vor ihrer Klasse ein Gedicht aufsagt.

„Mit Grausen seh ich das von weitem", retournierte Jerome im gleichen Tonfall.

Irmela grinste. „Bist du ein armer alter weißer Mann?"

„Blödsinn! Natürlich nicht! Sehe ich so aus?"

„Zumindest bist du weiß und schon ein bisschen alt. Wovon lebst du? Was machst du so?"

„Ich arbeite für eine Zeitung. Freiberuflich. Für den Unterländer Anzeiger. Kümmere mich um Vereinsleben, Lokalsport undsoweiter. Ab und zu schreibe ich auch eine kleine Glosse."

„Das ist ja richtig interessant!"

„Machst du dich über mich lustig?"

„Never-ever, Onkelchen. Bist du überhaupt mein Onkel? Oder mein Großonkel? Was meinst du – sind wir wirklich miteinander verwandt?"

„Vielleicht – vielleicht aber auch nicht."

„Aber es gab mal einen Hieronymus in deiner Familie, oder?"

„Den Bruder meines Vaters. Ich war ursprünglich sogar nach ihm benannt. Um an ihn zu erinnern, weil Onkel Hieronymus ja aus dem Zweiten Weltkrieg nicht zurückgekehrt ist. Der Name gefiel mir aber überhaupt nicht. Ich wollte nicht die Grabkapelle eines toten Onkels sein."

„Kann ich verstehen."

Jerome pulte eine orangene Andenbeere, die eigentlich als Dekoration gedacht war, aus ihrem welken Laub.

„Mein Name steht sogar schon auf einem Grabstein."

„Echt?"

„Ja. ‚Hieronymus Prinz, 1945 vermisst in Ostpreußen'. Eingraviert in eine kleine schwarze Granitplatte, die auf unserem Familiengrab liegt."

„Sträinsch."

„Ich fand das ganz furchtbar. Ich ging nur selten auf den Friedhof, aber wenn ich da war, habe ich jedes Mal ‚Ein leeres Grab, vom Teufel geschmückt!' vor mich hingemurmelt. Und dann entdeckte ich auch noch ‚Mein Kampf' bei uns im Bücherschrank. Versteckt in der zweiten Reihe. Ich war eigentlich auf der Suche nach etwas Erotischem."

„‚Mein Kampf'? Von Karl Ove Knausgård?"

„Nein – von Adolf Hitler natürlich. Eine Paperback-

Ausgabe von 1933. Also als es gerade richtig losging mit der Nazi-Geschichte in Deutschland. Voller Anmerkungen und Unterstreichungen. Da hatte jemand das Buch richtig durchgearbeitet. Ich hab versucht, ein bisschen darin herumzulesen. Aber nach ein paar Zeilen fing ich sofort an zu kotzen. Es ist wirklich das widerlichste Buch, das ich je in den Händen gehalten habe. Und ganz vorne stand mein Name drin: Hieronymus Prinz. Da war es für mich vorbei. Ich wollte so nicht länger heißen! Sobald ich volljährig war, habe ich mich umbenannt. In Jerome."

„Jerome. Hieronymus. Hört sich irgendwie ähnlich an", meinte Irmela.

„Jerome ist ja auch die französische Variante von Hieronymus. So ganz wollte ich das Andenken an meinen Onkel doch nicht verwischen. Und ich wollte meine Eltern nicht allzu sehr brüskieren."

„Damit die dir den Geldhahn nicht zudrehen?"

Diesmal grinste Jerome. „Genau. Eigentlich sollte schon mein älterer Bruder Hieronymus heißen. Aber der kam kurz nach dem Krieg zur Welt, und wie hätte das ausgesehen, wenn der tot geglaubte Onkel doch noch zurückgekehrt wäre – hallo Familie, hier bin ich wieder – und sich bereits ersetzt gesehen hätte? Sie nannten meinen Bruder also sicherheitshalber Jürgen. Aber als ich ein paar Jahre später geboren wurde, riskierten es meine Eltern dann."

„Und dein Bruder Jürgen – wo lebt er? Was macht er?"

„Keine Ahnung. Er ist mit neunzehn abgehauen und hat sich nie wieder gemeldet."

„Was weißt du denn über deinen Onkel Hieronymus?"

„Er hat einige Tagebücher aus dem Zweiten Weltkrieg

hinterlassen, in denen ich herumgelesen habe. Der klassische Dachbodenfund. Und man weiß, wie er ums Leben kam."

Jerome machte eine Pause.

„Nun sag schon", drängte Irmela.

„Moment!"

Jerome stand auf, fischte ein neues Heineken aus dem Kühlschrank und brachte Irmela ein Evian mit.

„Onkel Hieronymus war Offizier in der deutschen Wehrmacht. Kurz vor Ende des Krieges erhielt er den Befehl, einen liegengebliebenen LKW zu bergen, damit er der Sowjetarmee nicht in die Hände fiel. Ein Himmelfahrtskommando war das, ein völlig sinnloser, bescheuerter Befehl von einem missgünstigen Vorgesetzten. Onkel Hieronymus kehrte von diesem Einsatz nicht zurück. Sein Leichnam wurde nie gefunden. Der Lastwagen aber auch nicht. Er soll irgendetwas sehr Geheimnisvolles transportiert haben. Vielleicht das Bernsteinzimmer? Pardon!"

Jerome musste von dem Heineken aufstoßen.

„Puh! Das war aber eine Menge Biographie-Arbeit", sagte Irmela. „Prost, Onkelchen! Auf unsere Verwandtschaft!"

## 30

Die Wahrsagerin ist alt geworden. Das Gehen bereitet ihr Schwierigkeiten. Nur noch selten verlässt sie das efeubewachsene Haus in Königswinter. Meist sitzt sie im abgedunkelten Wohnzimmer, raucht filterlose Senoussi-Zigaretten, die es mittlerweile nur noch als Spezialanfertigung gibt, und wirft ab und zu einen Blick in die Kristallkugel, die, gestemmt von den drei grazilen Frauenfiguren aus Bronze, immer noch ihren angestammten Platz auf dem Couchtisch neben dem übervollen Aschenbecher hat.

Ding-dingedong! macht es an der Haustür. Die Wahrsagerin schaut auf die Standuhr, die einer hochgewachsenen, düsteren Nonne ähnelt. Es ist kurz vor fünfzehn Uhr.

Nanu?, denkt die Wahrsagerin, Hannelore Kohl? So früh?

Sie erhebt sich mühsam aus ihrem Sessel, schlurft zur Tür und öffnet. Draußen steht eine Frau, die sie nicht kennt. Schlank, attraktiv, blondes langes Haar, um die fünfzig Jahre alt.

„Entschuldigen Sie", sagt die Frau. „Ich weiß, ich komme unangemeldet. Darf ich Sie trotzdem sprechen?"

## 31

Scheiße!", schrie aus der Pilotenkanzel der Navigator. „Verdammte Scheiße! Keine Orientierung mehr! Der Kreiselkompass spinnt total! Und dem Piloten ist kotzübel!"

„Macht doch nichts, die alte Tante Ju weiß schon, wohin sie will", alberten in der Passagierkabine die Namenlosen.

„Das ist nicht zum Lachen!", jammerte vorn der Navigator.

Die Namenlosen hatten in dem Gedichtband von Bertolt Brecht das „Lied vom achten Elefanten" entdeckt und sangen nun, so laut sie konnten:

„Sieben Elefanten hatte Herr Dschin
Und da war dann noch der achte."
„Hört doch mal auf!", brüllte der Navigator. „Ich muss
mich konzentrieren! Die Situation ist ernst!"
Aber die Namenlosen grölten unbeeindruckt weiter:

„Trabt schneller! Trabt schneller!
Herr Dschin hat einen Wald!
Der muss vor Nacht gerodet sein
Und Nacht ist jetzt schon bald!"

Die Namenlosen wollten das „Lied vom achten Elefanten" gerade noch einmal anstimmen, als der Navigator aufgeregt rief: „Da unten sind Lichter! Darauf halten wir erstmal zu."

Tatsächlich waren auf dem Meer schwach blinkende
Positionslichter in zwei parallelen Reihen zu erkennen.
Eine Landebahn mitten im Ozean? Wie konnte das sein?

„Egal, erstmal runter!", stöhnte der Pilot und hielt sich
den Magen. Er hatte aus der Scho-Ka-Kola-Dose ge-
nascht, die in der Kartentasche steckte und deren Mindest-
haltbarkeitsdatum schon seit Jahrzehnten überschritten
war.

„Diese Gier! Diese verdammte Gier!"

Aber irgendwie musste er die Maschine jetzt runterbringen.

Gerade noch rechtzeitig fiel ihm ein, dass sie vor einer
halben Stunde ein Kleinflugzeug huckepack genommen
hatten. Es war über dem Meer getrudelt und hatte SOS
gefunkt. „Auch das noch!", fluchte der Pilot.

Aber er brachte die Ju 52 zu seinem eigenen Erstaunen

sicher auf den Boden, trotz der Überlast auf dem Dach und trotz der verdorbenen Scho-Ka-Kola in seinem Bauch. Sie hatte sich schon bläulich verfärbt, er hätte es wissen müssen.

Die Landebahn, das spürte der Pilot beim Aufsetzen, war weich, aber konsistent. Es handelte sich vermutlich um eine Sandpiste. Die Ju 52 rollte aus und stoppte.

Ohne dass sich die Namenlosen hätten verabreden müssen, setzte die Routine ein, die in derartigen Einsatzlagen vorgesehen war. Sie ergriffen ihre Uzis, stürmten aus der Maschine und suchten Deckung im Gelände. Niedriges Buschwerk und Sandverwehungen boten einen guten Schutz. Pilot und Navigator blieben an Bord; der Pilot erbrach sich in eine glücklicherweise vorhandene Spucktüte und war froh, die elende Scho-Ka-Kola wieder los zu sein.

Im Kleinflugzeug, das leicht schief über den Tragflächen der Ju 52 hing, regte sich nichts.

„Rauskommen! Einzeln! Hände über dem Kopf!", bellten die im Gelände verteilten Namenlosen.

Die Pilotenkanzel des Kleinflugzeugs öffnete sich. Drei Männer kletterten heraus. Es waren Ralf, Horst und Dieter.

# 32

Rattenlinie, Argentinien, Paraguay, die Hazienda – Brunhilds Finger krampften sich in die Armlehnen des Throns. In ihrem Kopf wirbelte ein Gewitter aus Bildern und Gedankensplittern und stürzte sie in einen Schlund von Erinnerungen.

Dieser Saal, diese Ästhetik, die an Hitlers Neue Reichskanzlei erinnerte – natürlich hatte sie einen derartigen Saal schon einmal gesehen, auf der Hazienda ihres Vaters in Paraguay, der große Festsaal mit dem riesigen Globus. War nicht irgendwann Albert Speer zu Besuch gewesen, dieser alte Architekt, und gab es danach nicht plötzlich diesen Saal?

Es irrlichterte immer weiter in Brunhilds Kopf, sie konnte die Gedankenflut nicht stoppen.

„Guudruun" – dieses „Guudruun" war ihr schon als Kind durch Mark und Bein gegangen. Es war unabweisbar: der zahnlose, einäugige, scheinbar hinfällige Greis auf dem Bildschirm über der Freitreppe war niemand anderer als ihr eigener Vater, den sie vor einem Menschenalter in Paraguay verlassen hatte.

Ihr Vater war identisch mit dem berüchtigten Chef der Organisation H, die nichts Geringeres im Schilde führte als die totale Zerstörung der globalen Wirtschaftssysteme.

Brunhild wusste es seit Jahren. Sie hoffte, dass ihr Geheimnis unentdeckt bliebe, dass ihr eine direkte Konfrontation mit dem Mann, den sie mit der Organisation Counter-H unschädlich machen wollte, erspart bleiben würde. Sie hoffte es inständig. Wenn sie religiös wäre, hätte sie darum gebetet.

Sie jagte ihren eigenen Vater und war gezwungen, darüber zu schweigen. Eine Tragödie antikischen Ausmaßes, der sie sich nun zu stellen hatte, jetzt, da sie sich ihrem Vater, wenn auch nur per Video, von Angesicht zu Angesicht gegenüber sah.

„Was für ein nettes Wiedersehen nach all den Jahren", fistelte die Greisenstimme. „Kleidet dich gut, das Büßerhemdchen. Du hast hoffentlich nicht im Ernst erwartet, dass ich dich nach all dem, was geschehen ist, besonders zuvorkommend empfange? Nach allem, was du mir angetan hast?" Die Stimme schraubte sich noch etwas höher und erinnerte an Erich Honecker. „Du erbärmliche Renegatin!"

„Ich habe mich an das mir auferlegte Schweigegelübde gehalten", erwiderte Brunhild kühl. „Mehr habt ihr damals nicht von mir verlangt." Der thronartige Sessel, auf dem sie saß, verlieh ihr eine gewisse Würde, machte sie stark.

„Guudruun!" Die Stimme des Greises senkte sich. Irgendwo im Saal vibrierte etwas. Was für ein billiger Effekt, dachte Brunhild.

„Nein", sagte sie dann. „Ich bin nicht mehr ‚Guudruun‘. Schon lange nicht mehr. Ich habe mich losgesagt, und ihr ließet mich gehen."

„Ja, wir ließen dich gehen. Was aber nicht bedeutete, dass du nicht mehr zu uns gehörst. Oder hast du deine Tätowierung vergessen?"

Brunhild erschrak. Sie hatte lange nicht mehr an das Tattoo an der Innenseite ihres linken Oberarms gedacht. Ein kleiner Adler. Er war eigentlich ganz hübsch.

„Du hast mich sehr, sehr wütend gemacht." Wieder vibrierte irgendwo etwas. „Und traurig. Ausgerechnet du. Ausgerechnet meine eigene Tochter kämpft in vorderster Linie gegen mich. Warum?"

„Ich kämpfe nicht gegen meinen Vater, sondern gegen

den Verbrecher, der du seit langem bist. Gegen die Untaten, die du begangen hast und die du im Begriff bist, noch zu begehen", erwiderte Brunhild.

„Ach weißt du …" Plötzlich kicherte der Greis. „Ich hätte dich natürlich längst beseitigen lassen können. Aber ich wollte den edlen Wettstreit. Ich wollte wissen, wie gut du bist. Aus sentimentaler Vaterliebe, wenn du so willst. Ein Wettkampf der Systeme. Ein Wettkampf der Gene. Weil du doch mein Erbgut in dir trägst. Ich war gespannt, wie weit du damit kommst. Leider nicht sehr weit. Im Augenblick steckst du jedenfalls ganz schön in der Patsche, hihi."

„Was soll nun geschehen?", fragte Brunhild. „Was wirst du mit mir tun?"

„Mal überlegen", sagte der Greis auf dem Bildschirm. „Dein kleiner Heli ist übrigens extrem süß. Lange her, dass ich so ein Ding geflogen bin."

„Du bist – du hast – meinen Black little Rooster?" Nur mit Mühe unterdrückte Brunhild ihre Wut.

„Musste noch ein paar Leutchen abholen. Keine Sorge – hab ihn heil wieder runtergebracht. Hat nur bei der Landung einen kleinen Rums gegeben. Aber zurück zu deiner Frage. Was soll ich also mit dir tun? Gute Frage. Über Bord mit dir? Den Haien zum Fraß? Tut ein liebender Vater so etwas? Nein. Andererseits fällt mir partout nicht ein, welchen Wert du für mich haben könntest. Wüsste zum Beispiel nicht, gegen wen oder was ich dich eintauschen könnte. Ich krieg ja nix für dich. Für eine derart mittelmäßige Agentin. Höchst mittelmäßig. Ich sage nur Operation Maiglöckchen, you remember, Fräulein Gerstäcker?"

Brunhild wand sich auf ihrem Thron. Wie peinlich. Woher wusste ihr Vater von diesem elend verpfuschten Drohneneinsatz?

Unter der Bezeichnung Operation Maiglöckchen verbarg sich der Angriff auf ein hochgeheimes Cybercrime-Centrum der Organisation H, das als Molkepulverfabrik getarnt war. Doch die Kampfdrohne, die Brunhild damals steuerte, verwechselte das Ziel. Vielleicht waren auch die Geheimdienstinformationen falsch gewesen, und das Cyber-Centrum lag ganz woanders. Jedenfalls war das Gebäude, das in die Luft flog, tatsächlich nur eine Molkepulverfabrik, und die Stadt Der-Name-tut-nichts-zur-Sache wurde von einer widerlichen Molkepulverschicht überzogen. Ein großer Skandal, der nur schwer aus der Welt zu schaffen war.

Für die Spezialagentin Fräulein Gerstäcker bedeutete die Operation Maiglöckchen einen schmerzhaften Karriereknick. Über Monate musste sie den Spott ihrer Kollegen ertragen. „Operation H-Milch" war noch das Mildeste, was sie auf den Fluren der Counter-H-Zentrale zu hören bekam. Sie wechselte Abteilung und Kampfnamen und kämpfte sich als Brunhild in der Counter-H-Hierarchie erneut nach oben.

„Quelle Blamage!", seufzte Onkel Hiero affektiert. „Aber tempi passati. Halt – da fällt mir doch noch was ein. Diese indianische Droge, dieses Mittelchen, das bei Gedächtnisschwierigkeiten helfen soll, wie hieß das noch gleich, Astrahuascin oder so ähnlich, das ihr ausgelistet habt wegen der angeblichen Nebenwirkungen, plötzliche Redseligkeit und dergleichen – jedenfalls, wir haben noch genug davon, schließlich haben wir das Zeug ja selbst produziert, hihi, für die Hippies in den USA und all die anderen Bekloppten. Wir sollten dieses Astrahuascin mal bei dir probieren. Vielleicht kommst du ja ein bisschen ins Plaudern. Fänd ich nett. Zwar weiß ich viel, doch will ich alles wissen. So. Genug. Meroe! Prothoe! Bringt meine Tochter zurück in ihr Cubiculum!"

Der Greis winkte noch einmal in die Kamera, dann wurde der Bildschirm über der Freitreppe schwarz.

## 33

Die Namenlosen hielten immer noch ihre Uzis auf Ralf, Horst und Dieter gerichtet.

„Waffen runter, ihr Kindsköpfe!", schrie Horst. „Seht ihr nicht, wer wir sind?"

Die Namenlosen gehorchten auf der Stelle.

Dieter knipste seine Maglite an und leuchtete die Umgebung ab.

Vom Regen in die Traufe, dachte er. Aus dem klammen Unterstand auf ein gottverlassenes Eiland. Wie deprimierend.

Die Namenlosen hatten die Köpfe gesenkt.

„Was sollte das mit der Tante Ju?", fragte Ralf und bemühte sich um einen ruhigen, versöhnlichen Tonfall.

Die Namenlosen antworteten nicht. Unvorstellbar, dass sie noch vor wenigen Minuten hoch in den Lüften „Sieben Elefanten hatte Herr Dschin" gegrölt und darüber debattiert hatten, wer eigentlich Babylon und Theben erbaute; unvorstellbar auch, dass sie überhaupt die Ju geflogen und nebenbei sogar Ralf, Horst und Dieter im außer Kontrolle geratenen Fieseler Storch gerettet hatten. Niemand von ihnen war je Pilot oder Navigator gewesen; die Fähigkeit, ein Flugzeug zu steuern, war ihnen nur für eine kurze, euphorische Zeitspanne von einer unbekannten Macht verliehen worden. Nun schien diese Fähigkeit unwiederbringlich dahin zu sein, und nicht nur das – die Namenlosen schämten sich sogar zutiefst wegen ihres anmaßenden Ikarus-Fluges.

Wenn ihnen jetzt jemand befehlen würde: „Fliegt!" – sie könnten nur angstvoll ihre gesenkten Köpfe schütteln.

Dieter ließ den Lichtkegel seiner Maglite über die Gesichter dieser geknickten, zutiefst verunsicherten Gestalten wandern.

Ja, ja, das steile, unbedachte Mannesabenteuer, dachte er. Im Grunde nichts anderes als eine sündliche, unverständliche Verirrung. Und wie eine Mutter das „arme, liebe Kind", nachdem es in der Welt tragisch gescheitert ist, in ihren Schoß zurücknimmt, nicht anders meinend, dass es besser getan hätte, sich nie daraus zu lösen, führen auch wir diese Gestürzten, ihnen alle Torheiten verzeihend, nun in unsere Mitte zurück. Bei allem Jammer ist uns bei solchem Scheitern auch ein Gefühl der Genugtuung und der Zufriedenheit nicht fremd.

Ralf räusperte sich. „Es ist gut, Männer."

„Danke übrigens, dass ihr uns gerettet habt", fügte Dieter hinzu. Er spürte, wie wohl den Namenlosen diese Anerkennung tat.

Ralf straffte sich. „Jetzt lasst uns diese Situation gemeinsam meistern, Compañeros. Wo sind wir überhaupt? Was ist das für eine Insel?"

Im schwachen Schein der Positionslichter waren nur Sanddünen, Strandhafer und Hagebuttengestrüpp zu erkennen.

„Dort hinten!", rief Horst. „Ein Findling! Leuchte mal!"

Dieter richtete den Strahl seiner Maglite auf einen großen Feldstein am Ende der Piste.

„Da ist etwas eingraviert", stellte er fest.

„Eine Nachricht? Eine Botschaft?"

„Eher nicht. Auf dem Findling steht nur: Willkommen auf Lütt Ui, der kleinen Schwester von Uitstromlyg."

## 34

„Haben wir jetzt eigentlich die Welt gerettet oder nicht?", fragte Jerome.

„Kann schon sein", erwiderte Irmela. „Den Rucksack hat zwar Onkel Hiero. Aber den Krypto-Chip unterm Schweizerkreuz haben unsere Masterminds längst ausgelesen und neutralisiert. Da passiert nichts mehr. Oh – jetzt habe ich dir alle Garnelen weggegessen. Tut mir leid."

„Macht nichts – ich hatte ja das Obst."

Jerome starrte vor sich hin.

„He, Jerome! Was ist mit dir?" Irmela wedelte mit der Hand vor seinen Augen. „Hat dich jemand ausgeknipst?"

„Welch einen sonderbaren Traum träumt ich …", sagte Jerome. „Mir war, als ob von Gold und Silber strahlend der ganze Reigen zu mir niederstiege der Menschen, die mein Busen liebt …"

„Spinnst du?", fragte Irmela. „Drehst du jetzt völlig frei?"

Jerome brach ab. „Entschuldige. Ich hatte nur vor ein paar Tagen einen konfusen Traum. Der fiel mir gerade ein. Da kamen sie alle vor."

„Wer – alle?"

„Mein Bruder Jürgen, Onkel Hieronymus, ich selbst natürlich auch … aber ich höre besser auf."

„Nein, nein, erzähl ruhig. Das interessiert mich."

„Wirklich?"

„Wirklich."

„Hoffentlich kriege ich es noch zusammen. Ich war in unserer alten Metzgerei, der Metzgerei, die meinen Eltern gehört hat. Ich bin nämlich ein Metzgerssohn."

„Du – ein Metzgerssohn? Hätte ich nicht gedacht. Eher ein Lehrersohn. Warum bist du kein Metzger geworden?"

„Jetzt bring mich bitte nicht raus. Ich gehe also den langen dunklen Flur entlang, der vom Laden in den Hof führt. Im Winter musste man aufpassen: wenn es fror, wurde es glatt, weil die Männer da immer hinpissten.

Vom Hof gehe ich links in die Wursteküche. Hackklotz, Knochensäge, großer Kochkessel. Die Wursteküche ist das Reich von Onkel Ludwig. Altgeselle Onkel Ludwig. Onkel Ludwig war schon immer da. Sollte den Betrieb eigentlich übernehmen, hatte aber keine Lust. Wollte lieber Geselle bleiben.

Onkel Ludwig hatte in den Dreißigerjahren mal die Marienkirche aus Schweineschmalz modelliert und ins Schaufenster gestellt. Das fanden die Leute schön. Aber die Adolf-Hitler-Büste, die Onkel Ludwig danach modellierte, die musste wieder raus aus dem Fenster.

Onkel Ludwig macht gerade Wurst. Seine Arme sind entblößt. Er traut dem Rührarm im wuchtigen Bottich der Wurstmaschine nicht, hilft lieber nach, greift mit seinen mächtigen, nackten Pranken bis über den Ellenbogen in die rosa Wurstepampe.

Am Wurstbottich stehen Onkel Hieronymus und mein Bruder Jürgen. Ich komme hinzu. Wir schauen Onkel Ludwig bei der Arbeit zu.

Onkel Hieronymus sieht aus wie auf dem Foto, das bei uns im Wohnzimmer hing. Schmaler Mund mit leicht überstehender Oberlippe. Runde Hornbrille unter einer Schirmmütze mit ausladendem Deckelteil. Blank gewichste Stiefel. Die Jacke seiner Wehrmachtsuniform ziert ein Eisernes Kreuz. Er zieht einen silbernen Flachmann aus der Innentasche seiner Jacke, sagt: ‚Mit Verlaub, ich bin so frei‘, und nimmt einen Schluck.

Jürgen ist groß und schlaksig. In seinem dunklen Haar glänzt Brillantine. Er trägt ein weißes Nyltest-Hemd mit einem schmalen, schwarzen Lederschlips und hat eine Pfeife im Mund, die aber kalt zu sein scheint.

Ich habe einen grünen Parka an, wie ihn früher alle getragen haben. Und einen roten Nickipullover, den es auch schon lange nicht mehr gibt.

Onkel Hieronymus sagt zu Jürgen: ‚Ich bin der, der du hättest sein sollen, aber nicht sein durftest.‘

Jürgen sagt zu mir: ‚Ich bin der, der du geworden bist.‘

Ich sage: ,Ich bin der, der geworden ist, was er nicht werden wollte.'

Neben dem Hackklotz steht ein Klavier. Das Furnier hat die hellbraune Farbe des Hackklotzes. Jürgen setzt sich auf den Küchenstuhl vor dem Klavier und spielt, ohne die Pfeife aus dem Mund zu nehmen, das Impromptu As-Dur Opus 142 Nr. 2 von Franz Schubert. ,Da-da-daa, da-da-daa, da-daa-daa-da-daa.' Er spielt sehr schön, aber die Töne klingen hart und hallig in der kalten Wursteküche.

,Lass mich mal', sage ich zu Jürgen. Jürgen räumt widerwillig den Küchenstuhl vor dem Klavier.

Ich spiele ein kleines, selbstkomponiertes Stück. Dissonant, dafür nicht sehr lang.

,Na ja. Hört sich an wie ein verrutschter Hindemith', sagt Jürgen abschätzig und saugt an seiner kalten Pfeife. Ich höre auf zu spielen.

,Onkel Hieronymus, wie ist es dir im Krieg ergangen?', fragt Jürgen. ,War es unangenehm?'

,Nein, es war sogar ziemlich lustig', antwortet der Onkel. ,Mit Verlaub, ich bin so frei.'

Er nimmt noch einen Schluck aus seinem silbernen Flachmann. Dann löst er eine Handgranate vom Gürtel und sprengt sich in die Luft.

Onkel Ludwig rührt weiter im Bottich der Wurstmaschine. An seinem entblößten Arm klebt die Wurstepampe wie rötlicher Schlamm.“

Jerome schwieg.

„War das dein Traum?“, fragte Irmela.

„Ja.“

„Ob etwas von Onkel Hieronymus in der Wurst gelandet ist?"

„Keine Ahnung", antwortete Jerome. „Der Traum ging nur bis hier."

„Vielleicht träumst du ja mal die Fortsetzung", sagte Irmela. „Du – Metzgerssohn."

## 35

Der Schneefall hatte aufgehört. Über dem Meer stand ein großer, roter Mond, dessen Spiegelung sich kaleidoskopisch im Wasser brach. Die Positionslichter der Landepiste auf Lütt Ui (was nichts anderes war als die Abkürzung von Lütt Uitstromlyg) waren erloschen. Tiefe, undurchdringliche Nacht lag über allem.

Die Männer hatten sich, so gut es ging, in der Kabine der Ju 52 eingerichtet, schliefen oder dösten zumindest vor sich hin.

Ralf konnte keine Ruhe finden. Er verließ leise die Maschine, ging an den Strand und überdachte, während er der Brandung lauschte, die Situation.

Die Namenlosen hatten die Ju mitsamt dem aufgesattelten Fieseler Storch sicher auf den Boden gebracht. Eine fliegerische Glanzleistung, die er ihnen nicht zugetraut hatte.

Tollkühne Männer in ihren fliegenden Kisten, dachte Ralf und musste schmunzeln. Wirklich ein netter Film. Dieser Gerd Fröbe damals – großartig.

Aber wie die Ju wieder in die Luft bringen? Ralf fröstelte. Das Fahrwerk war bereits tief im Sand eingesunken, und auf den Tragflächen hing schief der Fieseler Storch. Ein absurdes Bild. Ohnehin war die Piste für einen Start zu kurz und auch zu schwergängig.

Wir sind verratzt!, dachte Ralf.

Ein paar Seemeilen von Lütt Uitstromlyg entfernt lag die Martin B. vor Anker. Das Schiff war vollkommen dunkel. Meroe und Prothoe hielten auf der Brücke Wache und ab und zu Händchen.

Jerome und Irmela hatten sich aus dem Living Room in die getrennten Schlafzimmer ihrer Suite zurückgezogen. Neben Jeromes Bett standen drei oder vier leere Heineken-Flaschen.

Irmela träumte. „Doch meine Fahne seh ich nicht. Wo ist sie?", murmelte sie.

Brunhild saß mit hochgezogenen Beinen auf der Pritsche ihrer kargen Zelle. Würde sie dem Astrahuascin standhalten? Ebenso gut könnte sie versuchen, sich gegen eine Narkose aufzulehnen.

„Es geht bunt alles über Ecke mir", sagte sie leise vor sich hin.

Onkel Hiero schlummerte in dem riesigen Himmelbett, das er während des Frankreichfeldzugs aus einem entzückenden Schlösschen nahe der Loire gestohlen hat. Ab und zu schmatzte sein zahnloser Mund.

# Zweiter Teil

# 1

Irgendwo in Indochina sitzt Jürgen vor seiner Strandhütte und schaut aufs Meer. Ban Liu ist schwimmen gegangen, Jürgen sieht ihn ganz klein zwischen den Wellen, Ban Liu winkt ihm zu.

Jürgen ist Mitte siebzig. Es geht ihm gut, er hat alles, was er braucht. Das Sozialwerk der Fremdenlegion sorgt für ihn. Der Golf von Tonkin, Algerien, der Tschad und die vielen anderen grausamen Einsätze, die er im Lauf der Jahre durchlebt und durchlitten hat, liegen lange hinter ihm und sind so gut wie vergessen.

Sein sanfter junger Freund Ban Liu hat ihn von manchen Kriegstraumata geheilt.

Insgesamt hat die Légion Étrangère Jürgen sogar gut getan, sie brachte Struktur in sein wirres, unaufgeräumtes Leben.

Die dumme Geschichte damals mit der Fünfhunderter BMW. Er hatte die Maschine geklaut, war, als man ihm auf die Spur kam, Hals über Kopf aus Deutschland abgehauen. Nach Marseille.

Hatte er das unbedingt tun müssen?

Wie auch immer.

Geschehen ist geschehen.

Jürgen ist zufrieden. Nur selten denkt er an seine Familie, die ihn nie liebte. Dann sagt er vor sich hin: „Jetzt geht's euch an den Kragen, jetzt kommt ihr in den Magen!"

Woher er diesen Reim hat, weiß er nicht.

Manchmal träumt Jürgen von einem „allerletzten Einsatz". Nach Deutschland zurückkehren und es allen zeigen. Aber wie das aussehen könnte, weiß er nicht genau. Rache üben? Ein Blutbad anrichten? Oder wenigstens mit seinen Abenteuern im Tschad, in Indochina, Algerien und anderswo prahlen? Wozu? Wer sollte ihm noch zuhören?

Vielleicht doch keine gute Idee, noch einmal nach Deutschland zu gehen. Er wäre ein Fremder, ein Étranger, ein Belächelter, ein Kuriosum, würde sich nach all den Jahren in der Legion auch gar nicht mehr in der alten Heimat zurechtfinden.

Die Spritztour fällt ihm ein, damals mit seinem kleinen Bruder Hieronymus, direkt nachdem er den Führerschein gemacht hatte. So stolz war er, und jetzt fuhren sie im großen Auto des Metzger-Vaters, der kleine Bruder und der große Bruder, im altweißen Mercedes 190, auch „kleine Heckflosse" genannt, der nach kaltem, rohem Fleisch roch, weil der Metzger-Vater im riesigen Kofferraum manchmal Schweinehälften vom Schlachthof transportierte. Schickes Auto, Lenkradschaltung, Tacho senkrecht wie ein Thermometer, schade nur, dass der Dieselmotor so lahm war.

Heißer Tag im August, Jürgen und Hieronymus brausen durch die Gegend, einfach nur so. Seitenfenster heruntergekurbelt, die Ausstellfenster so gedreht, dass der Sommerwind ins Auto blasen kann. Radio an, natürlich BFBS, der britische Soldatensender. Jürgens schwarzer Lederschlips flattert über der Schulter.

Hieronymus kauert auf dem Beifahrersitz und spielt mit einer kleinen, silberfarbenen Ritterfigur aus Plastik. Der Ritter ist etwas korpulent, hat einen flachen, tellerartigen

Helm auf dem Kopf und trägt eine Lanze mit einer rot-weißen Fahne.

Hieronymus stellt die Figur auf die Kante vorm Hand-schuhfach, biegt die Lanze etwas nach vorn und lässt den Ritter einen Ausfallschritt machen. Er ist völlig in sein Spiel vertieft, schaut kaum auf die Straße, ignoriert Jürgens Fahrkünste. Wütend greift Jürgen nach der Figur, packt sie und wirft sie aus dem Autofenster. Hieronymus starrt sei-nen Bruder verständnislos an.

Im Radio läuft „Love me do" von den Beatles, eine von hysterisierten Fans völlig verkreischte Live-Version.

Sie fahren weiter. Hieronymus schweigt, schweigt auch, nachdem sie aus dem Mercedes gestiegen sind, spricht in den folgenden Tagen, Wochen, kein Wort mit seinem äl-teren Bruder.

Bald sechzig Jahre her, diese kleine Geschichte. Eigen-artig, dass sie Jürgen jetzt wieder einfällt. Aber wenn man alt ist, erinnert man sich.

Ban Liu ist aus dem Wasser gekommen und hat sich neben Jürgen vor die Bambushütte gesetzt.

„You look like Jean Gabin, Monsieur Jacques, do you know?", sagt er und streicht ihm sanft über das volle, weiße Haar.

Jacques Duchamps – so hieß Jürgen in der Fremdenle-gion.

„Maybe", antwortet „Monsieur Jacques" zerstreut.

„Are you sad?"

„I think, I have to go back to my home country, mon cher ami."

„Oh!"

Ban Liu schaut seinen Freund nachdenklich an.

„Maybe you're right."

# 2

Ein traumhaft schöner Sonnenaufgang auf Lütt Ui, kaum zu glauben nach dieser apokalyptischen Winternacht. In der Ju 52 reckten und streckten die Havarierten ihre klamm gewordenen Gliedmaßen.

Ein wunderbarer Sonnenaufgang auch über der Martin B. Die Amazonen hatten sich auf dem Hubschrauberlandedeck zum Frühsport versammelt, vollführten mit Keulen und Bändern weit ausschwingende Bewegungen wie einst auf dem Maifeld vor dem Berliner Olympiastadion. Aus den leicht scheppernden Decklautsprechern erklang die Morgenstimmung aus der Peer-Gynt-Suite von Edvard Grieg.

In der Luxus-Suite unter Deck erwachte Jerome, stand auf und legte sich gleich wieder hin. Er hatte einen Kater.

Verdammtes Heineken!, dachte er. Dreckzeug.

Nach einer Weile unternahm er einen zweiten Versuch.

Vorsichtig öffnete er die Tür zum anderen Schlafzimmer. Irmela lag in ihrem King-Size-Bett auf dem Rücken und schnorchelte leise vor sich hin.

Süß, dachte Jerome.

Auf der Pritsche ihrer kargen Kabine hockte mit hochgezogenen Beinen Brunhild und grübelte. Sie hatte kaum geschlafen.

Onkel Hiero thronte in seinem französischen Himmel-

bett wie Louis Quatorze beim Lever, vor sich ein Frühstückstablett mit Orangensaft, Kaffee und Toast. Kein
neumodischer Schnickschnack wie Müsli oder dergleichen. Einige Aufbaupräparate sprudelten in ihren Gläsern
vor sich hin.

Die Morgenkonferenz hatte gerade begonnen. Onkel
Hiero sagte „Morgenlage" dazu, weil sich das sich politi-
scher, militärischer anhörte.

Meroe und Prothoe standen am Fußende des Bettes
und referierten. Der Swiss-Gear-Rucksack befand sich im
Besitz der Organisation H (der „Oh-Ha", wie sie intern
und mit Onkel Hieros augenzwinkernder Duldung sagten), aber durch das Einfrieren des Schweizerkreuz-Chips
hatte Counter-H den Kollaps des Weltwährungssystems
leider verhindern können. An den Börsen war es ruhig geblieben, DAX, Dow Jones und Nikkei waren sogar gestiegen. Meroe und Prothoe schauten betreten zu Boden.

„Macht doch nix, ihr lieben Rosenmädchen!", krähte
Onkel Hiero fröhlich. „Aufgeschoben bedeutet bekanntlich nicht aufgehoben. Hach – was habe ich wieder gut geschlafen! Dieser ganze Krypto-Quatsch interessiert mich
doch überhaupt nicht. Ihr wisst ja nicht, was ich wirklich
im Schilde führe."

„Was führst du denn im Schilde, Onkel Hiero?", fragte
Meroe schüchtern.

„Na – die Familie zusammenbringen, du Blödine! Und
jetzt habe ich sie tatsächlich fast alle wieder zusammenge-
fangen. Hach – was habe ich heute für eine gute Laune!
Nur dass mein anderer Neffe, der Jürgen, immer noch
fehlt, das schmerzt mich. Zuzu dumm, dass ich absolut

nicht weiß, wo er steckt. Was habt ihr über ihn rausge-kriegt?"

„Nichts", rapportierte Prothoe. „Seine Spur hat sich seit über fünfzig Jahren verloren. Möglicherweise lebt er gar nicht mehr."

„Hm – das wäre natürlich jammerschade. Ich hätte ihn zuzu gern kennengelernt. Aber egal."

Onkel Hiero schlürfte, indem er die Zunge aus dem zahnlosen Mund ins Glas hängen ließ, geräuschvoll einen der sprudelnden Cocktails.

„Magnesium-Stierhoden! Köstlich! Unerreicht! Heute machen wir Party! Über die Geschäfte reden wir morgen wieder. Jetzt erstmal Party – Paaarty!"

Er klatschte in die Hände.

„Meroe! Prothoe! Avanti, avanti! Meine Super-Hiero-Gala-Uniform!"

Mit einer schnellen Bewegung schob Onkel Hiero das Frühstückstablett von sich und sprang aus dem Bett.

Auf dem Stummen Diener neben dem Bett hing bereits seine prächtige Uniform, die ihm im Lauf der Jahre aller-dings etwas zu weit geworden war.

Onkel Hiero fischte sein Gebiss vom Boudoir-Tisch und setzte es sich ein.

„Das wird ein Spaß, ein großer Spaß", trällerte er vor sich hin, während er sich mit Prothoes diskreter Unterstüt-zung ankleidete.

Gleich würde er die indianische Wahrheitsdroge Astra-huascin an seiner Tochter ausprobieren.

# 3

Die Wahrsagerin betrachtet ihre von jungen Buchen gesäumte Grabstelle, die sie vor einiger Zeit auf dem Waldfriedhof von Königswinter gekauft hat. Es ist ein Urnengrab; sie hat verfügt, dass ihr Leichnam verbrannt werden soll.

Sie sitzt auf einer Bank am Rand des Urnenfelds und zündet sich eine Senoussi an.

Bald wird es so weit sein, denkt die alte Wahrsagerin.

Ihr kommt ein kleines Gedicht in den Sinn, das sie kürzlich irgendwo gelesen hat:

„Alte Männer sagen SO!
Sie sagen SO! wenn sie zum Kühlschrank gehn
Sie sagen SO! wenn sie in der Gegend rumstehn
Sie sagen SO! wenn sie zum Auto gehn
Sie sagen SO! wenn sie den Zündschlüssel drehn
Sie sagen SO! wenn sie zum Friedhof gehn
Sie sagen SO! wenn sie ihr Grab besehn."

Wie könnte dieses Gedicht auf alte Frauen umgedichtet lauten? Die Wahrsagerin überlegt, auch in Hinsicht darauf, was einmal auf ihrem Grabstein stehen könnte. Vielleicht müsste in dem Gedicht vorkommen, dass alte Frauen aktiver sind als alte Männer. Vielleicht aber auch ganz schlicht: „Sacht, sacht die Türe zu …"

Etwas in dieser Art.

Bevor die Wahrsagerin auf den Friedhof gegangen ist, hat sie ein Briefkuvert bei ihrem Notar deponiert. Das ist alles, was sie in ihrem Leben noch tun wollte. Nun kann sie sterben, nicht eben beruhigt, aber doch in dem Gefühl, alles erledigt zu haben.

# 4

Die doppelflügelige Tür zu Onkel Hieros Schlafzimmers öffnete sich, und Brunhild, übernächtigt und immer noch lediglich mit dem dürftigen Klinikhemdchen bekleidet, wurde von Meroe hereingeführt.

Sie erschrak. Ihr Vater war nicht mehr der hinfällige Greis, den sie am Abend zuvor auf dem Bildschirm gesehen hatte, sondern der schneidige Offizier, den sie aus Paraguay kannte, wenn auch seine Gesichtshaut gelblicher, pergamentener geworden war.

„Guten Morgen, liebe Tochter!", rief Onkel Hiero. „Hast du denn schon gefrühstückt?"

Er deutete auf die sprudelnden Gläser.

Brunhild schüttelte stumm den Kopf. Sie wusste, dass hier lauter Fallen aufgestellt waren, in die sie auf keinen Fall hineintappen durfte.

„Nichts Erfrischendes? Auch keinen Hunger?", fragte Onkel Hiero. „Wirklich nicht?"

„Ich würde mir eher die Zunge abbeißen, als hier auch nur einen Bissen anzurühren", erwiderte Brunhild mit bebender Stimme.

„Schade", sagte Onkel Hiero und machte eine leichte Kopfbewegung

Im selben Augenblick spürte Brunhild einen Stich im linken Oberarm.

Verdammt – nicht aufgepasst!, dachte sie.

Meroe hob bedauernd die Zwei-Kubik-Spritze, die sie Brunhild gerade appliziert hatte.

„Du – Fotze!", zischte Brunhild.

Meroes Gesicht nahm wieder diesen unglücklichen, diesmal jedoch mit Empörung gemischten Ausdruck an, den Brunhild bereits kannte.

„Hihi, reingelegt!", kicherte Onkel Hiero. „So, Guudruun, nun schlage ich vor, dass du dich einfach mal entspannst. Vielleicht doch wenigstens eine Scheibe Toast? Mit Orangenmarmelade? Oder lieber etwas Herzhaftes?"

Brunhild wusste, dass sie verloren hatte. Dem Astrahuascin, das jetzt durch ihre Blutbahn fluktuierte, würde sie auf Dauer nicht standhalten können. Aber vielleicht war sie doch stark genug, möglichst wenig von sich preiszugeben.

Sie erinnerte sich an das alte Kinderspiel, bei dem man auf irgendwelche Fragen keinesfalls mit Ja, Nein, Schwarz und Weiß antworten durfte. Vielleicht spielte ihr Vater jetzt ein ähnliches Spiel mit ihr, und sie musste sich einfach nur konzentrieren …

„Ja, nein, schwarz, weiß …", sagte Brunhild vor sich hin und kniff die Augen zu.

„Wie bitte? Was hast du?" Onkel Hiero hielt sich die Hand hinter das rechte Ohr. „Ich verstehe leider nicht, was du mir sagen willst, liebe Tochter."

„Ach – nichts", sagte Brunhild. „Ja, nein …"

Sie öffnete die Augen. Seltsam, wie frisch sie sich plötzlich fühlte, obwohl sie die Nacht über kaum geschlafen hatte. Müdigkeit und Niedergeschlagenheit waren wie weggeblasen. Auf einmal hatte sie Hunger, enormen Hunger sogar.

„Wenn ich es mir genau überlege", sagte Brunhild, „eine Kleinigkeit könnte ich doch vertragen."

„Ich wusste es!", jubelte Onkel Hiero.

Er sprintete zu einem zierlichen Tisch neben der doppelflügeligen Tür und lüftete die darauf befindliche große, silberne Haube. Unter ihr verbarg sich ein kunstvolles Arrangement aus kalten und warmen Delikatessen.

„Nimm Platz! Greif zu!"

Brunhild zögerte.

„Ah, ich weiß, ich weiß!", rief Onkel Hiero. „Du hast vollkommen recht. So geht das wirklich nicht. Meroe! Prothoe! Den Hermelin!"

Die beiden Wächterinnen schienen auf diesen Befehl nur gewartet zu haben. Brunhild fühlte ein angenehmes Gewicht auf ihren Schultern: Meroe und Prothoe hatten einen weißen, von schmalen dunklen Streifen durchzogenen Pelzmantel über ihr Klinikhemdchen gelegt.

„Na, gefällt dir das?", fragte Onkel Hiero.

„Ja, sehr", antwortete Brunhild vergnügt. „Das ist wirklich schick. Jetzt sehe ich ein bisschen aus wie die Queen, findet ihr nicht?"

Plötzlich wurde ihr Blick starr.

„Was ist?", fragte Onkel Hiero.

„Hitler!", flüsterte Brunhild.

Onkel Hiero beugte sich zu ihr. „Was ist mit – Hitler?"

„Hitler –", wiederholte Brunhild, „Hitler war eine Marionette!"

„Eine Marionette?" Onkel Hiero wurde hellhörig. „Ah ja? Wessen Marionette?"

„Eine Marionette des amerikanischen Finanzjudentums!"

„Wie das?", fragte Onkel Hiero interessiert.

„Hitler hat im Auftrag der amerikanischen Juden den Zweiten Weltkrieg angezettelt und die ganzen KZ's organisiert. Um die Regierung der USA zu provozieren, und das Ende vom Lied war die Niederwerfung Großdeutschlands. Genau das, was die amerikanischen Finanzjuden erreichen wollten. Hitler –" Brunhilds Stimme war kaum mehr zu hören. „Hitler war nämlich selbst Jude."

„Ach, Gudrun", sagte Onkel Hiero, „das ist doch kalter Kaffee, das wissen in Paraguay ja sogar schon die Schulkinder."

„So?", fragte Brunhild enttäuscht. „Und dass Hitlers Leiche im Garten der Reichskanzlei gar nicht Hitler war, sondern Dr. Morell – das wisst ihr auch?"

„Ja, meine liebe Tochter."

„Na dann ..."

Onkel Hiero wunderte sich nun nicht mehr, dass die Organisation Counter-H das Astrahuascin aus ihrem Agentengepäck aussortiert hatte. Die Droge wurde offensichtlich überschätzt.

# 5

Jean Gabin saß in der First Class der Pan Am Super Constellation L-1049 G und ließ sich von der Stewardess gerade den dritten Scotch servieren, als das linke äußere Triebwerk ausfiel. Er schob kurz den Vorhang seines Kabinenfensters beiseite, sah den stillstehenden Propeller, und lehnte sich wieder zurück. Dass bei der Super Connie ab und zu ein Triebwerk streikte, war normal, nicht umsonst nannte man sie auch die beste dreimotorige Maschine über dem Atlantik. In etwa drei Stunden würde er in Paris Orly landen und mit Alain Delon die Dreharbeiten für „Mélodie en sous-sol" fortsetzen.

Etwa fünfzig Jahre später sitzt Jürgen an Bord einer Boeing 767 der Royal Brunei Airlines. Er kann es sich bequem machen, denn sein Platz ist direkt am Übergang von der Economy zur Business Class, und er hat keinen Nachbarn.

Im Flugzeug befinden sich etliche ältere deutsche Männer mit sehr jungen Thai-Frauen. Zu diesen Passagieren gehört Jürgen nicht.

Er lässt sich von der mandeläugigen Stewardess einen Kaffee bringen und schaut aus dem Kabinenfenster. Ein gigantischer Sonnenaufgang glüht tiefrot über den Wolken.

Jürgen fliegt nach Deutschland. Um Rache zu üben? Nein. An wem auch; von seiner Familie lebt niemand mehr. Abgesehen von seinem Bruder Hieronymus.

Da ist die alte Geschichte mit dem Spielzeug-Ritter, den er ihm damals weggenommen und aus dem Autofenster geworfen hat. Sie geht Jürgen nicht mehr aus dem Kopf. Er weiß nicht wie, aber er will das in Ordnung bringen. Und er spürt, dass er nicht mehr allzu viel Zeit hat.

Jürgen hat nur eine einzige Adresse in Deutschland, die seines alten Kameraden Stefan Sand, mit dem er in der Fremdenlegion durch dick und dünn gegangen ist. Dort würde er als erstes andocken. Irgendwann, wenn er sich akklimatisiert hatte, würde er Kontakt zu Hieronymus aufnehmen. Seine Anschrift herauszubekommen, dürfte kein Problem sein, das Bureau de Renseignements de la Légion Étrangère stand ihm jederzeit zur Verfügung. Alles Weitere würde sich finden.

Jürgen hat nicht bemerkt, dass die mandeläugige Stewardess wieder neben seinem Platz steht.

„Vous désirez autre chose, Monsieur Jacques? Un Sandwich?"

„Non, merci, Mademoiselle", antwortet Jürgen. „Mais vous êtes très gentille."

# 6

„Übrigens, wisst ihr –", plapperte Brunhild fröhlich weiter, „Operation Maiglöckchen, das war noch gar nichts! Wollt ihr mal eine richtig peinliche Geschichte hören? Die Geschichte meiner Schwangerschaft? Mein lieber Herr Gesangverein! Das war vielleicht peinlich."

„Ach weißt du", sagte Onkel Hiero, „wenn dir die Geschichte so peinlich ist, dann behalte sie doch besser für dich."

„Nein, nein, das macht mir gar nichts. Ihr beiden Hübschen, das interessiert euch sicher auch, wer weiß, vielleicht kommt ihr irgendwann in so eine Situation, und dann erinnert ihr euch an das, was ich jetzt erzähle. Also ich fang einfach mal an. Das ist ja vielleicht alles lecker hier! Ist noch was Kaffee da?"

Meroe schenkte nach und lächelte Brunhild an.

„Du bist vielleicht süß!", sagte Brunhild. „Die Fotze nehme ich hiermit in aller Form zurück.

„Schon vergessen", erwiderte Meroe und ließ kaum merklich ihre vollen Lippen beben.

„Also mit meiner Schwangerschaft", fuhr Brunhild fort, „das war so. Am besten, ich fange damit an, dass ich nicht schwanger wurde. Und das lag nicht daran, dass ich nicht ... Nein, nein, ganz im Gegenteil – ich war kein Kind von Traurigkeit, das könnt ihr mir glauben. Aber irgendwie wollte es nicht klappen, ich konnte machen was ich wollte. Von vorn, von hinten, Kopfstand, seitwärts, wirklich alles."

Meroes Gesicht nahm wieder einen unglücklichen Ausdruck an. Prothoe dagegen zeigte keine Regung.

„Jedenfalls war ich irgendwann Mitte fünfzig, und es musste was passieren. Biologische Uhr undsoweiter. In so einer Situation macht man – oder frau – ja schon mal merkwürdige Sachen. Ich hatte von dieser berühmten, steinalten Wahrsagerin im Rheinland gehört. Sie hatte schon Bundeskanzler Adenauer beraten, die Kaiserin Soraya und sogar die DDR-Regierung, und irgendwie war die auch eine Heilerin. Zu der bin ich also hin. Sie war wirklich sehr alt, beinahe wie eine Mumie sah sie aus. So wie du, Papilein."

„Danke für das reizende Kompliment." Onkel Hiero nahm den kleinen Seitenhieb gelassen hin.

„Also, die Wahrsagerein schaute mich lange, sehr lange

schweigend an, und dann sagte sie: ‚Ich kann dir helfen. Du wirst schwanger werden. Gehe nächste Woche in die Beethovenhalle und besuche das Konzert des Pianisten Arturo Manzotti. Alles Weitere wird sich ergeben.' Ich interessiere mich eigentlich nicht besonders für klassische Musik, und das Konzert war eher durchschnittlich. Und irgendetwas Besonderes passierte auch nicht mit mir. Aber als ich nach dem Konzert meinen Mantel abholen wollte, sprach mich ein Mann an: ‚Guten Abend, ich bin der Impresario von Herrn Arturo Manzotti. Er bittet Sie, ihn in seiner Künstlergarderobe zu besuchen.' Aha, dachte ich, da tut sich vielleicht doch noch was. Ich also hinter dem Impresario her in diese Garderobe. Arturo Manzotti war ein ausgesprochen uninteressanter Typ, genauso dröge wie sein Klavierspiel. Nicht einmal etwas zu trinken bot er mir an. Murmelte nur, dass er gerade in einer Sinnkrise sei und sehr trostbedürftig nach diesem, wie er selbst am besten wisse, furchtbaren Konzert. Und dann fragte er doch tatsächlich, ob ich Lust hätte, mit ihm zu schlafen, er stünde auf reife Frauen. ‚Jetzt? Unverzüglich?', vergewisserte ich mich, und er bestätigte: ‚Jawohl. Nach meiner Kenntnis sofort.' Ich hatte keine Ahnung, wie das alles zusammenhing, aber irgendetwas sollte an diesem Abend ja passieren. Herr Manzotti zog mich auf eine Chaiselongue, die nicht besonders sauber und auch sehr unbequem war, und dann hat er sich über mich gewälzt. Unter normalen Umständen hätte ich das natürlich unmöglich gefunden, aber ich wusste ja, es war eine sehr spezielle Situation. Und eine ganz kurze Angelegenheit. Wie der Minutenwalzer von Chopin. Den hatte Manzotti als Zugabe gespielt und sich mindestens dreimal verhauen. Danach komplimentierte er mich ganz schnell aus der Garderobe, was mir nur recht war. Und nach ein paar Wochen stellte sich heraus: hurra, ich war tatsächlich schwanger! Ich hätte am liebsten einen Freudensprung gemacht, aber das ließ ich natürlich bleiben. Risikoschwangerschaft, ihr versteht. Habe mich in den kommenden Monaten behandelt wie ein rohes Ei. Und dann bekam ich Jennifer. Völlig komplikationslos. Ich überlegte, Kontakt zu diesem Herrn Manzotti aufzunehmen, aber ich fand das überflüssig, Jennifer brauchte keinen Vater. Außerdem war Arturo Manzotti plötzlich aus der Öffentlichkeit verschwunden. Er konzertierte nicht mehr, es gab auch keine Schallplatten mehr, man las und hörte nichts mehr über ihn. Kein großer Verlust für die Musikwelt, wenn ihr mich fragt. Und als Liebhaber – allerunterste Schublade. Falls ihr diesem Herrn Manzotti je begegnen solltet – Finger weg, meine Damen."

Onkel Hiero hatte, während Brunhild erzählte, die blonde Perücke und einen Handspiegel vom Boudoir-Tisch genommen. Er trat hinter Brunhild, setzte ihr die Perücke auf und reichte ihr den Spiegel.

„Das war eine wirklich nette Geschichte", sagte er und schob seine Augenklappe zurecht. „Und gar nicht peinlich. Schau mal in den Spiegel, Gudrun. Beinahe wie vorher, findest du nicht?"

# 7

Jürgen und Stefan. Zwei alte Fremdenlegionäre. Zwei Kameraden, die dem Grauen des Krieges ins Auge geblickt haben. Die Hölle von Tonkin, die Gemetzel in Algerien, die brutalen Undercover-Missionen hinter den feindlichen Linien …

Jürgen und Stefan sind sehr still, sehr traurig. Jeder hängt seinen Gedanken nach.

Die beiden Veteranen sitzen nebeneinander im Wintergarten von Stefans Haus. Es ist das letzte an der Straße, die aus dem kleinen Ort Der-Name-ist-nicht-so-interessant hinausführt. Gleich hinter dem Garten beginnen Kuhweiden und Felder.

Es ist früher Abend, ein Kaminfeuer knackt und prasselt. Dicke, nasse Schneeflocken klatschen an die dunkle Glasfront des Wintergartens und rutschen in nassen Schlieren nach unten.

Irgendwann, als das Schweigen zu lastend wird, räuspert sich Jürgen und sagt: „Was habt ihr für ein Scheiß-Wetter in Deutschland."

„War dir die Hitze im Tschad lieber?" Stefan lacht kurz auf und nippt an seinem Pernod. Jürgen nimmt einen Schluck von seinem trockenen Rotwein.

Stefan lebt sehr unauffällig, seit er sich aus der Légion Étrangère zurückgezogen hat. Wie Jürgen diente er im Département Spécial der Legion, von dem die Öffentlichkeit noch weniger erfahren durfte als von der ohnehin schon geheimnisumwitterten regulären Truppe.

Stefan ist kleiner und drahtiger als sein eher massiger Kamerad Jürgen, wirkt beinahe ausgedörrt. Seine von der Tropensonne gegerbte Gesichtshaut spannt über den Wangenknochen.

Stefan hat die Konstitution eines Triathleten. Trotz seines fortgeschrittenen Alters hat er dreimal am Ironman auf Hawaii teilgenommen. Jedesmal belegte er einen höchst ehrenvollen Platz. Schon in den Siebzigerjahren, als der Triathlon-Sport gerade aufkam, nutzte er seine knapp bemessenen Urlaube von der Fremdenlegion, um bei Wettkämpfen zu starten.

„Warum bist du zurück?", fragt Stefan. „Willst du in der Heimaterde begraben werden?"

„Das könnte ich auch anders organisieren", erwidert Jürgen und lächelt ein wenig. „Außerdem will ich verbrannt werden. Meine Asche soll eines Tages über dem Ozean verstreut werden."

„Was ist dann der Grund?"

„Einen alten Kameraden wiedersehen. Ist das nicht Grund genug?" Jürgen prostet Stefan zu, der die Geste erwidert.

„Zuviel der Ehre. Aber ist das alles?"

„Nein. Es gibt da noch ein paar Familienangelegenheiten, die ich regeln muss."

„Du hast Familie?"

„Jeder hat Familie. Ob er will oder nicht. Ich habe noch einen kleinen Bruder. Na ja, was heißt klein, er ist mittlerweile auch ein ziemlich alter Knabe."

„Was ist mit ihm? Was tut er?"

„Ich weiß es nicht. Ich habe ihn seit Jahrzehnten nicht gesehen, kenne noch nicht einmal seine Adresse. Aber ich habe so ein Gefühl, dass ich ihn bald wiedersehen sollte. Es kostet mich Überwindung, aber … hoffentlich komme ich nicht zu spät."

Im Kamin fällt funkensprühend ein großes Holzscheit in sich zusammen.

„Tu, was du tun musst", sagt Stefan. „Du weißt, dass du auf mich zählen kannst."

# 8

Die Männer auf Lütt Ui hockten in Decken gehüllt, die sie in der Ju gefunden hatten, am Strand und schauten angestrengt aufs Meer. Kein Schiff, kein Flugzeug, das sie retten könnte, zeigte sich. Horizont und Himmel blieben leer.

Lütt Ui schien eine Art Vogelreservat zu sein. Im flachen Wasser tummelten sich Seevögel in allen Farben und Größen. Strandläufer jagten aufgeregt über den Sand, Seeschwalben und Möwen mit beeindruckender Flügelspannweite schwangen sich in die Lüfte. Es herrschte ein ohrenbetäubendes Gekreische und Gezeter.

Ein Vogel mit langem, rotem Schnabel tat sich besonders hervor. Sein Ruf ging von einem rollenden Schnattern in ein hektisches, etwa zehn Sekunden andauerndes Lärmen über und brach dann plötzlich ab.

Kein schlechter Sound für eine Alarmanlage, dachte Ralf.

„Vorsicht!", brüllte Horst. Eine Möwe hatte sich auf Ralf gestürzt, er schaffte es gerade noch, sein Gesicht mit den Armen zu schützen. Immer wieder mussten sich die Havarierten gegen diese scharf geflogenen Attacken wehren. Sie waren, das wurde ihnen deutlich gezeigt, auf Lütt Ui nicht willkommen.

Ralf, Horst und Dieter saßen etwas abseits von den Namenlosen.

„Ich habe mir noch einmal das Funkgerät vorgenommen", murmelte Horst. „Nur Rauschen. Nichts als Rauschen. Auf allen Kanälen."

„Die Organisation H steckt dahinter", mutmaßte Ralf. „Ich nehme an, dass sie eine elektromagnetische Glocke über die Insel gestülpt hat. Undurchdringbar für Frequenzen gleich welcher Art."

„Du meinst, Lütt Ui ist eine Falle?", fragte Dieter.

„Genau. Diese Landebahn mitten im Ozean war nichts anderes als eine Leimrute, auf der wir kleben bleiben sollten."

„Was können wir tun?"

„Nichts. Im Augenblick jedenfalls."

„Vielleicht hilft uns wieder ein Gewitter."

Ralf lächelte müde. „Möglich. Aber unwahrscheinlich."

Die Namenlosen hatten einen düsteren Gesang angestimmt. Es war kein Lied, noch nicht einmal ein Gesang im eigentlichen Sinn, sondern eher ein tiefes Summen und Brummen.

Fast wie der Obertongesang dieser tibetanischen Mönche, dachte Ralf. Woher sie das nun wieder haben.

„Unten endlos nichts als Wasser
Droben Himmel still und weit …"

Über die schwermütigen Töne der Namenlosen hatte Dieter seine helle, wohlklingende Stimme erhoben.

„Und für immer da verschlagen
Blieben sie im fremden Land.
Hörten nachts des Vaters Klagen
Oft noch fern vom Götterstrand.
Und nun Kindeskinder müssen
Nach der Heimat sehn ins Meer,
Und es kommt im Wind ein Grüßen,
Und sie wissen nicht woher."

Der Gesang der Namenlosen klang aus. Dieter schwieg.

„Sehr schön!", sagte Ralf.

„Na", knurrte Horst, „hoffentlich bleibt uns erspart, was du uns da gerade vorgesungen hast."

# 9

Nach einigen Tagen, die er bei Stefan Sand verbracht hat, spürt Jürgen: die Zeit ist gekommen. Er meldet sich beim Bureau de Renseignements de la Légion Étrangère und bittet um Auskunft. Dort kennt man keinen Hieronymus Prinz in Deutschland. Es gibt jedoch einen kurzen Aktenvermerk über einen etwa sechzigjährigen Mann namens Jerome Prinz, der möglicherweise nicht immer so geheißen hat. Vielleicht sind dieser Jerome Prinz und sein Bruder Hieronymus identisch.

Der Mann, der sich Jerome nennt, lebt in der Stadt Der-Name-ist-hier-nicht-so-wichtig. Jürgen beschließt, sich an diese vage Spur zu heften. Was sollte er sonst tun?

„Bist du sicher, dass es so weit ist?", fragt Stefan seinen alten Kameraden.

„Ja. Ich werde dich auf dem Laufenden halten."

„Bonne Chance, Camarade!"

Jürgen geht in ein Spielzeuggeschäft, sucht eine kleine Plastikfigur aus und kauft sie: einen Ritter in mattsilberner Rüstung. Dann setzt er sich in den Zug und fährt nach Der-Name-ist-hier-nicht-so-wichtig.

Jürgen begibt sich zu der Adresse, die das Bureau de Renseignements ihm genannt hat, und klingelt. Niemand öffnet. Jürgen geht wieder. Unschlüssig schlendert er die Straße, in der dieser Jerome wohnen soll, auf und ab.

Es ist ein trüber Winterabend, nasser, schwerer Schnee fällt. Jürgen friert. Wehmütig denkt er an den Strand in Indochina, an seine Bambushütte, denkt auch seinen jungen, sanften Freund Ban Liu, der auf ihn wartet. Wird er, Jürgen, denn zurückkehren? Ganz sicher. Hier kommt er sich vor wie ein Alien. Menschen trotten gesenkten Hauptes an ihm vorbei; Jürgen fühlt sich herumgeschoben und -geschubst, obwohl er gar keinen körperlichen Kontakt mit den hastenden Passanten hat. Was ist Deutschland für ein trübes, kaltes, missvergnügtes Land.

Auf der gegenüberliegenden Straßenseite befindet sich ein Supermarkt, ein hässlicher, dunkelrot gestrichener Flachbau ohne Fenster. Jürgen sieht, wie ein Mann mit einem schwarzen Rucksack den Supermarkt verlässt, die Fahrbahn betritt und von einem roten Kleinwagen erfasst wird. Der Mann mit dem Rucksack fliegt gegen einen Laternenmast und bleibt vor einer grünen Streusandkiste liegen. Eine junge Frau stürzt aus dem Wagen, drängt sich in die Menschentraube, die sich um den Mann gebildet hat, zerrt ihn ins Auto und braust davon.

Jürgen weiß nicht genau, warum er das tut, aber intuitiv

winkt er ein Taxi heran und nimmt mit ihm die Verfolgung auf. Die langen Jahre in der Legion haben sein Gespür für besondere Situationen geschärft.

Die junge Frau fährt schnell, riskant und ohne Licht, aber der Taxifahrer lässt sich nicht abschütteln, selbst dann nicht, als sie in einem gewagten Manöver aus einem Kreisverkehr in eine dunkle Straße einbiegt, die zum Hafen führt.

Die Verfolgungsjagd scheint dem Taxifahrer Spaß zu machen. Plötzlich jedoch hält er abrupt an. „Gefährliche Gegend", sagt er in gebrochenem Deutsch, „bis hierhin und nix weiter."

Jürgen zahlt, steigt aus und steht allein in der dunklen, ihm völlig unbekannten Hafengegend. Was soll er tun?

Zwei schwere Pickups brausen mit halsbrecherischer Geschwindigkeit an ihm vorbei. Jürgen runzelt die Stirn. Was könnte das bedeuten? Wenig später kommt, wiederum mit hoher Geschwindigkeit, einer der beiden Pickups zurück. Knapp dahinter ein roter Kleinwagen. Der Kleinwagen schlingert, verliert eine Radkappe, die über den Asphalt scheppert. Jürgen braucht einen Moment, bis er erkennt, dass der Pickup den roten Kleinwagen im Schlepp hat. Ein merkwürdiger Anblick. Das ist doch –, denkt Jürgen. Tatsächlich – es ist dasselbe rote Auto, das er kurz zuvor im Taxi verfolgt hat. Jürgen weiß jetzt, was er zu tun hat. Er zieht sein Mobiltelefon aus der Manteltasche.

Stefan Sand meldet sich sofort. „J'écoute!"

„Stefan, ich brauche deine Hilfe."

Fast im selben Moment ereignet sich nicht weit entfernt eine Detonation. Jürgen sieht einen Feuerschein.

Auch Stefan am Telefon bekommt die Explosion mit.

„In Ordnung, Kamerad", sagt er. „Ich mache mich auf den Weg. Gib mir deine Koordinaten."

## 10

Die Amazonen hatten Irmela und Jerome aus ihrer Suite geholt und aufs Promenadendeck im vorderen Abschnitt der Martin B. gebracht. Dick eingemummelt saßen die beiden nun, von den Amazonen diskret, aber aufmerksam beobachtet, in bequemen Liegestühlen am Rand des mit Aluminium-Planken abgedeckten Swimmingpools. Ihnen gegenüber, auf der anderen Seite des Beckens, reihten sich einige Fitnessgeräte: Hantelbänke, Crosstrainer und eine Rudermaschine.

Die Amazonen trugen immer noch ihr knappes antikisches Outfit, kurze Hosenröcke und raffiniert gewickelte Oberteile. Es war windstill, der Himmel zeigte ein strahlendes, wolkenloses Blau.

„Ein Januartag so warm wie Mai", sagte Jerome und schlug sein Plaid zurück.

„Dummes Zeug. Es ist immer noch schweinekalt!", widersprach Irmela. Sie zog sich ihre Decke hoch bis zum Kinn. „So. Noch einmal von vorn. Sind wir nun miteinander verwandt oder nicht?"

„Onkel Hiero will uns nur verwirren", entgegnete Jerome. „Nein – wir sind vermutlich nicht verwandt. Wie soll das gehen?"

„Na ja", überlegte Irmela, „theoretisch … Wenn Onkel Hiero behauptet, er sei mein Opa, hieße das doch, ich bin die Tochter seiner Tochter oder seines Sohnes. Und warum soll Onkel Hiero nicht einen Sohn oder eine Tochter haben? Du sagst, er war über Jahrzehnte verschollen. Für deine Familie existierte er nicht mehr. Und ich – ich bin so etwas wie ein Findelkind. Keine Ahnung, wer meine leiblichen Eltern sind. Also theoretisch … ach – irgendwie nervt das alles aber auch. Diese ewigen Familiengeschichten."

„Buh!", machte es plötzlich hinter ihnen. Jerome und Irmela fuhren zusammen.

„Na, habe ich euch erschreckt? Im Anschleichen war ich schon immer gut."

Wie aus dem Boden gewachsen stand Onkel Hiero zwischen den Liegestühlen. Er trug eine schwarze Uniform, über die er einen voluminösen, viel zu großen Offiziersmantel mit breiten, hellen Aufschlägen geworfen hatte. Auch die Schirmmütze war zu weit, nur Onkel Hieros abstehende Ohren verhinderten, dass sie ihm ins Gesicht rutschte.

„Ich habe mir was Tolles überlegt", rief er. „Ich werde euch von nun an Immy und Jerry nennen. Wie findet ihr das? Das klingt doch lustig, oder? Ihr sollt ja auch nicht Hieronymus oder gar Avunculus Hieronymus zu mir sagen, wie Demoiselle Prothoe es immer noch tut, obwohl ich das gar nicht mehr will, sie macht es trotzdem immer wieder, die dumme Pute – nein, ihr sagt ganz kommod Onkel Hiero und gut ist. Immy und Jerry, Jerry und Immy, ich könnte das hundertmal hintereinander sagen, so lustig finde ich das – habt ihr denn alles, was ihr braucht?"

„Das Heineken im Kühlschrank ist alle", sagte Jerome.

„Das ist ja eine Katastrophe! Meroe! Prothoe! Sofort das Heineken in allen Kühlschränken auffüllen! Das Heineken soll nimmermehr aufhören zu fließen! Und du, Immy – wie geht es dir?"

„Abgesehen davon, dass du uns als Geiseln festhältst, geht es mir gut", erwiderte Irmela.

„Frechheit!" Onkel Hiero schrie plötzlich, seine hohe Greisenstimme überschlug sich. „Ich reiße mir den Arsch auf, um nach Jahrzehnten die Familie endlich wieder zusammenzubringen, und du faselst etwas von Geiselnahme? Du bist so etwas von undankbar!"

„Du bist für mich ein Super-Verbrecher, der unschädlich gemacht werden muss, sonst gar nichts", entgegnete Irmela kühl. „Meinst du, wir wüssten nicht Bescheid? Über deine üblen Kokaingeschäfte? Über deinen Atom-Deal mit Nordkorea? Über deine betrügerische Krypto-Währung? Und dass du jetzt zum finalen Schlag gegen das Weltwirtschaftssystem ausholst?"

Onkel Hieros Gesicht nahm einen schmerzerfüllten Ausdruck an. „Ach, Immy, sei nicht so grob mit mir. Du machst mich unglücklich, richtig unglücklich. Gut – vielleicht gibt es die eine oder andere Sache, die man kritisieren könnte. Aber das ist Business. Ich muss schließlich von irgendetwas leben. Das hat doch nichts mit euch zu tun."

Er kippte seine Augenklappe hoch, ließ für einen Moment die leere Höhle darunter erahnen und schob die Klappe wieder nach unten.

„Mal ein bisschen frische Luft dranlassen", sagte er. „Übrigens keine Kriegsverletzung, wie ihr wahrscheinlich denkt. Ich hab mich ja immer in Acht genommen. Ist beim

Hahnenkampf passiert. Ganz dumme Sache das. Springt mir so ein Gockel mit seinen scharfen Krallen doch glatt ins Gesicht."

Onkel Hiero ließ sich in den Liegestuhl neben Irmela und Jerome fallen und blickte verzweifelt in den Himmel.

„Wir gebären rittlings über dem Grabe", seufzte er. „Ich bin ein alter Mann. Eines Tages werde ich sterben." Er betrachtete gedankenvoll die dürren, gelben Finger seiner linken Hand. „Auch wenn es gerade nicht danach aussieht, hihi."

Er ließ die Finger flattern wie ein Zauberer, der eine Münze oder ein Porzellan-Ei verschwinden lässt.

„Wisst ihr, es ist schon ein bisschen her, ich lebte noch in Paraguay, oh Gott, jetzt habe ich mich aber verplappert, jedenfalls wurde mir eines Tages auf sehr verschlungenen Wegen ein Dokument zugespielt. Ein tönernes Dokument, nein, falsch, keine geritzte Tontafel aus grauer Vorzeit, was ganz Modernes, ein tönendes Dokument, wollte ich sagen. Aus dem Nachlass einer sehr alten, mir völlig unbekannten Frau. ,Nach meinem Tode an Herrn Hieronymus Der-Nachname-tut-nichts-zur-Sache auszuhändigen' stand auf dem Kuvert. Was sich in dem Umschlag befand, war bemerkenswert, und, ich kann es nicht anders sagen, ziemlich überraschend. Liebste Immy, hast du dich nie gefragt, wer deine leibliche Mutter ist? Na?"

„Ist mir völlig egal, wer meine leibliche Mutter ist", erwiderte Irmela und wusste, dass sie in diesem Moment log.

„Wirklich? Wart's ab, Immylein", kicherte Onkel Hiero. „Ihr werdet staunen! Beide! Staunemann und Söhne!"

Er sprang aus dem Liegestuhl auf, hüpfte über die federnden Aluminium-Planken des abgedeckten Pools, und verschwand im Deckhaus.

## 11

Ein weiteres Mal wachte Brunhild verwirrt und desorientiert auf, öffnete wiederum mühsam die Augen, und sah sich um.

Sie lag auf einem Bett, aber es war erheblich breiter und auch bequemer als die Pritsche in der gefängnisartigen Kabine, aus der ihre Wächterinnen sie abgeholt hatten. Nein, in ihrer alten Zelle war sie nicht. Sie war aber auch nicht mehr im Schlafzimmer ihres Vaters und erst recht nicht in dem Saal, der sie so an das Prunkgemach in Paraguay erinnert hatte. Sie war in einem anderen Raum. Dieses Schiff schien unendlich viele Gemächer, Säle, Zellen und Kajüten in sich zu bergen.

Das Apartment, in dem sich Brunhild jetzt befand, war maritim eingerichtet. An der Decke baumelte eine verkupferte Schiffslaterne; gegenüber vom Bett, auf einer Kommode, die Beschläge statt Griffe hatte, stand das detailreich ausgeführte Modell eines Viermasters.

Brunhild war mit dem üppigen, ziemlich streng riechenden Pelzmantel zugedeckt, den Meroe und Prothoe ihr umgelegt hatten. Vor ihrem Gesicht hingen verklebte Haare. Richtig, sie erinnerte sich, ihr Vater hatte ihr noch eine Perücke, eine blonde Perücke übergestülpt, bevor sie erneut ohnmächtig wurde.

Diese ständigen Ohnmachten, dachte Brunhild verzweifelt, ich muss das in den Griff bekommen!

Aber wie sollte sie diese Demütigungen, diese fortge-
setzten Erniedrigungen, die ihr eigener Vater ihr zufügte,
anders ertragen? Körper und Geist hatten eine völlig an-
gemessene Reaktion gezeigt, indem sie durch diese Ohnmachten signalisierten, es wird uns zu viel, wir können
nicht mehr.

Was um Himmels willen hatte sie ihrem Vater unter
dem Einfluss des Astrahuascins erzählt? Brunhild erinnerte sich nur an Bruchstücke. Sie hatte einen gewissen Dr.
Morell erwähnt; möglicherweise hatte sie sogar über ihre
Schwangerschaft geredet. Es konnte jedenfalls nur furchtbar peinlich gewesen sein.

Wer war es überhaupt gewesen, der da aus ihr gesprochen hatte, war es Brunhild, Gudrun, oder vielleicht sogar
Fräulein Gerstäcker?

„Klasse Sache, die Operation H-Milch", lachte es meckernd von irgendwoher. Aus der Kommode dröhnte eine
sonore Männerstimme: „Guter Job, Brunhild, weiter so!",
und aus der Schiffslaterne über ihr fistelte ihr Vater: „Guudruun!"

Das Astrahuascin wütete immer noch in ihrem Körper,
foppte, täuschte und verhöhnte sie.

Ich möchte schreien, dachte Brunhild, einfach nur
schreien!

„Dann tu es", flüsterte eine weibliche Stimme direkt neben ihrem Ohr, vielleicht war es Irmela. „Tu es jetzt!"

Und Brunhild schrie. Schrie. Schrie. Schrie.

# 12

„Drei Stunden", schätzt Jürgen, „ungefähr drei Stunden wird Stefan brauchen." Er beschließt, an Ort und Stelle zu biwakieren, damit sie sich nicht verfehlen können.

Jürgen sieht sich um. Auf der anderen Straßenseite befindet sich ein langgestreckter Schuppen mit vorgelagerter Rampe. Unter dieser Rampe lässt sich ein geeigneter Stützpunkt einrichten, der ihn vor dem Wind und dem heftigen Schneetreiben schützt.

Jürgen öffnet seinen kleinen Koffer und holt eine auf zwanzig Zentimeter im Quadrat gefaltete High-Tech-Isoliermatte sowie einen ultraleichten Spezialschlafsack hervor. Er entfaltet die Matte, legt den Schlafsack darüber aus, hockt sich in leicht gekrümmter Haltung und im Schneidersitz auf das Lager, das er sich unter der Rampe bereitet hat. Dann ordnet er sein weißes Haar, entnimmt der Notfallration einen Keks und beginnt, ihn langsam zu zerkauen.

Aus der Innentasche seines Mantels zieht er die kleine, mattsilberne Ritterfigur hervor und betrachtet sie lange. Plötzlich ist er ganz sicher: der Mann mit dem Rucksack, der vor dem Supermarkt in das rote Auto gelaufen ist, ist sein kleiner Bruder Hieronymus gewesen. Er ist in Gefahr, er muss ihm helfen. Aber wie?

Jürgen schaut auf seine russische Militär-Armbanduhr. Bis zum Eintreffen von Stefan Sand sind es noch zweieinhalb Stunden.

# 13

Die schwere Eisentür des Deckhauses fiel hinter Onkel Hiero ins Schloss.

„Was für ein schriller Auftritt", sagte Jerome. „Diese Uniform. Onkel Hiero ist offenbar ein unverbesserlicher Nazi."

„Vielleicht auch nur eine alte Transe, die sich leidenschaftlich gern verkleidet. Denk an Brunhilds Overall", erwiderte Irmela.

Sie blinzelten in die Morgensonne, die schon hoch am Himmel stand.

„Interessiert es dich wirklich nicht, wer deine Mutter ist?", fragte Jerome. „Mich nämlich schon. Sie wäre immerhin meine Kusine, wenn ich das richtig sehe."

„Was ändert es, wenn ich es weiß", entgegnete Irmela. „Mein Leben ist gelaufen, wie es gelaufen ist. Was bringt es da noch, in irgendwelchen Familiengeschichten herumzustochern."

„Na ja – es ist aber schon eigenartig, wie wir zusammengekommen sind. Zusammengebracht worden sind. Das sieht sehr nach einem Plan aus. Der Plan eines durchgedrehten, alten, weißen Mannes."

„Selber alter weißer Mann!" Irmela deutete ein affektiertes Gähnen an. „Lass dich nicht täuschen. Onkel Hiero ist einer der gefährlichsten Männer, die es zur Zeit auf der Welt gibt. Und das ist wichtig, nicht, ob wir irgendwie mit ihm verwandt sind oder nicht."

„Aber warum ausgerechnet wir beide?"

„Vielleicht will er tatsächlich ein Familientreffen?"

Irmela lachte. „Und wenn schon. Fakt ist, wir sind seine Gefangenen. Wir haben nicht den geringsten Schimmer, was er mit uns vorhat. Geschweige denn, wie wir von hier entkommen könnten. Wer sollte uns befreien? Brunhild ist außer Gefecht, so viel ist sicher. Wahrscheinlich auch gefangen, vielleicht sogar irgendwo auf diesem Schiff. Aber weißt du was? Wir sollten aufhören zu grübeln und lieber etwas für unsere Fitness tun."

Irmela wendete sich den Amazonen zu. „He, ihr stolzen Kriegerinnen! Dürfen wir auf eure Crosstrainer? Wir verpappen sonst!"

Die Amazonen, die in diskretem Abstand von Irmela und Jerome an der Reling standen, schauten sich unschlüssig an.

In diesem Moment trat Prothoe aus dem Deckhaus. „Aber selbstverständlich dürft ihr", sagte sie. „Wie wäre es mit einem kleinen Wettkampf auf den Ergometern?"

„Gute Idee!", rief Irmela, schlug ihre Decken zurück und schwang sich aus dem Liegestuhl.

Jerome hob die Hände. „Ohne mich!"

„Natürlich ohne dich. Wir wollen dich ja nicht umbringen. Das ist nicht deine Liga, alter weißer Mann."

Prothoe grinste.

„Vielleicht können wir später einen Durchgang mit dir und Onkel Hiero arrangieren", schlug Irmela kichernd vor. „The Great Old White Man Contest."

Das Grinsen verschwand aus Prothoes Gesicht.

„Auf die Geräte!" Sie wies auf die zwei Crosstrainer an der anderen Seite des Beckens.

„Bibi und Tina auf Amadeus und Sabrina", trällerte Irmela, während sie wie Onkel Hiero über die Abdeckplanken des Pools hüpfte.

Die Crosstrainer standen wie zwei Schlachtrösser direkt nebeneinander. „Aufsitzen!", kommandierte Prothoe.

Synchron schwangen sich die Kombattantinnen in den Sattel.

„Höchster Widerstand?", fragte Prothoe.

„Höchster Widerstand", bestätigte Irmela

„Dann los!"

„Stopp!", rief Irmela. „Onkelchen, du musst das Startzeichen geben."

Jerome griff in seine Hosentasche, zog ein zerknittertes Papiertaschentuch hervor, glättete es, so gut es ging, hob es mit gestrecktem Arm, rief: „Die Bessere möge gewinnen!" und senkte den Papierfetzen.

Irmela und Prothoe stiegen in die Pedale.

„Stopp!", rief Jerome. „Woran sollen wir denn erkennen, wer gewonnen hat?"

„An der Generatoranzeige auf der Brücke", erwiderte Prothoe genervt, ohne mit dem Trampeln aufzuhören. „Wer den meisten Strom erzeugt!"

Jerome blickte hoch und entdeckte Meroe hinter den dunkel getönten Glasscheiben der Kommandobrücke. Sie reckte beide Daumen in die Höhe.

Irmela hatte innegehalten und sich dadurch ins Hintertreffen gebracht. Sie schaute verärgert zu Jerome.

„Okay – wir fangen nochmal an", sagte Jerome. „Fairness geht über alles. Fertig?"

Er senkte erneut die Papiertaschentuch-Fahne: „Go!"

# 14

Stefan Sand fährt mit seinem unauffälligen, dunkelblauen Mercedes an der Rampe vor. Es ist ein 230 Punkt 6, Baujahr 1976. Ein Wolf im Schafspelz, ein Auto, das seine verborgenen Qualitäten nicht auf den ersten Blick preisgibt. Understatement pur.

„Was hast du für uns?", fragt Stefan.

„Eine Entführung", erwidert Jürgen. „Vor meinen Augen. Auf offener Straße. Ich wurde zufällig Zeuge. Wahrscheinlich handelt es sich um meinen kleinen Bruder Hieronymus. Ich wollte ihn besuchen. Er war nicht zu Haus. Kurz danach geschah die Entführung, deren Zeuge ich wurde."

„Was sagt dein Instinkt?"

„Dass wir ihn rausholen müssen. Er ist mein Bruder."

„Dann lass uns an die Arbeit gehen."

Stefan klappt den riesigen Kofferraum des Mercedes auf.

„Das dürfte fürs erste genügen", sagt er. „Kampfmontur, leichte Waffen, Blendgranaten und den ganzen anderen Kleinkram – was man eben so braucht. Und ein Schlauchboot. Ich hoffe, du bist noch in Form?"

„Ich denke schon", erwidert Jürgen. „Aus Ban Liu habe ich einen ganz passablen Kampfschwimmer gemacht."

„Camouflage?", fragt Stefan.

„Eher das Kleine Schwarze", erwidert Jürgen.

Sie ziehen sich um. Kurze Zeit später sehen sie in ihren Catsuits aus wie Cary Grant in „Über den Dächern von Nizza".

# 15

Die Crosstrainer-Schlacht wogte hin und her. Irmela und Prothoe schenkten sich nichts. Sie strampelten, stöhnten, keuchten; der Schweiß floss in Strömen.

Zwei Königinnen auf Trimmrädern, dachte Jerome.

Mal schien die eine mit ihren Kräften am Ende zu sein, mal die andere. Aus dem Tretlager von Prothoes Crosstrainer stieg Rauch auf, kurz danach auch aus Irmelas Gerät.

Wie die Twin Towers in New York, dachte Jerome, wo wird das enden?

Auf der Kommandobrücke gab es einen lauten Knall. Jerome sah, wie hinter den getönten Glasscheiben Blitze zuckten und Funken sprühten.

Meroe stürzte auf den Außenbereich der Brücke. „Aus! Aus! Aus!", schrie sie. „Sofort aufhören! Alle Sicherungen sind rausgeflogen! Ihr seid zu stark!"

Die Kombattantinnen sanken schwer atmend über den Konsolen ihrer Crosstrainer zusammen.

„Tja, ich würde sagen unentschieden, meine Damen", sagte Jerome. „Reicht euch die Hände."

Irmela und Prothoe stiegen erschöpft von ihren Schlachtrössern und knufften, anstatt sich die Hand zu geben, nur die Fäuste gegeneinander, wie Boxer es tun.

„Mach dich ein wenig frisch, Süße", zischte Prothoe, „du stinkst wie ein Otter. Wir sehen uns nachher im Saloon."

# 16

Ralf wusste, dass die Brillanz dieses strahlend schönen Wintermorgens auf Lütt Ui trügerisch war.

„Männer!", sagte er. „Es scheint, dass wir uns für längere Zeit auf diesem gottverlassenen Eiland einrichten müssen. Lasst uns sehen, was wir in der Ju zum Überleben finden. Was haben wir?"

„Einen zur Hälfte gefüllten Trinkwassertank in der Bordküche."

„Zur Hälfte. Immerhin. Wir werden das Wasser rationieren müssen."

„Aber wie alt mag das Wasser im Tank sein?"

„Wir werden es sicherheitshalber am Strand abkochen. Was haben wir noch?"

„Einige Kannen aus Metall und diverse andere Gerätschaften, aus denen sich etwas basteln ließe."

„Nichts Essbares?"

„Nur eine angebrochene Dose Scho-Ka-Kola."

„Gut. Stellen wir als erstes die Wasserversorgung sicher."

Die Männer sammelten Reisig von den verkrüppelten Hagebuttensträuchern in den Dünen und zerlegten eine am Strand vor sich hin modernde Euro-Palette. Mit trockenem Seegras entfachten sie ein Feuer, über das sie den Grillrost aus dem elektrischen Ofen der Bordküche legten. Sie füllten Wasser aus dem Tank in die Kannen und stellten sie auf das Gitter.

„Schmeckt wahrscheinlich scheußlich", sagte Dieter. „Wie wäre es, wenn wir etwas Strandhafer sammelten und unten in die Kannen legten? Dann bekämen wir vielleicht einen leckeren Tee."

„Schnickschnack!", knurrte Horst.

„Gute Idee!", lobte Ralf.

Die Männer saßen um das Feuer herum und warteten, bis das mit Strandhafer aromatisierte Wasser kochte. Nach ein paar Minuten servierte Dieter in einer improvisierten Teezeremonie dieses ganz besondere Getränk in Porzellantassen, an deren Unterseite kleine Hakenkreuze eingebrannt waren. Die Tassen stammten aus einem geflochtenen Picknickkorb, den Dieter unter einem Passagiersitz entdeckt hatte.

„Schmeckt gar nicht übel", befand Ralf.

„Was ist das?", fuhr Horst auf.

Eine der Möwen, die kurz zuvor noch heftige Attacken gegen die Männer geflogen hatten, war dicht vor ihnen gelandet. Sie trug einen Fisch im Schnabel, legte ihn vor die Männer hin und machte mit dem Kopf nickende, auffordernde Bewegungen. Eine weitere Möwe flog heran und brachte einen frischen grünen Algenstrang. Der Vogel mit dem auffälligen roten Schnabel näherte sich mit schnellen Trippelschritten und steuerte eine große Muschel bei.

Die gefiederten Inselbewohner stellten sich nebeneinander auf und sahen die verblüfften Männer erwartungsvoll an.

# 17

Jerome stand in der Suite vor dem Kühlschrank und betrachtete ihn.

„Kein Bier vor vier", entschied er schließlich, „und schon gar nicht am hellerlichten Vormittag!"

Es gab zwar nichts, was dagegen spräche, sich in dieser eigenartigen Situation ein wenig gehen zu lassen, aber er blieb dabei. Kein Heineken, obwohl der Kühlschrank wieder zum Bersten gefüllt war. Zumindest vorläufig.

„Onkel Jerome!", rief Irmela von nebenan. Sie war schon vor einiger Zeit unter die Dusche gegangen. Seit ihr noch längst nicht bewiesenes Verwandtschaftsverhältnis im Raum stand, nannte Irmela ihn penetrant Onkel oder sogar Onkelchen. Jerome ging das auf die Nerven.

„Onkelchen!", rief Irmela wieder.

„Was willst du?", antwortete Jerome unwillig.

„Mein schwarzes Business-Kostüm ist weg! Ich habe nichts mehr zum Anziehen!"

Irmela erschien in der Tür. Sie hatte sich ein großes Badelaken um den Leib gewickelt.

„Die Amazonen waren vorhin hier, haben den Kühlschrank aufgefüllt und deine Sachen abgeräumt", sagte Jerome. „Sie wollen dein Kostüm waschen. Richtig frisch war es ja nach eurem Crosstrainer-Ritt nicht mehr. Haben sie dir nichts anderes hingelegt?"

„Wie man's nimmt. Auf dem Bett liegt so ein schrilles Western-Outfit. Mit Halstuch, karierter Bluse und Cowboystiefeln mit Glitzersteinchen. Und ein schicker weißer Hut mit riesiger Krempe."

„Mir haben sie auch so etwas gebracht. An der Lederweste steckt sogar ein Sheriffstern."

„Vielleicht hat es etwas mit Onkel Hieros Hang zum Verkleiden zu tun. Aber warum Western-Look? Hier ist doch eher Hellenismus angesagt. Onkelchen, du in Tunika und Schnürsandalen – das wäre doch allerliebst."

„Findest du nicht, dass du langsam ein bisschen zu frech wirst?"

„Wie möchtest du denn mich am liebsten sehen? Vielleicht so?"

Irmela ließ das Badetuch fallen und stand nackt direkt vor Jerome, er nahm den betörenden Duft ihrer makellosen, knospenden Brüste wahr.

„Na?", fragte Irmela und lächelte, indem sie mit der linken Hand ihren Venushügel bedeckte.

Jerome bemühte sich, ausschließlich in Irmelas Augen zu schauen.

„Was soll ich deiner Meinung nach jetzt tun?", fragte er leise.

„Gar nichts, Onkelchen." Irmela stupste den Zeigefinger ihrer anderen Hand gegen Jeromes Nase. „Du solltest dich auch ein wenig frischmachen. Kannst dir ja unter der Dusche …"

„Hihi, erwischt!", sagte da plötzlich eine fistelige Greisenstimme. „Immy, du kleines Ferkel!"

Der Fernseher hatte aufgeblendet, und Onkel Hiero erschien auf dem riesigen Bildschirm.

„Deinen armen Onkel Jerry derart zu verhöhnen!"

Auf Onkel Hieros greisem Kopf saß ein grauer Stetson. Seine Brust war halb von einem schmutzigweißen Halstuch bedeckt, das im Stil von John Wayne gebunden war.

„Wenn man euch auch nur einen Moment allein lässt", kicherte Onkel Hiero.

Irmela federte in die Knie, nahm das Badelaken vom

Boden auf und wand es sich mit einer schnellen Bewegung wieder um ihren unfassbar schönen Körper.

„Tschuldigung, ist mir runtergefallen."

„Wer's glaubt", sagte Onkel Hiero. „Jetzt tut mir den Gefallen und zieht euch um. It's Western Time. Wir treffen uns in der Pink Ponderosa. Ach – ich komme übrigens ein bisschen später. Muss erst noch zur Blutwäsche, hihi. See you!"

Onkel Hieros Gesicht verschwand vom Bildschirm.

„Na, dann verwandle ich mich mal in ein gediegenes Cowgirl", sagte Irmela. „Bin gespannt, was Onkel Hiero jetzt mit uns vorhat."

# 18

Brunhild saß auf einem Barhocker am langen Tresen der Pink Ponderosa und trank Champagner. Wie eine Glocke umgab sie der üppige, mit schwarzen Streifen durchschossene Hermelinmantel, den ihr Vater ihr hatte umlegen lassen, und der etwas animalisch roch. Auf ihrer blonden Perücke hing schief ein weißer Cowboyhut.

Hinter dem Tresen stand Meroe und polierte, um irgend etwas zu tun, Gläser. Sie hatte ihr antikes Outfit gegen paillettenbesetzte Westernstiefel und Hot Pants eingetauscht. Ein rotkariertes Holzfällerhemd war unter ihrer Brust lässig zu einem Knoten zusammengeschlungen und ließ den Bauchnabel frei. Auch Meroe trug einen Cowboyhut, allerdings einen in Rosa, der mit den lachsfarbenen, in Wischtechnik ausgeführten Wänden korrespondierte.

Außer Brunhild und Meroe befand sich niemand in dem nur schwach beleuchteten Saloon. An der Decke drehte sich langsam ein Ventilator. Im obersten Giebel der gewaltigen, domartigen Bar aus dunklem Holz war eine Uhr mit großem Messingzifferblatt eingelassen. Sie zeigte kurz vor elf. Die Mitte der Pink Ponderosa wurde von einem mit rotem Tuch bezogenen Billardtisch beherrscht, auf dem zwei Queues und einige Karambolage-Kugeln lagen.

An der Wand links vom Tresen stand ein elektrisches Klavier, dessen Walzenapparatur hinter einem kleinen Glasfenster sichtbar war.

„Was für Stücke kann das Klavier?", fragte Brunhild.

„Ich weiß nicht genau", erwiderte Meroe.

„Würden es Ihnen etwas ausmachen, das Klavier in Gang zu setzen, damit es etwas spielt? Irgendetwas, egal was?"

„Kein Problem."

Meroe legte das Poliertuch beiseite, kam, ohne sich zu beeilen, hinter dem Tresen hervor und legte einen Hebel unter den Tasten um. Das Klavier justierte sich mit rasselnden Geräuschen, und eine breite Notenrolle begann, über die Walze hinter dem Glasfenster zu laufen.

Ein warmer Schauer rieselte über Brunhilds Rücken, denn das Klavier spielte das berühmte As-Dur-Impromptu von Franz Schubert. Obwohl die Töne rein mechanisch erzeugt wurden und das Klavier nicht besonders gut war, behielt das Impromptu seinen beruhigenden, nahezu überirdischen Charakter. Die Klänge waren Balsam für Brunhilds geschundenes Gemüt.

Unzerstörbar, dachte sie, eine Musik, bei der man meint, sie sei schon immer in der Welt gewesen.

„Langweilig", sagte Meroe. „Soll ich was Fetzigeres raussuchen?"

„Schnauze, Knechtin!", zischte Brunhild.

Meroes Lippen bebten.

Der bewegte Mittelteil des Impromptus begann. Brunhilds Gedanken wurden leicht, glitten zurück in ihre Kindheit.

„Jetzt geht es endlich zu Vati nach Übersee", hörte sie die Stimme ihrer Mutter. Vier oder fünf Jahre war Brunhild damals, ihren Vater kannte sie nur aus Erzählungen.

Die wochenlange Reise von Deutschland nach Paraguay, erst die beschwerliche Frachtschiffpassage über den Atlantik, während der sie nicht an Deck durften, dann weiter mit Flugzeug und Auto, bis sie schließlich zu Vaters paradiesisch gelegener, von hohen Palmen umsäumter Hazienda gelangten, nicht weit entfernt von dem kleinen Ort Nueva Esperanza, in dem seltsamerweise fast ausschließlich Deutsche wohnten. Eine richtige kleine Kolonie, es gab sogar eine deutsche Schule mit kauzigen Lehrern wie in der Feuerzangenbowle. Einer von ihnen, den sie tatsächlich Bömmel nannten, erweckte in Brunhild die Begeisterung für Schiller, Kleist und Shakespeare.

Ihren Vater mit der schwarzen Augenklappe sah sie tagsüber nur selten. Auf der Hazienda gab es einen abgetrennten Bereich, der „Kanzlei" genannt wurde und den sie nicht betreten durfte. Dort wickelte der Vater seine Geschäfte ab. Häufig fuhren an der Kanzlei schwere schwarze Limousinen vor, denen schnauzbärtige Männer mit Panamahüten, Sonnenbrillen und Zigarren im Mund entstiegen.

„Was macht Vati denn den ganzen Tag in der Kanzlei?", fragte Brunhild ihre Mutter. „Geh zu deinen Büchern", entgegnete die Mutter schroff, „das hat dich nicht zu interessieren. Wir alle haben darüber zu schweigen."

Überhaupt erfuhr Brunhild von ihrer Mutter, die ihr früh ergrautes Haar durch eine leichte violette Tönung kaschierte, nur selten so etwas wie Einfühlung oder Verständnis. Viel später sah sie irgendwann Fotos von Margot Honecker in ihrem chilenischen Exil und fühlte sich stark an ihre Mutter erinnert.

Kein Wunder, dachte Brunhild, dass ich damals fast ausschließlich in der Welt der klassischen Dichter lebte.

Das rote Buick Cabriolet. Der rätselhafte Autounfall in den Anden, bei dem ihre Mutter ums Leben kam. Wo sie doch eine so gute Autofahrerin war. Und wie leichthin ihr Vater ihr damals mitteilte: „Deine Mutter ist leider von uns gegangen."

Was geschah in der Kanzlei?

Je sie älter wurde, desto mehr wuchs in Brunhild der Verdacht, dass die Geschäfte ihres Vaters krimineller Natur sein könnten. Aber sobald ihr Vater die Kanzlei verlassen hatte und in das Wohngebäude zurückkehrte, war er doch so nett.

So liebevoll.

So lustig.

Regelrecht albern war er. Er verkleidete sich gern, kam einmal sogar als einäugiger, indischer Maharadscha aus der Kanzlei.

Diese immer neuen Spiele, die er sich ausdachte. Allerdings nicht immer ganz geschmackssicher. Er spielte zum Beispiel oft „Mein Freund Harvey" mit der Familie und den Hausangestellten, und zwar in der Variante, dass Harvey nicht der berühmte, nur für ihn sichtbare große weiße Hase war, sondern Adolf Hitler. Sie mussten diesem unsichtbaren „Herrn Hitler" ständig Whisky einschenken oder auf dem Sofa für ihn Platz machen.

Brunhild musste trotzdem lächeln. Eigentlich bekam sie es bis zum heutigen Tag nicht richtig zusammen. So ein toller, lustiger Vater und gleichzeitig ein derart monströser Verbrecher.

Das Gefühl, dass auf der Hazienda nicht alles mit rechten Dingen zuging, beherrschte Brunhild, je älter sie wurde, immer mehr. Überhaupt war ihr die abgeschiedene, vermeintlich heile Welt von Nueva Esperanza auf die Dauer zu eng.

Aber würde ihr Vater sie gehen lassen?

Eines Tages nach dem Frühstück fasste sie sich ein Herz. Sie sagte: „Vati, ich möchte gern nach Europa. Studieren."

Ihr Vater tupfte sich mit der Serviette den Mund ab. „Kein Problem", erwiderte er. Brunhild war überrascht.

„Aber nur unter einer Bedingung", fuhr ihr Vater fort. „Du hast über alles, was du hier auf der Hazienda gehört oder gesehen hast, zu schweigen. Wirst du das tun?"

„Ich werde es tun."

„Schwöre!"

Brunhild hob ihre rechte Hand. „Ich schwöre es, Vater."

„Dann alles Gute. Dein monatlicher Scheck liegt bei der Banca Panamericana." Brunhilds Vater stand vom Frühstückstisch auf und ging wie jeden Morgen hinüber in die Kanzlei.

In Göttingen nahm Brunhild ein Studium der Literaturwissenschaften auf.

Göttingen.

Was war es in Göttingen schön, dachte sie.

„Paris besingt man immer wieder,
Von Göttingen gibt's keine Lieder,
Und dabei blüht auch dort die Liebe
In Göttingen, in Göttingen …",

sang Brunhild leise und leicht synkopisch versetzt zu Schuberts Impromptu.

„Göttingen? Was ist das?", fragte Meroe und hauchte mit halb geöffneten Lippen ein Glas an.

„Der neue Duft von Chanel", antwortete Brunhild unwirsch.

„Nicht schlecht." Meroe schnupperte und stellte das Glas ins Regal. „Bisschen herb. Ich dachte schon, es sei Ihr Mantel."

Das Studium in Göttingen betrieb Brunhild eher nebenbei; hauptsächlich ging sie den Verdachtsmomenten nach, die sie bezüglich der Geschäfte ihres Vaters hegte. Und da war Göttingen mit all den linken und antiimperialistischen Gruppierungen an der Uni das ideale Pflaster.

Es war alles noch viel schlimmer, als sie befürchtet hatte.

Brunhild beschloss, gegen ihren Vater zu kämpfen.

Aber was war mit ihrem Schweigegelübde? Niemals offenzulegen, dass es sich bei diesem Weltverbrecher um ihren eigenen Vater in Paraguay handelte?

Trotzdem. Es muss sein, sagte sich Brunhild damals.

Unter diesen Bedingungen, die sie nahezu zerrissen, schloss sie sich der Organisation Counter-H an.

Und jetzt war sie genau in der Situation, die nie hätte eintreten dürfen. Die direkte Wiederbegegnung mit ihrem Vater, von dem sie insgeheim gehofft hatte, dass er vielleicht nur noch ein Phantom sei.

Vielleicht war es ein Glück, dass sie die Gefangene ihres Vaters war, und es sich nicht umgekehrt verhielt.

Brunhild hatte das Kinn in die Hände gestützt und nahm ab und zu unter den argwöhnischen Augen von Meroe einen Schluck aus ihrem Champagnerkelch. Das berühmte As-Dur-Impromptu von Franz Schubert, das als seelenloser Lochstreifen über die Walze des elektrischen Klaviers lief, klang aus.

## 19

„Wir sollten über unsere nächsten Schritte nachdenken", sagt Stefan Sand.

„Richtig", bestätigt Jürgen. „Das Problem ist, dass die Informationslage katastrophal ist."

„Lass uns systematisch vorgehen. Dein kleiner Bruder ist entführt worden. Und es hat eine Explosion gegeben."

„Möglicherweise sollten Spuren vernichtet werden."

„Vielleicht ist aber auch etwas schief gegangen, und dein Bruder lebt nicht mehr."

„Das wäre schrecklich."

„Ruhig Blut, Jürgen. Wir müssen nur jede Möglichkeit in Betracht ziehen. Überlegen wir weiter. Wir befinden uns in einer Hafengegend. Wenn dein Bruder noch lebt, könnte die Entführung zu Wasser fortgesetzt worden sein."

„Es war ein Hubschrauber in der Luft."

„Wahrscheinlich nur zur Absicherung. Standard bei größeren Operationen. Wir konzentrieren uns auf die Hafen-Spur. Wenn die Entführer den Wasserweg gewählt haben, dann sollten wir das auch tun."

„Wie?"

„Zunächst mit dem Schlauchboot."

„Mit dem Schlauchboot? Ich denke nicht, dass wir damit weit kommen."

Stefan überlegt. „Mein alter Freund Maurice ist bei der französischen Kriegsmarine. Gegenwärtig hat er das Kommando über die Jeanne d'Arc. Ein Atom-U-Boot der Famagusta-Klasse. Maurice schuldet mir noch einen Gefallen. Ich werde ihn anrufen."

Stefan löst sein Satellitentelefon aus der Mittelkonsole des Mercedes und stellt sich etwas abseits, um einen besseren Empfang zu haben.

„Allô, mon cher ami! Excuse-moi de te déranger …", hört Jürgen, danach verweht der Wind das Gespräch.

Es dauert nicht lange, bis Stefan zurückkehrt.

„Wir haben Glück. Die Jeanne d'Arc ist in der Nähe und wird uns aufnehmen. Und mein Freund Maurice hat auch schon eine Vermutung. Ihm ist etwas Merkwürdiges aufgefallen."

# 20

„Was dieses Schiff alles in sich birgt", sagte Jerome erstaunt zu Irmela, als sie, wiederum eskortiert von zwei Amazonen, die sich aber sogleich zurückzogen, die Pink Ponderosa betraten. „Schau mal, ein Original-Western-Saloon. Mit Billard, elektrischem Klavier und allem Drum und Dran."

„Alles in rosa. Wie kitschig", meinte Irmela. „Die Martin B. scheint so eine Art Neverland für Onkel Hiero zu sein."

Am Tresen, mit dem Rücken zu ihnen, saß eine Gestalt in einem raumgreifenden, weißen Mantel und üppigem, unecht wirkenden Haar, das unter einem ebenfalls weißen Cowboyhut hervorquoll. Die Gestalt gehörte einer Frau, die sich langsam zu ihnen drehte und sie mit müden, ungläubigen Augen anstarrte.

„Du hier?!", rief Irmela.

„Du hier?!", entgegnete die Frau an der Bar ebenso überrascht.

„Wie kommst du hierher?", fragte Irmela.

„Wie kommst du hierher? Wer ist dieser Mann?"

„Das ist Jerome, unsere ehemalige Zielperson. Wir wurden entführt. In deinem Black little Rooster. Aber was ist mit dir geschehen? Dieser Mantel! Diese Perücke!"

„Und eure lachhafte Western-Kostümierung? Ist die etwa besser?"

„Du trägst doch auch so einen bescheuerten Stetson!"

Der Ton zwischen den beiden Frauen wurde unversehens laut und pampig.

„Contenance, meine Damen!", schaltete sich Jerome ein. „Bitte keine Streitereien! Ich habe keine Ahnung, was hier gerade vor sich geht. Irmela, würdest du mir bitte die Dame im weißen Mantel vorstellen?"

„Das ist Brunhild, von der habe ich dir doch schon erzählt!", fuhr ihn Irmela an. „Brunhild, meine Chefin, die uns eigentlich mit ihrem Helikopter vom Kai hätte abholen sollen. Aber offensichtlich ist ihr etwas dazwischen gekommen."

„Was heißt, mir ist etwas dazwischen gekommen?! Auch ich wurde entführt, verdammt nochmal! In meinem eigenen Black little Rooster!"

„Du auch?", rief Irmela, „wie ist das möglich?"

„Psst!", machte Jerome und deutete auf den goldgerahmten, etwas nach vorn gekippten Spiegel über dem Klavier. „Wir werden überwacht! Dieser Spiegel ist garantiert nicht nur ein Spiegel."

„Mir doch egal", fauchte Irmela. „Onkel Hiero sieht und hört sowieso alles."

„Onkel Hiero?", fragte Brunhild. „Wer soll das sein?"

„Der alte Mann, der uns entführt hat", erklärte Irmela. „Er behauptet, Jeromes Onkel zu sein. Und ich bin angeblich seine Enkelin."

Brunhild erschrak. „Ein sehr alter Mann?", fragte sie vorsichtig.

„Ziemlich alt", sagte Jerome. „Hundertelf Jahre."

„Ein Greis, sagst du?" Brunhild fragte noch einmal. „Eventuell mit einer Neigung zu infantiler Albernheit, mit einem schwer erträglichen Hang zu geschmacklosen Scherzen?"

„So könnte man es nennen", erwiderte Jerome.

Wieder gewitterte es in Brunhilds Kopf. Was sich da gerade zusammenfügte, war ungeheuerlich. Der Greis, der sich vor Irmela und Jerome als Onkel Hiero ausgab, war zweifellos identisch mit ihrem Vater, dem Weltverbrecher. Und wenn es stimmte, was dieser Onkel Hiero behauptete, nämlich der Großvater von Irmela zu sein, hieße das, dass Irmela ihre, Brunhilds, verschollene – Tochter war. Brunhild wunderte sich, dass ihr Gehirn trotz der extremen Anspannung, in der sie sich befand, derart reibungslos funktionierte.

Irmela – sie war Brunhild damals in der Guy-Fawkes-Jugendgruppe aufgefallen. Sie wusste zunächst selbst nicht, warum sie sich derart zu ihr hingezogen fühlte, dass sie ihr anbot, sich der Organisation Counter-H anzuschließen, obwohl Irmela dafür eigentlich noch zu jung war. Erst später entdeckte sie Irmelas spezielle Fähigkeiten: dass sie gewisse Dinge bereits spürte, bevor sie sich ereigneten. Das machte sie zur idealen Agentin. An ihrer mangelhaften Risikoeinschätzung, ihrer Unbedachtheit und Sprunghaftigkeit musste allerdings noch gearbeitet werden, und so richtig weit war Brunhild, obwohl sie Irmela intensiv unter ihre persönlichen Fittiche nahm, damit nicht gekommen. Aber da war auch immer noch irgendetwas anderes gewesen ...

„Was darf es denn sein?", fragte Meroe die neu Hinzugekommenen.

„Danke, im Moment nichts", antwortete Jerome.

Eine altmodische, mit einem starken Vibrato versehene

Hammondorgel-Musik ertönte und schwoll bedeutungsvoll an.

„Und nun: Neues aus dem kleinen Krankenhaus am Rande der Stadt!", verkündete eine sonore Männerstimme.

Im goldgerahmten Spiegel über dem Klavier erschien Onkel Hiero. Er lag in einem röhrenförmigen medizinischen Apparat, aus dem nur sein Kopf hervorschaute. Neben ihm flimmerten Monitore; bunte Schläuche und Kabel hingen kreuz und quer. „Brauchst du Blut dreiviertel Liter, holen dich die Johanniter!", rief Onkel Hiero bestens gelaunt. „Hallo, ihr Süßen! Habt ihr Spaß? Ich jedenfalls hab Spaß. Hach – wie das alles hier summt und gluckert! Bin gleich bei euch! Bye!"

Onkel Hiero verschwand aus dem Spiegel.

„Ich glaube, ich nehme doch ein Bier", sagte Jerome. Die eherne Regel „Kein Bier vor vier" war ab sofort außer Kraft gesetzt. „Ein Heineken, bitte."

Meroes Lippen bebten leicht. „Hier nur Budweiser", flüsterte sie.

Jerome sah in ihre feuchten braunen Rehaugen. „Okay, dann eben ein Bud. Aber subito – Baby."

## 21

„Das ist mein Leichter Kreuzer Stefan Zwei(g)". Stefan grinst und hievt ein erstaunlich kompakt gefaltetes Schlauchboot aus dem Mercedes. In Sekundenschnelle bläst sich das Boot selbsttätig auf.

„Das Neueste auf dem Markt", erläutert Stefan. „Speziallegierung wie ein Tarnkappenbomber. Praktisch unsichtbar."

„Warum fahren wir nicht direkt bis ans Wasser?", fragt Jürgen.

„Ich lasse den Daimler lieber hier stehen", erwidert Stefan, „das macht unsere Operation unauffälliger. Außerdem ist das Parken hier umsonst."

Er langt ein weiteres Mal in den Kofferraum und hebt einen kleinen Handwagen mit Deichsel heraus. „Das Alter fordert seinen Tribut", sagt er, während er das Schlauchboot auf den Karren lädt. Er wirft einen Blick auf sein Telefon.

„Achthundert Meter bis zur Hafenmauer. Abmarsch!"

Die beiden schwarzgekleideten Männer schultern ihre leichte Kampfausrüstung und setzen sich, den Handwagen mit dem Schlauchboot hinter sich herziehend, in Bewegung. Sie müssen sich gegen den heftigen Wind stemmen, der ihnen Schnee ins Gesicht bläst.

„Aha – das war die Explosion", sagt Jürgen, als sie an dem ausgebrannten Ford vorbeikommen.

„Ich wusste, dass man in dieser Gegend besser nicht parkt", entgegnet Stefan.

Sie erreichen die Kaikante, von der ihnen eine zerquetschte Milchtüte entgegenweht, lassen das Boot zu Wasser, seilen zunächst den Handwagen, dann die Ausrüstung und zuletzt sich selbst an der Hafenmauer ab. Stefan schaltet den Elektromotor ein. Das Tarnkappenboot Stefan Zwei(g) mit den beiden alten Brothers of Arms an Bord entfernt sich nahezu geräuschlos vom Kai in Richtung auf das offene Meer.

I've watched all your suffering
As a battle raged high
And though they did hurt me so bad
In the fear and alarm
You did not desert me
My Brothers in arms.

# 22

„Raaaf!", krächzte die größte Möwe von allen, dieselbe, die Ralf wenige Stunden zuvor im Sturzflug attackiert hatte, und schlug heftig mit den Flügeln. Instinktiv hob Ralf den linken Arm, um sein Gesicht zu schützen. Aber die Möwe startete keinen neuen Angriff.

„Raaaaf!", wiederholte sie.

„Meint die vielleicht mich?" Ralf sah Horst und Dieter fragend an.

„Du hast wohl schon den Inselkoller", knurrte Horst. „Die krakeelt einfach nur herum."

Die Möwe lief aufgeregt am Strand hin und her.

„Raaaaf! Kräädn!"

„Meinst du wirklich mich?", fragte Ralf.

Die Möwe nickte.

„Aber was willst du denn?"

„Krääädn!", krächzte die Möwe.

„Aha. Willst du vielleicht – reden?"

„Ich glaube, genau das möchte sie", flüsterte Dieter.

„Krädn, krädn!", bekräftigte die Möwe.

„Aber wie soll denn das gehen?", fragte Ralf. „Wir sprechen doch ganz verschiedene Sprachen."

„Bässchen vätähe ääch", krächzte die Möwe.

„Möchtest du uns sagen, dass du ein bisschen verstehst – von der Menschensprache?"

Die Möwe nickte erneut. „Äälffenn! Präplähm! Krääh!"

„Habt ihr ein – Problem?", fragte Dieter.

Inzwischen hatten sich auch Austernfischer, Strandläufer und Seeschwalben um die Möwe geschart. Sie alle wackelten heftig mit den Köpfen. „Äälffenn! Präplähm! Äälffenn!", kreischten sie durcheinander.

„Was für ein Schwachsinn!" Horst tippte sich an die Stirn.

„Halt endlich mal deine Schnauze!", fuhr Dieter ihn wütend an und wandte sich wieder an die Vögel. „Mal einen Moment Ruhe! Wollt ihr uns vielleicht sagen, dass wir euch helfen sollen?"

„Äähh! Äähh! Äähh! Äälffenn! Präplähm! Krääh!" Das Geschrei der Vögel schwoll immer mehr an und wurde ohrenbetäubend.

Ralf hob die Hände. „Ruhe! So kommen wir nicht weiter! Was ist denn überhaupt euer ‚Präplähm'?"

Die Möwen hielten inne und steckten kurz ihre Köpfe zusammen. Dann flogen sie auf, vollführten einige halsbrecherische Flugmanöver und ließen sich anschließend wie Steine auf den Strand zurückfallen.

„Was wollen sie uns bloß damit sagen?", fragte Dieter.

„Mir doch egal", schimpfte Horst. „Blöde Flugschau."

Immer wieder stießen die Möwen in den Himmel und stürzten wie Feldlerchen zu Boden.

„Ich versteh es nicht", murmelte Ralf.

„T-t-t-sssiii! T-t-t-sssiii!" Die kleinen Vögel mit den roten Schnäbeln schnatterten verzweifelt. „Präplähm! Präplähm!", lamentierte die Möwe, die sie zuerst angesprochen hatte.

„Ich habe eine Idee! Passt mal auf!", rief Dieter.

Er schloss für einige Sekunden die Augen, machte dann eine kunstvolle, pantomimische Flatterbewegung, sprintete ein paar Meter, prallte gegen ein unsichtbares Hindernis und ging zu Boden.

„Wollt ihr uns vielleicht zeigen, dass ihr gegen eine unsichtbare Wand prallt, wenn ihr Lütt Ui verlassen wollt?", fragte er, während er sich wieder aufrappelte. „Ist es das?" Die Möwe nickte heftig. Dieter wiederholte seine Pantomime einige Male und baute sie jedes Mal noch etwas aus. Die Austernfischer mit den roten Schnäbeln trillerten begeistert.

„Dieter, es reicht jetzt!", sagte Ralf. „Ich habe also richtig gelegen. Das ist ihr ‚Präplähm'. Die Insel ist elektronisch abgeriegelt. Ein Lockdown, aus dem es kein Entrinnen gibt, selbst für unsere gefiederten Freunde nicht."

Die Vögel brachten frisches Algengemüse und kleine Fische. Ralf, Horst, Dieter und die Namenlosen spießten sie auf Stöcke und brieten sie über dem Feuer.

Plötzlich hob Dieter den Zeigefinger seiner rechten Hand, blickte zum Himmel auf und sagte: „Ich glaube, ich habe eine Inspiration!"

„Bitte nicht schon wieder!"

„Jetzt lasst mich doch mal!"

Dieter führte im Feuerschein eine zweite, sehr dramatische Pantomime auf und entlockte so den Inselbewohnern weitere Informationen: „Sie haben anfangs gedacht, wir seien schuld an ihrer Situation. Deshalb haben sie uns so wütend attackiert. Aber dann haben sie begriffen, dass wir alle in der gleichen Falle stecken."

Natürlich konnten sich die Vögel nicht erklären, was für Ralf und seine Gefährten auf der Hand lag: niemand anderes als die Organisation H hatte diesen undurchdringlichen Schirm über Lütt Ui gestülpt. Nur für eine kurze Zeitspanne hatte sich die Barriere geöffnet, damit die Tante Ju mitsamt dem aufgebuckelten Fieseler Storch auf der verführerisch beleuchteten Piste landen konnte.

„Und für immer da verschlagen blieben sie im fremden Land ...", sang Dieter leise.

Allmählich senkte sich die Dämmerung über Lütt Ui. Die Möwen, Strandläufer, Seeschwalben und Austernfischer plusterten sich noch einmal, krächzten Ralf, Horst und Dieter ein verschlafenes „Gu Naa!" zu und steckten ihre Köpfe in das Gefieder.

## 23

Wie drei zerzauste, übernächtigte Krähen saßen die Gefangenen nebeneinander am Bartresen der Pink Ponderosa: Brunhild unter ihrer verfilzten, blonden Perücke, umhüllt von dem mächtigen weißen Mantel, dessen Saum bis auf den Fußboden reichte, Jerome und Irmela links und rechts von ihr in ihren albernen Western-Kostümen. Über ihnen drehte sich träge der Ventilator.

Irmela nippte an ihrem Evian mit einem Hauch Limette.

Jerome kratzte mit dem Fingernagel am Etikett seiner Budweiser-Flasche herum.

Brunhild starrte in den Champagnerkelch vor ihr.

Halb von ihnen abgewandt wischte Meroe Gläser aus, die sie bereits mehrmals poliert hatte. Nur scheinbar desinteressiert, ließ sie sich nichts von dem entgehen, was an der Bar gesprochen wurde.

Toute la famille, dachte Brunhild, nur dass sie es noch nicht in Gänze wissen.

Sie warf einen kurzen Blick auf Jerome. Wenn es stimmte, dass ihr Vater Jeromes Onkel war, dann wäre sie Jeromes Kusine. Altersmäßig käme das gerade noch hin. Brunhild ging zwar schon auf die Achtzig zu, aber das sah man ihr absolut nicht an.

Und es sprach vieles dafür, dass sie Irmelas Mutter war. An die bizarren Umstände von Irmelas Zeugung wollte sie sich allerdings lieber nicht mehr erinnern.

Für Irmela, die quirlige Agenten-Azubine, die ihr schon in der Guy-Fawkes-Gruppe aufgefallen war, hatte sie Gefühle gehegt, die über ein professionelles Verhältnis hinausgingen, Gefühle, die sie sich nur schwer eingestehen konnte, denn es waren höchst unprofessionelle Gefühle. Brunhild war eine sehr mütterliche Chefin gewesen, die Irmela so manches nachsah, was Ralf, Horst und Dieter ihr nie und nimmer hätten durchgehen lassen.

Wie beginnen, wo beginnen?, fragte sich Brunhild, wie sagt es die Mutter ihrem Kinde?

Das Puzzle musste zusammengefügt werden, jetzt und hier, am Tresen der Pink Ponderosa, und sie musste den Anfang machen, daran führte kein Weg vorbei.

„Ich mache mal den Versuch einer Bestandsaufnahme", begann sie. „Ich werde offen reden, wir sind ja gewissermaßen unter uns. Und es ist mir egal, wer dabei sonst noch zuhört." Sie machte eine abschätzige Handbewegung in Richtung Spiegel.

„Stammheim", sagte Brunhild. „Es geht hier ein bisschen zu wie in Stuttgart-Stammheim, oder? Wir sind Geiseln, Gefangene, unser Schicksal ist ungewiss. Aber wie den Gefangenen der Roten Armee Fraktion geht es auch uns nicht gerade schlecht. Wir haben einen komfortablen Umschluss, wir sitzen gemütlich, reden miteinander, werden bewirtet …"

„Na ja", sagte Jerome.

„He, Schnalle, glotz nicht so!", schrie Brunhild plötzlich.

„Ich glotze überhaupt nicht!", erwiderte Meroe erschrocken.

„Natürlich glotzt du. Glotz gefälligst woanders hin!", blaffte Brunhild.

Meroe atmete hörbar aus, verdrehte die Augen und widmete sich ihren langen Fingernägeln.

„Jedenfalls", fuhr Brunhild ruhig fort, „ergibt sich in solchen Situationen schnell eine Atmosphäre wie in Tausendundeine Nacht oder wie in Boccaccios Dekameron, findet ihr nicht? Isoliert von der Außenwelt sitzt man beisammen, erzählt sich Geschichten. Jeder ist aufgerufen, etwas beizutragen, vielleicht auch aus dem Gefühl heraus, dass alles zu Ende sein könnte, sobald man aufhört zu erzählen."

„Na, ich weiß nicht", sagte Jerome.

„Ich schon! Also lasst uns erzählen! Zunächst mal eine allgemeine Lagebewertung. Zu dir, Irmela. Die Organisation Counter-H hat ihre Mission erfüllt. Der Angriff auf das Weltwährungssystem wurde abgewehrt. Fürs Erste. Wir wissen natürlich nicht, was noch kommt. Zumal wir von allen Informationen abgeschnitten sind. Jetzt zu dir, Jerome. Wir haben dich für einen Agenten der Organisation H gehalten, und ich bin immer noch nicht vollständig davon überzeugt, dass du wirklich keiner bist."

„Ich habe von diesem ganzen Krypto-Wahnsinn überhaupt keine Ahnung!", verteidigte sich Jerome. „Ich war nur ein Werkzeug. Ich wurde missbraucht!"

„Möglich", erwiderte Brunhild, „im Augenblick aber auch nicht so wichtig. Reden wir über unsere aktuelle Situation. Wir befinden uns in der Gewalt eines Mannes, den ihr Onkel Hiero nennt. Er treibt seine Spielchen mit uns, ist aber auch in der Lage, uns jederzeit zu eliminieren, wenn es ihm notwendig erscheint. Ich habe aber den Verdacht, dass er etwas ganz anderes mit uns vorhat. Und deshalb werde ich jetzt die Karten auf den Tisch legen. Meine Karten. Irmela! In deiner Personalakte stand ,Eltern unbekannt, in einer Hippie-Kommune aufgewachsen', wenn ich mich richtig erinnere. Hast du dich nie gefragt, wer deine Eltern sein könnten?"

„Nicht schon wieder!", stöhnte Irmela. „Das hat mich Onkel Hiero auch schon gefragt!"

„Das wundert mich nicht. Ich werde euch jetzt meine Geschichte erzählen. Und ich möchte mit einigen, wie soll ich sagen, grundlegenden Informationen beginnen. Haltet euch fest. Der Mann, der sich vor euch als Onkel Hiero ausgibt, ist mein Vater. Und ich, Irmela – ich bin deine Mutter."

Brunhild nahm den letzten Schluck aus ihrem Champagnerkelch und drehte sich zu Meroe.

„He, Thekenschlampe! Nochmal das Gleiche! Und ein paar Erdnüsse. Danach kannst du dir in aller Ruhe die Nägel machen. Das hier wird eine etwas längere Angelegenheit."

## 24

Das Wetter hat sich beruhigt. Die beiden alten Männer im Schlauchboot gleiten lautlos durch die sternklare Nacht.

Stunde um Stunde verrinnt. Sie reden nur das Nötigste miteinander. Umso überraschter ist Jürgen, als Stefan den Arm auf seine Schulter legt und sagt: „Du weißt, ich spreche nicht gern über Privates. Aber ich glaube, es ist an der Zeit, mich dir anzuvertrauen. Auch ich bin auf der Suche nach jemandem, der mir sehr nahesteht."

„Eine Frau?", fragt Jürgen.

„Das auch. Aber nicht in erster Linie. Meine Frau ist nicht so wichtig. Ich bin auf der Suche nach meinem Sohn."

„Du hast einen Sohn?"

„Ja. Ich habe mich nie viel um ihn gekümmert. War ja ständig unterwegs. Und eines Tages ist er zusammen mit seiner Mutter verschwunden."

„Du weißt nicht, wohin sie gegangen sind?"

„Nein. Es hat mich nicht besonders interessiert. Sie kamen offenbar auch ohne mich zurecht. C'est la vie, dachte ich. Sie verlassen einfach das Nest. Was ja nie eines war."

„Und jetzt hast du das Gefühl, etwas in Ordnung bringen zu müssen, genau wie ich?"

Stefan nickt. „C'est ça. Es ist durch dich gekommen. Vielleicht ist ja alles okay mit ihm. Das wäre schön. Aber ich würde gern wissen, wie er lebt. Wo er lebt. Ob er lebt."

„Wie heißt dein Sohn?"

„Er heißt …"

Aus dem Satellitentelefon erklingen blechern die Anfangstöne der Marseillaise.

„Allô, Maurice?", meldet sich Stefan, „c'est toi?"

„Oui, mon ami, c'est moi. Regarde la lumière en avant!"

„Ah oui, je la vois!"

Tatsächlich blinkt in einiger Entfernung von ihnen ein rotes Licht knapp über der Wasseroberfläche. Kurze Zeit später taucht erst der Turm und anschließend der mächtige Rumpf des Atom-U-Boots Jeanne d'Arc dicht neben ihnen auf. Stefan und Jürgen gehen mit ihrem Schlauchboot längsseits.

Mit einem leisen Zischen öffnet sich die Luke des Turms, und ein Mann in dunkelblauem Troyer, mit Vollbart, traurigen Augen und einer zerknitterten, ehemals weißen Schirmmütze stemmt sich heraus: Kapitän zur Unter-See Maurice Reval.

# 25

„Du – meine Mutter? Ich – deine Tochter?" Irmela schien nur wenig verblüfft. „Soll ich dir jetzt um den Hals fallen, oder wie?"

„Das wäre keine schlechte Idee", erwiderte Brunhild.

Irmela überlegte. „Mir ist schon immer aufgefallen, wie sehr du mich mochtest", sagte sie. „Es gab ja auch Gerede in der Counter-H. Dass wir eine lesbische Affäre hätten und dergleichen. Das war natürlich dummes Zeug. Aber es ist wahr – auch ich fühlte mich zu dir hingezogen."

Was für ein Trip! Hier geht ja wohl alles drunter und drüber, dachte Jerome. Er lächelte Meroe an, denn er spürte, dass er sich aus dem Gespräch der beiden Frauen besser heraushalten sollte. Meroe lächelte mit leicht bebenden Lippen zurück und stellte Jerome ein neues Budweiser hin.

„Aber wer ist mein Vater?", fragte Irmela.

„Ein zweitklassiger Pianist namens Arturo Manzotti", antwortete Brunhild. „Nicht mehr als eine flüchtige, etwas bizarre Affäre. Ich habe ihn aus den Augen verloren."

„Merkwürdig", sagte Irmela nachdenklich. „Ich hatte kürzlich einen Traum. Eine Frau ist mir erschienen. Sie sah dir sehr ähnlich, trug sogar einen Flieger-Overall. Die Frau war traurig; sie erzählte mir, dass sie so gern schwanger werden wolle. Aber daraus würde wohl nichts mehr, weil sie schon weit über fünfzig sei. Ich versuchte sie zu trösten, erzählte ihr, dass Gianna Nannini es doch auch noch geschafft habe. ‚Danke!', sagte die Frau, und: ‚Ich gebe die Hoffnung nicht auf!', rief sie, bevor sie verschwand."

„Vielleicht ist diese Frau nach deinen tröstenden Worten tatsächlich schwanger geworden", meinte Brunhild. „Vielleicht war ich die Frau, die dir im Traum erschienen ist."

„Moment", warf Irmela ein. „Die Frau im Traum sagte, dass sie schon Mitte fünfzig sei. Wenn du diese Frau bist, die danach vielleicht mit mir schwanger wurde, dann wärest du ja jetzt achtzig Jahre alt."

Brunhild lächelte versonnen. „Das stimmt. Ich werde bald achtzig."

„Du siehst aber viel jünger aus."

„Nicht ohne Grund. Ich habe an einem riskanten medizinischen Experiment teilgenommen. Es ging um Zellverjüngung. Ich war eine der ersten Probandinnen. Das biologische Alter eines Menschen sollte um etwa vierzig Jahre zurückgesetzt werden. Es funktionierte. Zumindest bei mir. Ich sehe doch noch klasse aus, oder? Die meisten anderen Versuchspersonen haben das Experiment allerdings nicht überlebt. Beziehungsweise regredierten sie so stark, dass sie …"

„Warum", unterbrach sie Irmela, „warum bin ich, nachdem du mich bekommen hast, nicht bei dir geblieben?"

„Schenk ein, meine Süße!" Meroe goss Brunhild Champagner nach.

„Das kam so. Wir beide, Mutter und Tochter, waren auf dem Weg in den Urlaub nach Griechenland. Im Nachtzug auf dem Balkan. Du warst sehr klein, kaum ein Jahr alt. Du schliefst ruhig in unserem Abteil. Ich massierte, wie ich es häufig tat, deine kleinen, sehr wohlgeratenen Füßchen. In Zagreb hatte der Zug einen längeren Aufenthalt. Ich stieg kurz aus, um mir die Beine zu vertreten und etwas zu essen zu besorgen. Während dieser Zeit wurde der Zug in zwei Teile geteilt und auf verschiedene Gleise rangiert. Ich fand die Zughälfte, in der ich dich zurückgelassen hatte, nicht wieder. Alles Nachforschen blieb vergebens. Ich hatte meine Tochter verloren."

„Unglaublich! Du Rabenmutter!", rief Irmela. „Aber es deckt sich genau mit dem, was mir meine Hippies erzählt haben. Sie waren auch nach Griechenland unterwegs und haben mich in einem Zug gefunden! Die Hippiefrauen hatten alle einen Kinderwunsch, wollten unbedingt schwanger werden und wurden es einfach nicht. Irgendein spirituelles Problem. Oder es lag an den Männern, diesen Schlaffis. Das Findelkind im Zugabteil kam ihnen jedenfalls wie gerufen!"

„Damit nicht genug", flüsterte Brunhild. „Du heißt nicht Irmela."

„Das weiß ich doch! Diesen Namen haben mir nur die Hippies gegeben!"

„Aber du weißt nicht, dass ich dich Jennifer genannt habe. Jennifer, die Weiche, die Schöne. Und ich, ich heiße nicht Brunhild und auch nicht Fräulein Gerstäcker, sondern ..."

„Guudruun!" tönte es da mächtig und tief aus irgendwo im Raum versteckten Lautsprechern. Der Fußboden, von dem plötzlich Nebel aufstieg, vibrierte, die Gläser auf dem Bartresen zitterten und klirrten. Das Deckenlicht flackerte, und im Spiegel über dem Klavier breitete sich der majestätische Pilz einer explodierenden Wasserstoffbombe aus.

„Hihi."

Die Wasserstoffbombe verschwand, und Onkel Hiero in seiner Blutwäsche-Maschine erschien wieder auf dem Bildschirm.

„Amüsiert ihr euch? Dauert nicht mehr lange! Nur noch ein halbes Literchen. Bis gla-aich! Winke-Winke! Gluck-Gluck-Gluck!"

# 26

Stefan und Jürgen durchsteigen den Turm der Jeanne d'Arc. Hinter ihnen schließt sich die Luke mit einem saugenden Geräusch. Eine Schleuse öffnet sich, sie gelangen sie in einen hell erleuchteten Raum, der von einem leisen Brummen wie aus einem alten Röhrenverstärker erfüllt ist.

„Voilà, notre centre de commande", sagt Maurice.

Einige Männer, die kaum Notiz von ihnen nehmen, hantieren an Schaltpulten mit großen, altertümlich wirkenden Hebeln und Knöpfen. Über den Konsolen aus hellem Metall flimmern auf leicht gewölbten Monitoren Zahlenkolonnen und oszillierende Linien.

Jetzt grüßen die Männer an den Pulten knapp. Sie tragen weiße Kittel; das einzige, was sie als Matrosen ausweist, sind ihre Mützen mit den typischen Nackenbändern. Es herrscht eine geradezu klinische Sauberkeit, nicht ein Stäubchen liegt auf den Konsolen, nirgends ist ein ölverschmierter Lappen oder ähnliches zu sehen.

„So habe ich mir das Innere eines U-Bootes nicht vorgestellt", sagt Jürgen. „Man bekommt durch die Filme, die man im Kino oder im Fernsehen sieht, ein völlig falsches Bild."

„Ils mentent tous, ces films", erwidert Maurice lächelnd. „Venez ici."

Er führt sie in die Offiziersmesse, die auf maritime Attribute völlig verzichtet und eher einer kleinen, sehr funktionalen Einbauküche ähnelt.

„Asseyez-vous", fordert Maurice seine Gäste auf. Jürgen und Stefan quetschen sich hinter den winzigen Tisch, auf dem sich eine zierliche Blumenvase mit einer weißen Lilie befindet, außerdem ein Set mit Zahnstochern, Salz- und Pfefferstreuern.

Maurice nimmt gegenüber von ihnen Platz und trommelt mit dem Mittelfinger seiner linken Hand einen bestimmten Rhythmus auf die abgenutzte Resopal-Tischplatte: Dam-da-da-da-dam-da-da-da-dam-dam. Dam-da-da-da-dam-da-da-da-da-da-da-da-da-da.

Das geht eine ganze Weile so. Jürgen und Stefan sehen sich fragend an. Stefan will gerade das Wort ergreifen, als Maurice sagt: „Entschuldigt, ich war gerade ganz woanders. Ist es okay, wenn ich ab jetzt Deutsch mit euch spreche? Meine Sprachkenntnisse rosten sonst zu sehr ein."

Jürgen und Stefan nicken.

„Also." Maurice klopft, während er spricht, den Dam-da-da-da-dam-Rhythmus mit dem Mittelfinger weiter. „Es sieht so aus, als ob sich ein atomgetriebenes Schiff in unserer unmittelbaren Nähe befindet. Unsere Geigerzähler knistern wie verrückt. Wir kennen dieses Schiff nicht. Es gibt da einige Ungereimtheiten. Die Kennung, die das Schiff aussendet, ist die des Fischkutters Dorsch II. Ein Fischkutter mit Atomantrieb? Wohl eher nicht. Wir sollten uns diesen rätselhaften Kahn etwas genauer ansehen. Das Beste wäre es, mit einer Kommandoaktion direkt an Bord zu gehen. Aber dafür sind wir leider nicht ausgerüstet. Ihr habt meine Männer ja gesehen. Es sind eher Wissenschaftler." Maurice lächelt. „Da kommt ihr natürlich wie gerufen."

Stefan sieht Jürgen an. „Können wir so etwas noch? Sind wir dafür nicht zu alt?"

„Für manche Dinge ist man nie zu alt", gibt Jürgen zurück. „Außerdem kann es sein, dass dieser Kahn etwas mit der Entführung meines Bruders zu tun hat. Ich habe da so ein Gefühl."

„Du könntest recht haben", sagt Stefan.

„Eines noch!"

Maurice steht auf und entnimmt dem Hängeschrank über dem Tisch drei kleine Gläser und eine Flasche ohne Etikett. Er entkorkt die Flasche, füllt die Gläser, die Männer prosten sich zu.

„À la vôtre. Auf gutes Gelingen!", sagt Maurice.

Jürgen lässt den dunklen, öligen Likör über seine Zunge rollen. „Interessant. Eine deutliche Note von Lakritz. Aber nicht nur. Was ist es?"

„Ein Digestif. Composition spéciale", erwidert Maurice lächelnd und setzt sein Glas ab. „Alors, camarades, aux armes. Allez-y!"

## 27

„Guudruun!"

Irmela machte, indem sie eine furchterregende Grimasse zog, die gruselige Hier-spricht-Edgar-Wallace-Stimme nach, die sie gerade gehört hatten.

„Soso. Wir haben also alle mindestens zwei Namen. Ich habe, als ich klein war, Jennifer geheißen. Lustig. Aber das ändert nichts. Ich bin Irmela und sonst niemand. Mach dir also keine falsche Hoffnungen, Mutti, Brunhild, Gudrun – was sage ich denn nun zu dir?"

„Mutti wäre mir natürlich am liebsten", seufzte Brunhild, „aber lassen wir die Sentimentalitäten. Ich bleibe Brunhild für dich."

„Und was ist mit ‚Guudruun'?"

„Gudrun ist ein böser Name. Gudrun gibt es nicht mehr, seit ich aus Paraguay geflohen bin."

„Du warst in Paraguay? Etwa bei …"

„Genau. Ich habe auf der Hazienda meines Vaters gelebt. Als ich dahinterkam, dass er das Oberhaupt der Organisation H ist, bin ich gegangen. Mich in Europa der Organisation Counter-H anzuschließen, war die logische Konsequenz."

„Und du, Jerome?", fragte Irmela. „Vielleicht willst du doch wieder Hieronymus heißen?"

„Nein danke. Ich wäre nun nicht mehr, schlimm genug, das lebende Denkmal meines Onkels, der im Krieg geblieben ist, sondern der Namensvetter eines höchst lebendigen Superschurken."

„Gut. Dann ist das also geklärt", sagte Irmela. „Oh – schaut mal. Es gibt etwas Neues."

Eine Fanfare scheppert, die der Erkennungsmusik von Twentieth Century Fox ähnelt. Im Spiegel erscheint ein tempelartiger, auf einer Anhöhe gelegener Monumentalbau, der von Suchscheinwerfern abgetastet wird. Über dem Tempelfries thront ein Adler, der ein Hakenkreuz in seinen Krallen hält. Aus seinem Schnabel löst sich ein Schriftzug in Reliefbuchstaben: ONKEL HIEROS KINTOPP. Die Schrift wird undeutlich und verschwindet im Äther, gleichzeitig stößt der Adler einen mächtigen Schrei aus. „Lydia" steht jetzt in geschwungener Schreibschrift auf dem Bildschirm, und, auf einer neuen Schrifttafel: „Nach einer wahren Geschichte".

Die Kamerablende zieht kreisförmig auf. Zu sehen ist nun ein magerer, alter Mann, der an einem Klavier sitzt. Er trägt Lederjacke und Schiebermütze, im Mundwinkel hängt eine dicke Zigarre. Der Mann zwinkert mit dem rechten Auge in die Kamera (das linke ist von einer Klappe verdeckt) und beginnt mit scharfem, krächzendem Timbre zu singen, wobei er sich selbst auf dem Klavier begleitet:

„Und was bekam des Soldaten Weib?
Aus der Lichterstadt Paris?
Aus Paris bekam sie das seidene Kleid
Zu der Nachbarin Neid das seidene Kleid
Das bekam sie aus Pa-ha-ris."

„Aber das ist doch Onkel Hiero!", flüsterte Jerome.

Der Mann am Klavier winkt in die Kamera, die, wiederum kreisförmig, abblendet.

Aus dem Off spricht eine schnarrende Stimme wie in einer alten Kino-Wochenschau: „Eine kleine Stadt Anfang der Vierzigerjahre des vorigen Jahrhunderts irgendwo in Deutschland. Weltkrieg zwo lässt sich hervorragend an. Hauptmann Hieronymus ist auf Heimaturlaub bei seinen Eltern."

Ein Zug mit heftig rauchender Lokomotive fährt in einen Bahnhof ein. Ein sehr alter Soldat in einer prächtigen Uniform steigt aus, seine Schirmmütze ist ihm allerdings viel zu groß.

Die Stimme aus dem Off: „Die stolzen Eltern haben ihren Sohn bereits sehnlichst erwartet."

„Das ist ja schon wieder Onkel Hiero", flüsterte Jerome.

„Ein echtes Multitalent", flüsterte Irmela zurück.

Die Eltern, ein rundliches älteres Paar, jedoch bedeutend jünger als Hieronymus, gehen mit ihrem Sohn durch eine belebte Straße. Sie grüßen freundlich nach rechts und links. Hinter ihnen zieht eine verhärmt wirkende junge Frau einen Handkarren mit dem Gepäck von Hauptmann Hieronymus.

Stimme aus dem Off: „Hauptmann Hieronymus bekommt großen Zuspruch aus der Bevölkerung. Er sieht großartig aus in seiner tadellosen Uniform und den frisch polierten Stiefeln."

Überblende: die elterliche Wohnung. Die Familie beim Mittagessen. Dampfende Schüsseln, klapperndes Besteck. Hieronymus legt die Serviette beiseite:

> „Mit Verlaub, ich bin so frei
> Der Nachtisch ist mir einerlei."
> Der Vater spricht: „Wohin soll's gehn?"
> Hieronymus: „Parkstraße zehn.
> Es ist so weit
> O Seligkeit!
> Deutsche Maid
> Macht Beine breit."

Der Vater droht schelmisch mit dem Finger, die Mutter nimmt einen komisch-verzweifelten Gesichtsausdruck an. Hieronymus schlägt die Hacken zusammen, dass es knallt und sagt zu der verhärmten jungen Frau: „Bis Silvester, kleine Schwester!" Im Türrahmen dreht er sich noch einmal zu ihr um: „Na, Gretel, ob du bald auch endlich mal gehänselt wirst?"

Hieronymus zwinkert ihr zu, die Schwester schlägt verschämt die Augen nieder.

Eine mit seltsamen Bäumen bestandene Allee. Die Palmen passen nicht so richtig in eine deutsche Kleinstadt.

Hieronymus schlendert lässig, pfeift vor sich hin.

Stimme aus dem Off: „Hauptmann Hieronymus ist auf dem Weg zu Lydia. Die ist Sportlerin. Hat sogar bei der Olympiade in Berlin mitgeturnt, aber nur auf dem Maifeld vor dem Stadion."

Hieronymus steht vor einem hohen Staketenzaun, hinter dem sich ein parkähnlicher Garten mit einem herrschaftlichen Haus erstreckt.

Stimme aus dem Off: „Lydias Familie bewohnt eine ausgesprochen schöne Villa –" (kurzer Zwischenschnitt auf ein Schild am Gartenzaun: Arisiert!) „– auf einem großzügigen, malerischen Anwesen."

Lydia kommt aus dem Haus, läuft zum Zaun und öffnet Hieronymus das Gartentor. Sie trägt ein Sportdress: weißes Hemdchen, darauf die olympischen Ringe, und ein knapp sitzendes schwarzes Höschen.

Stimme aus dem Off: „Lydia." (Nahaufnahme Lydia) „Dunkler Typ. Hat etwas Fremdes. Etwa eine Jüdin? Natürlich nicht. Denn Lydias Vater ist ein hohes Tier in der Partei."

Lydia: „Mein Held! Ich hab es kaum noch ausgehalten!"

Hieronymus: „Dann lass uns keine Zeit verlieren, brünstige Amazone!"

Lydia und Jerome stürmen durch den Garten, vorbei an einer Volière mit flatternden, schnatternden Wellensittichen, und erreichen schließlich ein mit Gerümpel vollgestopftes Gartenhäuschen. Neben alten Blumentöpfen steht eine angerostete, eiserne Gartenbank, über die eine filzige Pferdedecke gebreitet ist. Lydia streckt sich auf der Gartenbank aus. „Auf, mein stolzer Krieger!"

Hieronymus lässt die Uniformhose über seine dürren Beine in die Kniekehlen fallen und besteigt Lydia. Mehrere Positionswechsel, an der Innenseite von Lydias linkem Oberschenkel wird eine Tätowierung sichtbar. Ein kleiner Adler mit ausgebreiteten Schwingen.

Lydia kann sich unglaublich verbiegen, sie betreibt den Geschlechtsverkehr wie eine Folge anspruchsvoller Turnübungen.

„Geschmacklos", zischte Brunhild.

„Ich könnte das nicht", murmelte Irmela.

„So schwer ist das gar nicht", schaltete sich Meroe überraschend ein.

„Schnauze, Schnalle!", giftete Brunhild.

Stimme aus dem Off: „Hauptmann Hieronymus ist Lydias federnder Barren. Zum Schluss sitzt die Olympionikin rittlings auf ihm und erreicht einen kolossalen Höhepunkt."

Lydia: „Gut gemacht, du strammer Hengst!"

Sie steigt von Hieronymus ab.

Hieronymus: „Dito, gute Stute. Hier dein Geschenk."

Er zieht eine flache Schachtel aus seiner aufgeknöpften Uniformjacke. Lydia öffnet die Schachtel und entnimmt ihr ein Paar Handschuhe.

Lydia: „Oh, die sind aber schön!"

Hieronymus: „Original aus Paris."

Lydia: „Ich danke dir, mein wilder Stier."

Sie küsst Hieronymus.

„Nun aber wieder ab an die Front!"

Kreisförmige Abblende, die ein kleines Schlüsselloch offenlässt, bevor sie sich endgültig schließt.

Der Mann am Klavier mit Schiebermütze und Zigarre erscheint wieder. Er singt:

„Und was bekam des Soldaten Weib

Aus dem weiten Russenland?

Aus Russland bekam sie den Witwenschleier.

Zu der Totenfeier den Witwenschleier

Das beka-am sie aus Ru-ussland."

Abblende, dann der Schriftzug „Ende". Gleich darauf eine überraschende Aufblende. Der Film, bisher schwarz-weiß, ist plötzlich in Farbe, aber unscharf und wackelig, offensichtlich eine Amateuraufnahme. Ein rotes Auto mit offenem Verdeck und einer Frau am Steuer fährt auf die Kamera zu, kommt von der Straße ab, stürzt einen Abhang hinunter, überschlägt sich mehrmals und geht in Flammen auf. Ein paar undeutliche Bilder flimmern noch wie letzte zerkratzte Filmreste, die durch einen Projektor laufen.

Dann ist der goldgerahmte Spiegel über dem Klavier wieder der Spiegel.

# 28

Die Namenlosen hatten vor der im Sand eingesunkenen Ju 52 ein weiteres Feuer entzündet, dessen Schein sich matt in der silbrigen Wellblechhaut des havarierten Flugzeugs widerspiegelte. Gesprächsfetzen und manchmal auch ein raues Lachen drangen durch die Nacht zu Ralf, Horst und Dieter, die am Strand geblieben waren. Nicht weit von ihnen entfernt hockten die Möwen; ab und zu gaben sie verschlafene Laute von sich.

Das Lagerfeuer war heruntergebrannt, Ralf schob mit einer Latte der angeschwemmten Euro-Palette die Glut zusammen. „Mut, Männer!", sagte er, „wir werden gerettet werden, da bin ich ganz sicher. Diese elektronische Blockade kann nicht ewig dauern. Eines Tages wird sie verschwunden sein. Bis dahin müssen wir aushalten. An Nahrung wird es nicht fehlen, denn unsere gefiederten Freunde sorgen ja für uns."

„Ich finde, wir sollten ihnen etwas zurückgeben", sagte Dieter. „Wie wäre es mit einem Kulturprogramm? Mit einem Tag der Offenen Tür in der Ju?"

„Die kacken uns nur alles voll", murrte Horst.

„Ich finde die Idee ausgesprochen gut", stimmte Ralf zu.

„Aber dabei darf es nicht bleiben!", rief Dieter. „Mir schwebt da eine große Strand-Performance vor: Von Möwen und Menschen. Ich habe nämlich in der Ju etwas entdeckt!"

Dieter sprang auf und verschwand hinter der Düne.

„Was will er denn jetzt schon wieder?", moserte Horst.

„Psst!", machte Ralf.

Aus der Richtung des havarierten Flugzeugs waren Töne zu hören, verwehte, vorsichtige Töne von einer Mundharmonika oder einem Akkordeon.

Dieter stand auf der Düne und schwenkte über dem Kopf ein lindgrünes Stück Plastik mit schwarzen und weißen Tasten. „Seht mal, was ich hier habe! Eine Original Hohner Melodica! Genau so eine hatte ich früher in der Musikschule!"

Dieter setzte das Instrument an die Lippen und spielte eine barock anmutende Melodie mit punktiertem Rhythmus: Dah-dah-da-dah-dah ...

Ah – das soll wohl diese berühmte Sarabande von Händel sein, dachte Ralf. Unser Dieter hat wirklich Geschmack.

Die Namenlosen tauchten hinter der Düne auf und kamen an den Strand. Ohne ein Wort zu sprechen, bildeten sie eine Reihe und begannen unter gegenseitigen Verbeugungen, mit eleganten Schleifern, graziösen Kratzfüßen und gelegentlichen Hüpfern einen gravitätischen Schreittanz.

Die Möwen erwachten und fanden sich, den Namenlosen gegenüber, zu einer zweiten Reihe zusammen. Ihr Tanz war eher ein gegenseitiges, flügelschlagendes Sich-Umkreisen. Austernfischer und Strandläufer kamen hinzu, gliederten sich in die Reihe ein und bildeten kleine schwarze Kontrapunkte zwischen den weißen Möwen.

Die Reihen bewegten sich aufeinander zu und entfernten sich wieder voneinander, während Dieter sich in Händels Sarabande wiegte und auf der Melodica immer neue Variationen fand. Irgendwann spielte er die finale Sequenz und endete mit einem lang ausgehaltenen Ton. Die Namenlosen und die Seevögel verbeugten sich vornehm ein letztes Mal voreinander.

Dieter ließ sein Instrument sinken. „So ungefähr habe ich mir das vorgestellt", sagte er glücklich. „Von Möwen und Menschen. Entschuldigt, liebe Austernfischer, Strandläufer und Seeschwalben. Ihr seid natürlich auch gemeint."

## 29

„Unglaublich!" schrie Brunhild. Sie schäumte vor Wut. „Was für ein elendes Machwerk! Von wegen ‚kleine Stadt irgendwo in Deutschland' – das war Nueva Esperenza in Paraguay! Die angeblichen Eltern von Hauptmann Hieronymus waren unser Hausmeisterehepaar! Als seine Schwester hat dieses Scheusal deren behinderte Tochter Juanita benutzt! Und diese widerliche ‚Lydia' soll offenbar meine Mutter sein! Das ist der Gipfel der Geschmacklosigkeit!"

„Moment!", sagte Jerome, „ich komme mal wieder nicht mit. Paraguay, deine Mutter, Nueva Esperenza – kann mir das mal jemand erklären?"

„Das geht dich gar nichts an", schrie Brunhild.

„Ich denke schon, dass mich das etwas angeht", erwiderte Jerome. „Wir sind doch jetzt eine Familie."

„In der es wie in jeder Familie auch Familiengeheimnisse gibt!"

„Jetzt streitet euch nicht!", ging Irmela dazwischen. „Darüber reden wir irgendwann, wenn Zeit dafür ist. Jetzt gibt es wirklich Wichtigeres. Wir sind immer noch Onkel Hieros Gefangene. Damit müssen wir professionell umgehen! Dass ich das als Jüngste von uns dreien überhaupt erwähnen muss, finde ich ziemlich traurig!"

Aus dem elektrischen Klavier klingelte die Titelmusik der uralten Fernsehserie Bonanza. Die Schwingtür klappte auf, und Onkel Hiero ritt, diskret gestützt von Prothoe, auf einem imaginären Pferd in den Saloon ein.

„Galoppel, galoppel!", rief er, „geht's euch gut? Meroe, mein Schatz, einen doppelten Bourbon on the rocks für good old Uncle Hiero! Und lass die Flasche gleich auf der Bar stehen!"

Die breite Krempe von Onkel Hieros Hut reichte weit über seine schmächtigen Schultern; zwei Colts steckten rechts und links in den Gürtelholstern und standen grotesk von der Hüfte ab. Auch Prothoe hatte ihr Amazonen-Dress gegen ein klassisches Western-Outfit mit rotkariertem Hemd, Hot Pants und hohen Cowboystiefeln eingetauscht.

„Du Schwein!" Brunhild stürzte sich auf Onkel Hiero. Prothoe machte einen Schritt nach vorn und ließ sie mit einem lässigen Bodycheck abtropfen. Brunhild ging zu Boden, die blonde Perücke rutschte ihr vom Kopf, der Hermelinmantel fiel schwer über sie.

„Wie konntest du nur!", wimmerte Brunhild. „Die Ehre meiner Mutter derart in den Schmutz zu ziehen!"

„Wieso?", fragte Onkel Hiero. Er fischte einen Queue vom Billardtisch und jagte mit Aplomb eine der beiden weißen Kugeln gegen die Bande. „Ich wollte dem Akt deiner Zeugung ein kleines filmisches Denkmal setzen, mehr nicht. Ist mir doch ganz gut gelungen, oder etwa nicht?"

„Ging so", meinte Irmela.

„Die Stimme aus dem Off bin ich übrigens auch", fuhr

Onkel Hiero fort, ohne auf Irmelas Kommentar einzugehen. „Wobei der Film natürlich eher symbolisch zu verstehen ist. Ich weiß zum Beispiel gar nicht, ob es tatsächlich auf dieser äußerst unbequemen Gartenbank passiert ist. Deine Zeugung, meine ich, Guudruun. Meine Güte – was habe ich mir damals den Popo aufgeschürft auf der blöden Bank."

„Wer – wer ist diese ‚Lydia' im Film?", stammelte Brunhild und schlug Irmelas Hand weg, die ihr aufhelfen wollte.

„Martina Maria Martinez. Eine junge, begabte Schauspielerin aus Asuncion. Beinahe ein so scharfes Geschoss wie die wirkliche Lydia." Onkel Hiero kicherte. „Wir hatten viel Spaß bei den Dreharbeiten. Tolle Partnerin. Wenn auch selten auf Augenhöhe, hihi. Ist es gestattet?"

Onkel Hiero erkletterte mit Prothoes Hilfe den Barhocker neben Irmela.

„Meine Gott, jetzt seid doch nicht so humorlos! Ich wollte euch einfach alle mal sehen und habe mir dafür diesen kleinen filmischen Appetitanreger ausgedacht. Ich bin übrigens ein irrer Bert-Brecht-Fan! Ohnd därr Haifiiisch därr haht Zäähnää ohnd die trräägt äärr iihm Gäsiiicht … – na, wie war das?"

„Geht so", sagte Irmela.

„Jedenfalls – endlos zuwarten wollte ich mit dem Familientreffen nicht mehr, bin ja nicht mehr der Jüngste, werde bald hundertzwölf! Eins-Eins-Zwo – tatütata, die Rettung naht, Prost!"

Onkel Hiero griff nach seinem Glas, setzte es aber gleich wieder ab. „Großartig übrigens deine Zellverjüngung, Guudruun, Kompliment, ist prima geworden, hätte ich auch glatt gemacht, habe ich leider nicht mitgekriegt. Aber ich habe da ja auch so meine Mittelchen. Übrigens verzeihe ich dir. Vergeben und vergessen. Aber ein bisschen Strafe musste sein, das siehst du sicher ein." Onkel Hiero schrie plötzlich. „NACH ALLEM, WAS DU MIR ANGETAN HAST!"

Er nahm einen Schluck von dem Bourbon und verzog das Gesicht. „Brrrr! Ich vertrag's nicht mehr, leider. Meroe, eine Cola Light! Jetzt lass doch mal die dämliche Perücke in Ruhe, Guudruun. Deine Haare werden schon wieder wachsen. Oder lass sie doch so raspelkurz, du siehst doch an meinen Rosenmädchen, wie schick das aussieht. Danke, meine Schöne."

Onkel Hiero nahm die Cola von Meroe in Empfang, trank aber nicht, sondern schnippte mit den Fingern.

„Ich hab's! Guudruun – ich staffiere dich aus wie die sagenhafte Königin von Saba, Saba, Schwarzwälder-Apparate-Bau-Anstalt, dort bin ich nach dem Krieg erst einmal untergekrochen, im hintersten Schwarzwald, werde ich nie vergessen, also du, Guudruun, wirst meine Königin von Saba, mit Hermelin und Bollenhut, original Schwarzwald-Style, mit so richtig dicken roten Bollen auf dem Hut, hihi. Und dann steigst du wieder auf den Thron, auf den schönen Thron im Thronsaal, wie neulich, du weißt schon... Vielleicht hast du ja doch Lust, meine Nachfolgerin zu werden, ich fänd's gut, richtig guut, Guudruun, Meroe und Prothoe lechzen doch nach einer Penthesilée, oder etwa nicht?"

Prothoes Lippen verengten sich zu zwei schmalen Strichen.

„Nochmal zurück", sagte Irmela. „Wenn ich das richtig verstehe, hast du diese ganze Kryptogeld-Geschichte nur inszeniert, um die Familie zusammenzubringen?"

Onkel Hiero überlegte für einen Moment. „Irgendwie schon. Es war eine nette Spielerei. Mikrochips, Blockchains, Kryptogeld und dieser ganze Mist – mit sowas kenne ich mich doch gar nicht mehr richtig aus. Ich bin ein Kind des Atomzeitalters. Mit einem leichten Hang zum Kitsch. Hihi. Eigentlich hatte ich mich auf meiner Hazienda längst zur Ruhe gesetzt. Aber dann meinten meine Rosenmädchen, Onkel Hiero, mach das mal mit diesem Kryptogeld, das ist die Zukunft. Schon allein wegen der lächerlich niedrigen Strompreise in Paraguay. Weil, diese ganzen Computers fressen ja so schrecklich viel Strom. Kann man in Europa gar nicht mehr bezahlen. Also gut, sagte ich, wenn ihr meint, warum nicht. Hitle. So habe ich meine Kryptowährung getauft. Die Rosenmädchen fanden das zuerst doof, aber man muss das natürlich auch englisch aussprechen: Haitl. Sonst könnten die Leute ja wer weiß was denken, hihi. Ein Haitl ist ungefähr so viel wert wie, na sagen wir mal, wie – Volkswagen. Der gesamte Volkswagen-Konzern. Nur mal so als Hausnummer. Damit kann man schon ganz schön rumspielen. Aber du hast recht, Immy – eigentlich hab ich's nur gemacht, um die Familie wieder zusammenzubringen. Hat ja auch geklappt. Kollaps Weltwährungssystem – dummes Zeug, maßlos übertrieben. Ich wollte nur, dass Counter-H sich da reinhängt. Habt ihr ja auch brav gemacht. Dich, mein lieber Neffe, in die Operation Krypto einzubinden, ohne dass du etwas davon ahntest, war ein Kinderspiel. Wo du doch so ein ausgekochter Schnäppchenjäger bist. Wir wussten von deiner Vorliebe für diese spezielle Kaffeesorte und haben dich mit einem Super-Sonderangebot in den Bellavista-Supermarkt gelockt. Da wäre noch fast alles schief gegangen, aber du warst ja brav und markentreu, hihi. Der Tipp mit der Sicherheitslücke, während die Chips koppeln, kam natürlich auch von uns selbst, damit Counter-H sich großartig vorkommt und glaubt, die Welt zu retten. Korrespondierende Mikrochips in E-Autos – was für ein Schwachsinn! Ihr solltet langsam mal die Hippies aus euren Thinktanks rausschmeißen. Aber so haben sich Jerry und Immy wenigstens kennengelernt. Nicht schlecht, oder?"

Onkel Hiero kicherte.

„Dieses war der erste Streich. Doch der zweite folgt sogleich! Kommt ihr noch mit? Der LKW, der sagenumwobene, du weißt, wovon ich spreche, Jerry, Neffe, Brudersohn, ich liebe dich über alles, ach, ich leide unter fortgeschrittenem Nepotismus, an Nepotismus im Endstadium gewissermaßen, hihi ... Also der LKW, den ich gegen Ende von Weltkrieg zwo irgendwo in Osstprreissen bergen sollte: nix Bernsteinzimmer, nix Grünes Gewölbe oder so etwas. Nazigold war das. Wunderschönes Nazigold. Von Göring, Himmler und all den anderen Experten. Das Zeug musste ja irgendwie weg. Aber das Gold war gar nicht das Entscheidende. Plutonium, sage ich nur. Auf dem LKW war auch jede Menge erstklassiges Plutonium. In handlichen Bleikassetten. Sogar mit Henkel. Ich sag übrigens lieber Höllenhundium. Adolf Hitler sein persönliches Höllenhundium. Die Wolfsschanze war ja praktisch gleich nebenan. Mit dem Höllenhundium wollte er seine Atomraketen befeuern. Daraus wurde nichts mehr, denn jetzt hatte ich es und habe damit quasi über den Ausgang des Zweiten Weltkriegs entschieden, hihi. Ich also ein paar Leute umgelegt, petsch, petsch, ein paar Spuren verwischt, und mich mit Gold und Höllenhundium aus dem Staub gemacht. Erst in den Schwarzwald und dann hopplahopp nach Südamerika, Rattenlinie, ihr sagt immer Rattenlinie, was für ein hässliches Wort, wir sind doch Menschen, keine Nagetiere!, Hazienda, Nueva Esperenza, Organisation H undsoweiter. Das Höllenhundium habe ich später nach Nordkorea verkauft, an Kim Jong-Il, er hatte so gebettelt. Ein bisschen habe ich natürlich für mich behalten, man weiß ja nie, hihi. Und mit irgendetwas muss ich ja auch meine Martin B. heizen. Die habe ich übrigens aus dem Nachlass von Aristoteles Onassis. In eurer Suite haben schon Frank Sinatra und Maria Callas gepennt. Und noch früher war der Kahn beim D-Day in der Normandie dabei."

„Die Martin B. fährt mit Atomkraft?", fragte Irmela.

„Aber selbstverständlich! Meint ihr etwa, mit dreckigem Schweröl? Glaubt ihr, die Klimakatastrophe wäre mir egal?"

„Und was ist mit deinen superökologischen Serverparks in Paraguay?"

„Ach-ach-ach, Immy, jetzt geh mir nicht auf die Nerven!" Onkel Hiero machte eine unwillige Handbewegung und fegte dabei beinahe sein Colaglas von der Bar.

„Ihr könntet ruhig einfach mal danke sagen. Ich bin gar nicht so böse. Eigentlich wollte ich euch alle schon zu

Weihnachten bei mir haben, aber die Aktion auf Uit-stromlyg ging leider schief. Wer weiß, wie lange ich noch … und der die Zukunft auf des Lebens Gipfel heut wie ein Feenreich noch überschaut, liegt in zwei engen Brettern duftend morgen, und ein Stein sagt dir von ihm: er war, jaja … Jerry – dass du nicht Hieronymus heißen willst, ist nicht in Ordnung, nicht in Ordnung ist das, aber auch hier: Schwamm drüber, ich verzeihe dir, ich bin heute im unendlich milden Verzeih-Modus. Und du, liebe Immy – ich wusste immer, wer du warst und wo du warst. Ihr glaubt doch nicht im Ernst, dass die Geschichte damals in Zagreb ein Zufall war. Hippie-Kolonie, Colonia Nueva Esperanza – so groß sind die Unterschiede gar nicht – du hättest dich auch bei uns sehr wohl gefühlt. Hier wie dort wird großer Wert auf gesunde Ernährung gelegt, zum Beispiel, sonst wäre ich wohl kaum so alt geworden. Nur Jürgen, Jerrys älteren Bruder – den habe ich tatsächlich verloren, keine Ahnung, wo er steckt. Das schmerzt mich sehr. Wo mag er sein?"

Onkel Hiero gähnte und streckte seine dürren Ärmchen von sich.

„Genug für heute. Onkel Hiero muss in sein Himmelbett. Ich liebe euch alle. Prothoe, mein Fräulein Ehrenwert, mach schon – hilf dem alten Mann vom Pferd!"

# 30

Die Jeanne d'Arc taucht auf. Gischt perlt von ihrem mattschwarzen Rumpf. Kapitän Maurice Reval, Jürgen und Stefan klettern in den Turm und öffnen die Luke. Maurice blickt durch sein Nachtsichtgerät. „Voilà", sagt er und gibt das Gerät an Jürgen weiter. „Ein Fischkutter ist das definitiv nicht."

Jürgen erkennt im grün eingefärbten Sichtfeld ein unbeleuchtetes, schlankes Schiff.

„Aber auch nichts Militärisches, keine Fregatte oder ähnliches."

Er setzt das Nachtsichtgerät wieder ab.

„Die See ist ruhig", sagt Stefan.

„Ideales Schlauchbootwetter", grinst Maurice. „Ich habe euch bis eine Meile vor das Schiff gebracht. Noch näher heranzufahren, wäre zu riskant."

Er schaut die beiden Veteranen an.

„Seid ihr immer noch sicher, dass ihr es tun wollt?"

„Mais oui", antwortet Stefan und wendet sich Jürgen zu. „Oder?"

Jürgen nickt.

Sie lassen das auf der Jeanne d'Arc vertäute Schlauchboot zu Wasser. Maurice Reval grüßt ein letztes Mal. Das Boot nimmt Fahrt auf, die Operation Dorsch beginnt.

Es ist ein wenig heller geworden. Die Kameraden nähern sich dem milchig-weißen Umriss des Zielobjekts.

„Ein merkwürdiges Schiff", sagt Jürgen. „Was mag es sein?"

„Wir werden es herauskriegen", erwidert Stefan.

Sie legen an der ungewöhnlich hohen Bordwand an.

„Okay, let's do it!", sagt Jürgen.

Sie schultern ihre Sturmausrüstung und schicken sich an, das Schiff zu entern.

„Merde!", flucht Stefan leise, „der Kahn ist antimagnetisch!"

Die magnetischen Steigeisen, mit deren Hilfe sie die Bordwand erklettern wollen, haften nicht. Die Kameraden müssen sich mit konventionellen Saugnäpfen behelfen.

„Saugnäpfe! Ich hasse sie!", stöhnt Jürgen, während sie sich mühsam an der Wand hocharbeiten. „Wieso haben wir eigentlich kein Seil dabei?"

„Vergessen", ächzt Stefan.

Sie überklettern die Reling und gelangen unbemerkt aufs Schiff.

„Es ist zu einfach", murmelt Stefan.

„Achtung!", flüstert Jürgen.

Auf der schwach erleuchteten Kommandobrücke sind einige Gestalten in weißen Uniformen zu erkennen. Stefan richtet ein kleines Gerät, das einer Fernbedienung ähnelt, auf sie. Die Gestalten auf der Brücke beginnen unverzüglich zu taumeln und sinken in sich zusammen.

„Es scheint tatsächlich zu funktionieren", murmelt Stefan. Die beiden Kameraden schleichen sich in das Deckhaus. Sie begegnen keiner Menschenseele. Das Schiff scheint wie ausgestorben. „Es ist zu einfach", wiederholt Stefan.

„Psst!", macht Jürgen, „ich höre etwas!"

Hinter einer gepolsterten Tür erklingt gedämpfte Musik.

„Ah, da drinnen tut sich etwas." Stefan tastet den Türrahmen ab. „Auf drei? Wie immer?"

„Wie immer. No risk, no fun. Oder haben wir früher etwa anders gearbeitet?"

„Weiß Gott nicht."

„Also auf drei!"

# 31

„Halt, stopp!", rief Onkel Hiero, als Prothoe ihn gerade von seinem Hocker bugsieren wollte. „Hab's mir anders überlegt. Ich will doch noch nicht ins Bett." Er schwenkte seinen breitkrempigen Hut. „Kommt alle mit! In den Thronsaal! Auf in den Throoonsaaal!"

Das elektrische Klavier klimperte, während die kleine Gesellschaft die Pink Ponderosa verließ, wiederum die Bonanza-Melodie.

„Mir nach!" Onkel Hiero eilte steppend und in Zickzack-Schritten durch die Gänge, so schnell, dass die anderen ihm kaum folgen konnten.

Sie erreichten die Freitreppe, die zum Thronsaal hinunterführte.

„I'm singin' in the Caine", krähte Onkel Hiero, während er die Treppe herabtänzelte. „Willkommen zur großen Boogie-Woogie-Super-Krypto-Show!"

In der Mitte des Saals waren drei Vitrinen aufgebaut. In der einen befand sich, in bläuliches Licht getaucht, Jeromes Swiss-Gear-Rucksack, in der anderen, grün angestrahlt, das Kaffeepaket Auslese Spezial.

Die dritte Vitrine stand etwas abseits. In ihr lehnte auf einer kleinen Künstlerstaffelei ein unscheinbares, braunes Briefkuvert.

„Ich konnte mich einfach nicht beherrschen!" Onkel Hiero wieselte zwischen den Vitrinen hin und her. „Ein bisschen musste ich doch am Weltwährungssystem herumfummeln. Die Finanzwelt das Fürchten lehren. Die Börsenkurse in den Abgrund jagen. Nur so aus Spaß. Auf geht's! Bitte anschnallen! Hully-Gully fährt jetzt rüückwäääarts!" Onkel Hiero stellte sich an eine glitzernde Konsole, deren einziges Bedienungselement ein dicker roter Buzzer war.

„Ich habe den größten Knopf von allen, hihi! Und nun: Licht aus! Spot an!"

Das Licht im Saal wurde schwächer. Disco-Nebel waberte über den Fußboden, aus den Lautsprechern quoll wie klebriger Honig „Yes Sir I Can Boogie". Meroe und Prothoe bewegten ihre Lippen synchron zum Baccara-Playback und deuteten einige sparsame Tanzschritte an. Zwischen den Vitrinen zuckten farbige Blitze.

„Und jeeetzt geeehts – abwärts!" Onkel Hiero hob die rechte Hand, hielt sie über den Buzzer, spreizte die Finger gespenstisch wie Graf Nosferatu und senkte die Hand.

In diesem Moment gab es einen ohrenbetäubenden Knall. Die Seitentür neben dem Thron splitterte und flog auf. Blendgranaten detonierten. Zwei schwarzgekleidete Gestalten mit Sturmmasken stürmten in den Saal und feuerten mit Maschinenpistolen gegen die Decke.

„Hände hinter den Kopf!", schrien sie. „Alle! Niemand bewegt sich!"

Der Augenblick der Befreiung, dachte Jerome. Endlich!

Er hob, wie die Schwarzvermummten es verlangten, die Hände, ebenso wie Irmela und Brunhild.

„Das ist gegen die Genfer Konvention!", zeterte Onkel Hiero. „Verschwinden Sie! Meroe! Prothoe! Tut etwas!"

Die beiden Amazonen tanzten scheinbar unbeeindruckt weiter, schoben jedoch langsam die Hände hinter ihre Rücken.

„Aufpassen!", flüsterte einer der Vermummten. „Die Ladies sind gefährlich!"

Der andere Vermummte löste einen kleinen Gegenstand etwa von der Größe einer Zigarettenschachtel von seinem Gürtel.

„Messieurs Dames, was ich jetzt tue, verstößt möglicherweise tatsächlich gegen die Genfer Konvention", sagte er höflich. „Aber zu meinem Bedauern geht es gerade nicht anders. Excusez-moi."

Er betätigte einen Schalter an der Seite des Geräts. Ein kurzer Quittierungston quakte. Die Gesichter von Onkel Hiero, Irmela, Brunhild, Jerome nahmen einen fragenden und gleich darauf einen seltsam entgrenzten Ausdruck an. Meroe und Prothoe torkelten, schlenkerten unkontrolliert mit den Armen, als würden sie auf groteske Weise zu den Klängen von „Yes Sir I Can Boogie" weitertanzen. Nach wenigen Sekunden fielen jedoch alle in sich zusammen und sanken zu Boden. Die Blitze zwischen den Vitrinen hörten auf zu zucken, auch die Musik erstarb.

Die Vermummten zogen sich die Sturmhauben von den Köpfen.

„Lange nicht mehr getragen, so etwas", sagte Jürgen und ordnete sein weißes Haar. „Kann es sein, dass wir gerade die Welt gerettet haben?"

„Möglicherweise", erwiderte Stefan. „Obwohl es eigentlich zu einfach war."

# 32

„Tough guys don't dance."

Horst hatte das von Dieter initiierte Kulturprogramm
am Strand als extrem anbiedernd, peinlich und überflüssig
empfunden. Nach den ersten Runden der Sarabande war
er ausgestiegen und zu den havarierten Flugzeugen gegangen. Jetzt saß er allein unter den Tragflächen der Ju und
starrte missmutig in die Nacht. Vom Ufer plärrten Dieters
Melodica-Töne herüber.

„Lächerlich!", murmelte Horst.

„Horst!", sagte da eine dunkle, warme Stimme schräg
über ihm. „Horst Widerborst!"

„Wer spricht da?"

„Tante Ju."

„Das Flugzeug?"

„Was sonst."

„Was willst du?"

„Mit dir reden."

„Ich rede nicht mit Flugzeugen."

„Du redest auch sonst mit niemandem."

„Ich rede die ganze Zeit mit irgendwelchen Leuten."

„Du redest nicht wirklich. Du maulst immer nur herum.
Was quält dich?"

„Nichts. Alles in Ordnung."

„Du bist schrecklich destruktiv und verdirbst allen die
Laune, wenn ich dir das mal sagen darf."

„Das stimmt doch gar nicht!"

„Na, dann frag mal Ralf und Dieter. Die haben nur
noch Mitleid mit dir. Würden sich am liebsten überhaupt

nicht mehr mit dir abgeben, wenn sie nicht wüssten, dass du dann total verloren wärest."

„Quatsch!"

„Das ist kein Quatsch, Horst Widerborst. Ich habe Erfahrung mit verbohrten, sogar richtig bösen Menschen, glaube mir. Was meinst du, wen ich schon alles durch die Gegend geflogen habe."

„Ja, ja, ich weiß, du warst mal die Privatmaschine von Adolf Hitler. Hitler war ein Arschloch, klar."

„Mit Herrn Hitler hatte ich persönlich nie Probleme. Ich denke eher an die unangenehmen Menschen mit ihren übertriebenen Ansprüchen, die ich in den letzten Jahren bei diesen langweiligen Rundflügen an Bord hatte. Die hatten wirklich immer was zu meckern."

„Was hab ich mit denen zu tun!"

„Du bist genau so maulig. Mit nichts zufrieden. Horst, sei doch mal locker. Sei endlich mal zufrieden."

„Womit soll ich wohl gerade zufrieden sein! Dass wir hier auf dieser verkackten Insel festsitzen?"

„Das geht mir doch genauso. Und ich habe trotzdem gute Laune."

„Positiv denken", wisperte eine zweite Stimme von oben. Es war der Fieseler Storch. „Denk einfach mal an was Schönes."

„Wenn es aber doch nichts Schönes gibt?!"

„Jeder kann sich an irgendetwas Schönes erinnern", sagte die Tante Ju. „Ich erinnere mich zum Beispiel gern an die wunderbaren Flüge über das Berchtesgadener Land. Herrlich. Sicherlich hast du auch mal was Schönes erlebt. In deiner Kindheit. Wie war deine Kindheit?"

„Beschissen."

„Hm. Schade. Dann setzen wir eben woanders an. Bei deinem Namen. Horst. Dein Name ist Programm. Wie bei uns. Nur dass wir im Gegensatz zu dir richtig schöne Namen haben."

„Fiiieseler Storch", kam es von oben. „Mein Fahrgestell sieht sooo lustig aus. Wirklich wie ein richtiger, staksiger Storch. Da lacht gleich jeder."

„Tante Ju – wie gemütlich das klingt. Da kommt die gute alte Tante Ju. Brumm, brumm. Da steig ich gern ein, da flieg ich gern mit. Dagegen Horst – so hart, so stachelig. Horst Widerborst. Und ohne dass du es selber merkst, verhältst du dich genau so, wie sich dein Name anhört. Fährst sofort die Stacheln aus. Fühlst dich angegriffen, auch wenn niemand dir etwas Böses will. Du musst unbedingt weicher werden. Nachgiebiger. Durchlässiger. Mit einem anderen Namen würde dir das sicher leichter fallen. Lass uns überlegen. Welcher Name könnte zu dir passen? Friedemann? Demian? Peter Pan?"

„Florestan!", rief von oben der Fieseler Storch und wackelte aufgeregt mit dem Seitenruder. „Wie wäre es mit Florestan? Der Blühende! Das ist doch hübsch."

„O ja – Florestan!", rief Tante Ju begeistert. „Fang neu an als Florestan!"

„Einen Scheiß werde ich. Ich bin der Horst, und dabei bleibt es. Basta!"

„Sei lieb", lispelte der Fieseler Storch. „Florestan ist so schööön!"

„Ich will überhaupt nicht lieb sein!", schrie Horst.

„Wenn ich kein Flugzeug wäre, würde ich dir jetzt gern

den Nacken massieren", sagte die Tante Ju. „Dort sitzt nämlich der Widerstand."

„Florestan klingt bescheuert", brummte Horst. Er blickte in den Nachthimmel, aus dem genau in diesem Moment eine Sternschnuppe fiel. Über Horsts Gesicht legte sich ein sanfter, unbestimmter Glanz.

„Aber Florian ...", murmelte er. „Florian ginge vielleicht."

## 33

„Ein wirklich erstaunliches Gerät", sagte Jürgen und deutete auf den unscheinbaren Quader, mit dem Stefan erst die Besatzung der Brücke und dann die Gesellschaft im Thronsaal außer Gefecht gesetzt hatte. „Woher hast du es?"

„Maurice hat es mir zugesteckt. Ein neu entwickelter Infraschall-Transponder. Er wollte unbedingt, dass wir ihn testen. Das Gerät ist kaum erprobt und hat keine Zulassung. Insofern stimmt das sogar mit der Genfer Konvention."

„Und das sagst du mir erst jetzt?"

„Du weißt doch, wie es läuft", grinste Stefan. „No risk, no fun."

„Wie funktioniert das Ding?"

„Es sendet Infraschall-Wellen aus, die außerhalb des menschlichen Hörbereichs liegen. Bestimmte Regionen im Gehirn beschäftigen sich aber trotzdem mit diesen Frequenzen, was zu Stress und Überlastung führt. Am Ende fliegen dem Gehirn, wenn man so will, die Sicherungen raus. Die Menschen kippen einfach um und schlafen weg. Man nennt dieses Phänomen auch den Dornröschen-Effekt."

Jürgen betrachtete die zu einem idyllischen Fresko geronnenen Körper der Schlafenden. Der kleine, uralte Mann mit altersfleckiger Glatze, fast schon eine Mumie. Neben ihm sein riesiger Hut. Diese Frau undefinierbaren Alters, hingegossen in ihrem prunkvollen weißen Pelzmantel. Die zwei durchtrainierten Frauen, die ihnen so gefährlich vorgekommen waren, lagen Hand in Hand. Und der Kopf des ungefähr sechzigjährigen Mannes war auf den Bauch der schönen jungen Frau gebettet.

„Unglaublich", sagte Jürgen. „Wirklich ein Dornröschenschloss. Aber wie kommen sie wieder zu sich?"

Stefan lächelte. „Auch wie in Dornröschen. Indem wir sie einfach wieder anknipsen. Allerdings nicht durch einen Kuss, sondern mittels des Transponders." Er betrachtete versonnen die leicht geöffneten Lippen von Meroe. „Schade eigentlich. Ein Kuss wäre mir lieber."

„Werden sie sich erinnern, wenn sie erwachen?", fragte Jürgen leicht verstimmt.

„Nein. Sie wundern sich höchstens ein wenig. Genau wie die Königin, der Koch, die Magd und all die anderen im Dornröschenschloss."

„Und wieso macht der Infraschall uns nichts aus?"

„Erinnerst du dich an den schwarzen Likör, den Maurice uns zum Abschied kredenzt hat?"

„Er schmeckte nach Lakritz."

„Genau. Lakritz ist das Gegenmittel. Lakritz hat die Fähigkeit, Infraschall-Frequenzen im Gehirn so zu modulieren, dass sie ungefährlich werden. Zur Sicherheit hat Maurice mir noch ein paar dänische Lakritzbonbons mitgegeben, falls die Wirkung des Likörs nachlässt. Sie stehen in dem Ruf, ungewöhnlich stark zu sein."

Stefan deutete auf die drei Vitrinen. „Was für eine merkwürdige Inszenierung. Ein Rucksack, ein Pfund Kaffee, ein Briefkuvert. Was hat das zu bedeuten?"

„Der Brief", überlegte Jürgen, „vielleicht kann der Brief uns weiterhelfen?"

„Möglicherweise", erwiderte Stefan. „Wir sollten ihn öffnen."

Jürgen hob den gläsernen Vitrinendeckel vom Sockel ab, stellte ihn auf den Boden und nahm den braunen Umschlag behutsam von der kleinen Staffelei.

„Hm. ‚Nach meinem Tode an Herrn Hieronymus Prinz, Nueva Esperanza, Paraguay auszuhändigen‘. Könnte damit mein Bruder gemeint sein? Wir scheinen auf der richtigen Spur zu sein."

„Lass sehen!" Stefan betastete den Brief. „Ich fühle einen oder mehrere Gegenstände. Möglicherweise toxisch oder explosiv."

„Wir sollten den Brief sicherheitshalber röntgen."

Stefan lächelte schwach. „Siehst du hier irgendwo einen Röntgenapparat?"

„Leider nein."

„Na also. Mach ihn auf." Stefan reichte den Brief an Jürgen zurück.

„Ich?"

„Ja, du. Hieronymus. Es ist dein Bruder."

„Okay, ich riskiere es."

Jürgen positionierte das Kuvert hinter dem Sockel, um im Falle eines Falles wenigstens etwas geschützt zu sein, hielt die eine Seite über Eck fest und perforierte die andere Seite mit seinem Victorinox-Spezial-Messer. Weder gab es eine Explosion, noch traten giftige Dämpfe aus. Jürgen griff vorsichtig in den Umschlag und zog einen Gegenstand ungefähr von der Größe eines Kartenspiels hervor.

„Aha. Eine Kompaktkassette. Philips C-60. Unbeschriftet."

„Aber möglicherweise nicht unbespielt. Wir sollten sie uns anhören. Wo könnte die Medien-Station sein, von der aus ‚Yes Sir I Can Boogie' abgespielt wurde?" Stefan sah sich um. „Ah – hab sie schon erspäht. Dort drüben in der Nische!"

Neben dem Aufgang zur Freitreppe befand sich tatsächlich ein vollausgerüsteter Discjockey-Arbeitsplatz. „Mit Kassettendeck", stellte Jürgen fest.

Er schob die Philips C-60-Kassette in das Gerät und drückte auf Start.

# 34

Dieter hatte der Melodica alles, was er irgendwann einmal gespielt hatte, entlockt und sogar mehrere Male wiederholt. Nun war sein Repertoire ebenso erschöpft wie er selbst. Die Da-Capo-Rufe der Seevögel, die kein Ende nehmen wollten – besonders die Strandläufer insistierten hartnäckig – wehrte er geschmeichelt, aber entschieden ab. Konzert und Tanz waren unwiderruflich zu Ende.

Die Seevögel standen in lockeren Gruppen beisammen wie auf einer Premierenfeier, schnatterten und gurrten gedämpft durcheinander und nickten Dieter, der ihnen diesen außergewöhnlichen Abend beschert hatte, anerkennend zu. Ralf klopfte ihm auf die Schulter. „Gute Arbeit, Kollege. Schön, dass man das ganze Elend mal für eine oder zwei Stunden vergessen konnte."

Als Horst an den Strand zurückkehrte, beachtete ihn niemand. Die Namenlosen saßen am verglimmenden Lagerfeuer, hatten wie immer ihren eigenen Kreis gebildet. Ralf und Dieter standen am Ufersaum und blickten aufs brandende Meer.

„Hallo!", rief Horst. „Hört mir mal zu. Ich möchte – also ich möchte, dass ihr ab jetzt Florian zu mir sagt."

Ralf drehte sich um. „Ach, da bist du ja, Horst. Wo warst du denn die ganze Zeit?"

„Ich bin nicht mehr Horst", sagte Horst.

„Wie jetzt?", fragte Ralf. „Du bist nicht mehr Horst?"

„Nein", erwiderte Horst. „Ich bin Florian. Ich möchte, dass ihr Florian zu mir sagt."

„Florian?", grinste Ralf. „Ich glaub, meine Oma geht mit Elvis."

„Ich will keine dummen Sprüche hören!", schrie Horst. „Es ist mir ernst!"

„Dürfen wir erfahren, warum du nicht mehr Horst heißen willst?", fragte Dieter vorsichtig. „Hat es am Ende etwas mit uns zu tun?"

„Nein. Oder vielleicht doch. Ich weiß es nicht. Akzeptiert es einfach. Ich heiße ab jetzt anders. Das ist doch nicht schlimm."

„Also gut, warum nicht – Florian", sagte Dieter.

Ralf grinste immer noch und zuckte mit den Achseln. „Okay – Florian."

„Hör sofort mit deinem dämlichen Grinsen auf!" Horsts Gesicht nahm einen hilflosen, wütenden Ausdruck an.

„Alles in Ordnung, Ho – äh, Florian", versuchte Dieter, ihn zu beschwichtigen. „Wie kam das denn mit deinem neuen Namen? Das muss doch ziemlich plötzlich geschehen sein."

„Ich weiß es selbst nicht genau. Es ist einfach passiert." Horsts Augen öffneten sich weit. „Drüben bei den Flugzeugen. Sie haben mit mir geredet. Und dann war da etwas am Himmel …"

„Wer?", fragte Ralf dazwischen. „Wer hat mit dir geredet? Was war da am Himmel?"

Der Glanz wich aus Horsts Gesicht.

„Ach wisst ihr, vielleicht ist es auch nur ein großer Schwachsinn, und ich –"

„Neineinein!" Dieter reckte den Zeigefinger seiner rechten Hand in die Höhe. „Kein Schwachsinn!", rief er. „Und vor allem: kein Zurück! Lasst uns eine Zeremonie veranstalten und den alten Horst zu Grabe tragen! Lasst uns einen neuen Menschen begrüßen und den Florians-Tag feiern!"

Er griff nach seiner Melodica. Die Seevögel, die sich schon zur Ruhe begeben hatten, flatterten freudig auf.

„Eigentlich reicht es mir für heute mit der Musik", murmelte Ralf.

Die Stimme auf der Kassette war dumpf und schwer zu verstehen. Sie gehörte einer Frau, vermutlich einer alten Frau, die entschieden zu weit weg vom Mikrofon saß. Ihr Sprachfluss wurde einige Male von trockenem Raucherhusten unterbrochen.

„Werter Herr Hieronymus. Ich kenne Sie nicht, und Sie kennen mich auch nicht, außer, Sie haben gelegentlich in der Zeitung über mich gelesen. Ich wende mich trotzdem an Sie, denn bestimmte Informationen dürfen nicht verloren gehen. Meine Handschrift ist sehr zittrig geworden, deshalb dieses Tonband. Ich hoffe, es funktioniert. Ich werde verfügen, dass die Kassette erst zu Ihnen auf den Weg gebracht wird, wenn ich tot bin. Zu meinen Lebzeiten möchte ich in Ruhe gelassen und an gewisse Dinge nicht mehr erinnert werden. Vielleicht stimmt die Adresse nicht, oder Sie leben schon längst nicht mehr, Sie sind ja auch nicht mehr der Jüngste, und das Tonband verliert sich im Nichts, es ist mir auch egal."

Die Frau hustete.

„Also. Was ich zu erzählen habe, kommt mir vor wie ein verworrenes Knäuel, das ich nur dadurch entwirren kann, indem ich immer weiterspreche und weiterspreche. Es ist ein dunkler Strudel, in den ich mich jetzt hinabbegebe. Moment, ich zünde mir eben eine Zigarette an … So. Jetzt geht es weiter. Also. Ich hatte eine Tochter. Lydia. Sie war Ihre Frau, Herr Hieronymus. Lydia und Sie hatten zusammen ein Kind. Ein Mädchen. Meine Enkelin. Ich bin ihr begegnet. Ich wusste nichts von ihr, sie wusste nichts von mir. Sie weiß bis heute nicht, dass ich ihre Großmutter bin. Ich muss mich noch einmal dafür entschuldigen, dass das alles so verwirrend klingt. Aber diese Geschichte ist nun mal verwirrend, ich kann es nicht ändern ... Ich gehe jetzt weit in meinem Leben zurück. Ich war im Konzentrationslager. Denn ich war eine Zigeunerin, eine so genannte Asoziale. Das Konzentrationslager lag nur wenige Kilometer von der Villa entfernt, in der meine Tochter Lydia als junge Frau lebte. Ihr Vater war Kommandant des Konzentrationslagers, in dem ich eingesperrt war. Ich kannte ihn, denn er war einmal, ich gehe noch weiter in meinem Leben zurück, mein Liebhaber gewesen. Im wilden Berlin der Zwanzigerjahre, als alles drunter und drüber ging ... Hans ..."

Für ein paar Sekunden hörten Stefan und Jürgen nur das verrauschte Leiern des Bandes, dann räusperte sich die Stimme und fuhr fort.

„Ich wurde schwanger, ungewollt, brachte ein Mädchen zur Welt. Nannte es Lydia. Und ging weg, ließ meine Tochter im Stich, überließ sie ihrem Vater. Hans wurde ein Nazi. Er verhielt sich jedoch, als er kurz darauf die Schwester eines Parteigenossen heiratete, sehr anständig. Nahm Lydia in die neu gegründete Familie auf. Lydias Mutter, also ich, sei, so behauptete er, ins Ausland gegangen und verschwunden. Später, als er das KZ kommandierte ... ich bin sicher, er wusste, dass seine ehemalige Geliebte genau dort, in seinem KZ, als Zigeunerin inhaftiert war. Ein irrwitziger Zufall? Vielleicht, vielleicht aber auch nicht. Er wusste es, redete nicht darüber und trug insgeheim Sorge für mich, denn wie anders hätte ich überleben können? Als das Lager befreit wurde, haben ihn die alliierten Soldaten erschossen. Aus heißer und ehrlicher Wut über das, was sie in dem Lager sahen und vorfanden ... Ich wurde nach dem Krieg als Heilerin und Hellseherin bekannt und berühmt. Zu meinen Klienten zählten Königshäuser und Regierungschefs, aber ich beriet jeden, der Hilfe brauchte. Eines Tages besuchte mich eine Frau, nicht mehr ganz jung, die unbedingt schwanger werden wollte und mich als ihre letzte Hoffnung ansah. Sofort spürte ich eine rätselhafte Verbindung zwischen uns. Ich konnte der Frau helfen. Ich schickte sie zu einem Mann, mit dem ich schon einige Male zusammengearbeitet hatte. Ein Zunftkollege mit wechselnden Identitäten, bei dessen Geburt die Sterne in einer seltenen, nahezu einzigartigen Fruchtbarkeits-Konstellation gestanden hatten. Über die Verbindung, die ich zwischen der Klientin und mir spürte, schwieg ich jedoch. Wie ich in meinem Leben schon über so manches geschwiegen hatte ... Nachdem die Frau mein Haus verlassen hatte, befragte ich unverzüglich meine Tarot-Karten. Sie sagten mir, dass diese Frau meine Enkelin sei, die Tochter meiner Tochter Lydia. Aber ich wollte ganz sicher gehen. In einer eilig einberufenen Séance rief ich Dr. Adenauer aus dem Jenseits, einen alten Kunden von mir, der auch erschien und von einem Ort in Paraguay mit dem Namen Nueva Esperanza berichtete. Dorthin hätten sich nach dem Krieg etliche Naziverbrecher geflüchtet. Die Organisation Gehlen sei frühzeitig darüber im Bilde gewesen ..." – Jürgen und Stefan wechselten einige vielsagende Blicke – „... er, Dr. Adenauer, habe sich aber entschlossen, nichts zu unternehmen, um den Aussöhnungsprozess in der jungen

Bundesrepublik nicht zu gefährden. Aus heutiger Sicht sei das wahrscheinlich ein Fehler gewesen, merkte er dazu an. In Nueva Esperanza habe jedenfalls auch die Tochter eines von den Amerikanern standrechtlich erschossenen KZ-Kommandanten gelebt; diese Frau sei allerdings gegen Ende der Fünfzigerjahre bei einem Autounfall irgendwo in den Anden zu Tode gekommen. Nahezu unverletzt überstanden habe diesen Unfall ihr Ehemann Hieronymus, der berüchtigte Chef einer weltumspannenden, hochgefährlichen Geheimorganisation. Das Ehepaar habe eine Tochter gehabt. Dieser Gangster Hieronymus sei im übrigen einmal spontan in der Sowjetunion aufgetaucht, nur um ihn, Dr. Adenauer, bei seinem damaligen Besuch zu ärgern. Mehr könne er nicht sagen. Ich dankte Dr. Adenauer. Er erwähnte noch, dass mein Tee und meine Ingwerplätzchen immer scheußlich geschmeckt hätten und verschwand ...

Die Frau, die höchstwahrscheinlich meine Enkelin war, besuchte mich nie wieder. Sie schickte nur noch eine Postkarte, auf der sie sich bedankte: sie habe ein gesundes Mädchen zur Welt gebracht und es Jennifer genannt. Später schickte sie eine weitere Postkarte: sie habe Jennifer durch eigene Unachtsamkeit wieder verloren und bedaure nun, jemals schwanger geworden zu sein. Danach habe ich nichts mehr von ihr gehört. So. Das ist es, was ich Ihnen mitteilen wollte. Vielleicht freut es Sie zu hören, dass Sie Großvater geworden sind, vielleicht wissen Sie es aber auch schon längst ... Dr. Adenauer sagte, dass Sie ein großer Verbrecher sind. Aber das stört mich nicht weiter. Mein ehemaliger Geliebter war leider auch ein großer Verbrecher. Jeder muss für sich selbst entscheiden, was er zu tun und was er zu lassen hat. Ich schicke Ihnen diese Kassette nach Nueva Esperanza in Paraguay, da ich keine andere Adresse von Ihnen habe. Aber, wie ich schon sagte, erst nach meinem Ableben. Seien Sie, der Sie gewissermaßen mein Schwiegersohn sind, gegrüßt von Ihrer Schwiegermama."

Auf der Kassette klirrte etwas, möglicherweise war ein Glas zu Boden gefallen und zerbrochen. Die Frauenstimme hüstelte etwas und sagte: „Na, jetzt habe ich auch noch …" Dann war nur noch Rauschen zu hören.

Jürgen drückte auf Stopp.

„Kannst du etwas damit anfangen, was deinen Bruder betrifft?", fragte Stefan.

„Im Moment nicht", antwortete Jürgen.

Einer plötzlichen Eingebung folgend griff er in seine linke Hosentasche. Seine Finger umfassten die kleine Ritterfigur, die er ein paar Tage zuvor in einem Spielwarengeschäft gekauft hatte.

## 36

„Deine Bemerkung über meine Musik habe ich genau gehört, mein lieber Ralf", sagte Dieter und legte die Melodica wieder weg. „Aber gut – kein Problem, dann machen wir eben etwas anderes. Was ganz Bescheidenes."

Er zog ein Stück Holz aus dem verglimmenden Lagerfeuer und malte damit ein O und ein R in den Sand.

„Schau mal, lieber Ho – äh, Florian. Ohh-Err. Das ist deine Mitte. Beziehungsweise die Mitte deines Namens. Und zwar sowohl die Mitte deines alten als auch deines neuen Namens. Eigenartig, nicht wahr? Geradezu magisch. Das kann kein Zufall sein. So. Und nun machen wir mal –"

Dieter blickte sich suchend um.

„Ah, das könnte funktionieren!"

Er nahm ein Schilfrohr vom Strand auf, zersägte es mit dem in seiner Armbanduhr verborgenen Spezialwerkzeug in drei Teile und ordnete die Fragmente vor dem O und dem R an.

„Was siehst du?", fragte er.

„Ein H", entgegnete Horst mürrisch.

„Richtig. Ein H. Aber nun –" Dieter verschob eines der drei Elemente. „Na, was ist es jetzt?"

„Ein F", sagte Ralf und korrigierte mit der Fußspitze den leicht schiefen oberen Balken. „Erstaunlich."

„Genau, ein F! Merkt ihr? Aus Horst wächst langsam Florian."

„FOR", sagte Ralf. „Zwischen F und OR fehlt aber ein L."

„Ach-ach-ach-ach!", tat Dieter den Einwand ab. „Das ist doch ganz einfach." Er zog mit dem Zeichenholz eine senkrechte Linie hinter dem F und ließ sie als waagerechten Strich unter dem OR abknicken.

„So. FLOR. Zufrieden?"

„Naja", sagte Ralf. „Da sind aber noch zwei andere Buchstaben. S und T. Was ist mit denen? Bis jetzt ist aus Horst nur Florst geworden."

„Diese Buchstaben sind – Schlacke", erwiderte Dieter ungehalten. „Einfach nur Schlacke. Entbehrliche Buchstabenschlacke. Reste des alten, abgelegten Menschen."

Er malte einen Kreis in den Sand und in den Kreis hinein ein S und ein T. „Das S und das T schicken wir einfach in Quarantäne." Dieter fügte noch einen dicken Rand um den Kreis hinzu.

„So. Zufrieden?"

„Ich will wirklich nicht pingelig sein", sagte Ralf zögernd, „aber es fehlt immer noch ‚Ian'. Nach Flor, meine ich. Was ist mit ‚Ian'?"

Dieter sah Ralf nachdenklich, aber auch mit einem Anflug von Geringschätzigkeit an. Dann formte er seine Hände vor dem Mund zu einem Trichter und rief laut „Iiiaaannnn!" in die Nacht.

Die Seevögel schreckten auf, reckten ihre Köpfchen aus dem Gefieder, schlugen mit den Flügeln und antworteten: „Iiiaaannnn!"

„Bitte! Da hast du dein ‚Ian'!", sagte Dieter. „Nochmal?"

Er holte tief Luft, rief diesmal „Flooor –" in die Dunkelheit, und die Seevögel antworteten wiederum mit „Iiiaaannnn!"

„Großartig!", sagte Ralf. „Ich bin wirklich beeindruckt! Die Geburt eines neuen Menschen aus dem Geist von Magie und Natur. Wie findest du das, Ho – äh, Florian?"

Aber Horst war nicht mehr da.

# 37

Jürgen hatte auf Stefans Frage nur ausweichend geantwortet, aber in Wirklichkeit spürte er: er war ganz nahe an etwas dran, was in irgendeiner Form seine Familie betraf.

Von der Wahrsagerin hatte auch er schon gehört, ihr Name war ab und zu in den Klatschspalten der Fünfziger- und Sechzigerjahre aufgetaucht.

Wie alt mochte die Tonband-Aufnahme sein? Für wen war sie bestimmt? Wer war dieser Hieronymus, den die Wahrsagerin selbst gar nicht kannte? Sein kleiner Bruder? Keinesfalls. Sein im Zweiten Weltkrieg vermisster Onkel, an den er schon lange nicht mehr gedacht hatte? Schon eher. War dieser Onkel am Ende gar nicht tot? Oder handelte es sich nur um eine zufällige Namensgleichheit, um einen völlig anderen Hieronymus, der mit seiner Familie nichts zu tun hatte?

Wieder betrachtete Jürgen den etwa sechzigjährigen Mann, dessen Kopf auf den Bauch der schönen jungen Frau mit den schwarzen Haaren gebettet war. Konnte das etwa sein kleiner Bruder sein? Waren da nicht gewisse Familien-Charakteristika? Dieser Mund, diese leicht über die Unterlippe gestülpte Oberlippe …

Stefan riss ihn aus seinen Gedanken. „Wie wollen wir weiter vorgehen?"

„Ich denke", erwiderte Jürgen, „wir sollten versuchen, die Schläfer aufzuwecken, um an weitere Informationen zu gelangen." Er ließ sich nicht anmerken, was ihn gerade beschäftigte.

„Hm. Dafür müsste ich den Infraschall unterbrechen. Das ist riskant, denn dann erwacht auch das ganze übrige Schiff."

„Das habe ich nicht bedacht."

Stefan hielt Jürgen ein ovales Döschen hin. „Hier, nimm erst einmal ein Lakritzbonbon. Unsere Immunisierung darf nicht nachlassen."

Jürgen griff zu und steckte sich eines der Bonbons, die wie alte, angelaufene Münzen aussahen, in den Mund.

„Das wäre vielleicht ein Weg", sagte er.

„Was meinst du?"

„Wir müssten die Schlafenden dazu bringen, Lakritz zu lutschen. Dann kämen sie zu Bewusstsein, während das übrige Schiff weiter im Dornröschen-Modus bliebe."

„Keine schlechte Idee. Aber wie soll das funktionieren?"

„Vielleicht reicht schon der Geruch?" Jürgen schob seine Lakritz-Münze mit der Zunge hin und her. „Diese dänischen Bonbons sind wirklich ziemlich kräftig."

„Einen Versuch ist es wert. Vielleicht wirkt das dänische Lakritz ähnlich wie Riechsalz in diesen alten Kostümfilmen." Stefan nahm ein Bonbon aus dem Döschen und hielt es der schlafenden Irmela unter die Nase. Irmela schnaufte kurz und drehte das Gesicht zur anderen Seite.

„Aha!", sagte Jürgen, „da tut sich etwas."

Stefan schob ihr das Bonbon erneut zwischen Mund und Nase. Diesmal gab es keine Reaktion. Irmela schlief ruhig weiter und machte auch nach einer Minute, in der Stefan sie das starke Lakritz-Aroma einatmen ließ, keine Anstalten aufzuwachen.

„Hm", sagte Jürgen. „Ich bekomme langsam Zweifel an der Riechsalz-Theorie. Wir müssen die Bonbons irgendwie aufbereiten. Anfeuchten beispielsweise, damit sich das Lakritz-Aroma besser entfalten kann."

Er griff sich an den Rücken. „Ah, mein Kreuz!"

„Was ist los?", fragte Stefan.

„Nichts weiter. Das Alter."

„Jetzt bloß nicht weich werden, Kamerad. Ich sage es nicht gern, aber reiß dich zusammen."

„Völlig überflüssig, deine Bemerkung! Ich reiße mich die ganze Zeit zusammen!"

„Dann nichts für ungut, Kamerad. Machen wir einfach weiter."

„Das denke ich auch." So schnell der kleine Streit aufgeflammt war, so schnell war er auch wieder beigelegt.

„Was meintest du mit anfeuchten?", fragte Stefan. „Anlutschen?"

„Na ja, ein Spucke-Lakritz-Sekret herstellen und auf die Lippen der Schlafenden applizieren."

„Besser noch in die Mundhöhle."

„Das liefe dann doch auf einen Kuss hinaus."

„Zumindest bei den Damen dürfte das doch kein Problem sein, oder?"

Jürgen ging darauf nicht ein. „Und der mumifizierte Greis mit der Augenklappe?", fragte er.

„Was sein muss, muss sein. Da haben wir im Busch noch ganz andere Sachen gemacht."

„Wohl wahr."

„Aber mit wem wollen wir anfangen? Mit den beiden Ladies in Hot Pants?"

„Keinesfalls. Die gehören höchstwahrscheinlich zu Crew. Die lassen wir einstweilen besser schlafen."

„Dann lass uns mit der jungen Frau mit den Schneewittchen-Haaren beginnen. Anschließend nehmen wir die Lady im Pelzmantel dran. Dann der Kerl, der auf dem Bauch von Schneewittchen liegt. Hören wir uns an, was sie zu erzählen haben."

„Gute Reihenfolge! Aber wer küsst den Greis?"

„Wir werden das Los entscheiden lassen."

„Gute Idee."

Die beiden Kameraden steckten sich jeder ein neues Bonbon in den Mund und begannen, Speichel anzusaugen.

## 38

In Jeromes Kopf, während dieser auf Irmelas Bauch gebettet war, ereigneten sich seltsame Dinge, hervorgerufen vielleicht durch die von dem Transponder erzeugten Infraschall-Irritationen in bestimmten Regionen seines Gehirns.

Jerome fühlte sich um ungefähr zwanzig Jahre zurückversetzt.

Er war auf einer dieser großen Familienfeiern, die von Zeit zu Zeit aus verschiedenen Anlässen stattfanden. Bettina war auch da, Bettina, seine damalige Freundin, und ihre außergewöhnlich hübsche Tochter Amély, Kunststück, Bettina war ja selbst außergewöhnlich schön. Es war nicht ihre gemeinsame Tochter, Bettina und Jerome kannten sich erst knapp drei Jahre, und Amély war schon siebzehn.

Jerome war auch nicht ganz klar, warum er Bettina und Amély auf diese Familienfeier mitgenommen hatte, von der er selbst nicht wusste, weshalb sie überhaupt stattfand. Wahrscheinlich der runde Geburtstag von irgendeiner Tante.

Jedenfalls tat es Jerome wohl, von diesen zwei atemberaubend schönen Frauen flankiert zu sein, inmitten all der vertrockneten, dümmlichen Tanten, schmerbäuchigen Onkels und langweiligen Vettern und Kusinen, die ihn, abgesehen von seiner Lieblingskusine Charlotte, alle nicht interessierten, und die sich auch nicht für ihn interessierten.

Jerome trug ein helles Leinenjackett und kam sich sehr weltläufig vor. Wenn die wüssten, wie beschissen mein Leben noch vor ein paar Jahren war, als sich keine Frau nach mir umdrehte, dachte er.

Die Feier fand in einem Landgasthof statt, in der ehemaligen Tenne, mit Eichenbalken und allerlei landwirtschaftlichem Gerümpel als Dekoration. Einen Cousin, den er ganz besonders nicht mochte, grüßte Jerome lässig-minimalistisch durch knappes Abspreizen des linken kleinen Fingers vom Sektglas. Der Cousin grüßte ebenso minimalistisch zurück.

Es war derselbe, der, bevor sich die Familie an die lange Tafel begab, eine kleine Rede hielt. „Die Achtzigjährigen von heute sind auch nicht mehr das, was sie mal waren", begann er und lobte damit seine fit gebliebene Mutter, Tante oder Großmutter, deren Geburtstag hier offenbar gefeiert wurde.

Das Essen wurde aufgetragen, der Klassiker zu derartigen Anlässen: zwei Sorten Fleisch, Kroketten, Gemüse. Jerome plauderte, von Bettina leicht misstrauisch beäugt, mit seiner Lieblingskusine, die ihm gegenüber saß, und fühlte sich gut.

Da traf ein verspäteter, offenbar unerwarteter Gast ein: Jeromes Onkel, Landesbischof Hieronymus. Er war mit seinem Dienstwagen vorgefahren, einem Volvo, den Jerome durchs Fenster sah; das war kein Großtun, sondern es ging nicht anders, weil der Bischof noch Termine hatte. Eine oder zwei Stunden für die Familienfeier hatte er gerade so dazwischen schieben können.

Ganz diskret trat er ein, so diskret, dass sein Erscheinen von den meisten Gästen zunächst gar nicht bemerkt wurde; diskret auch sein Dienstornat, runder geschlossener Kragen mit kleinem Beffchen, am Revers ein unauffälliges silbernes Kreuz – er musste ja noch weiter.

Bischof Hieronymus ähnelte seinem späteren Amtsnachfolger Bedford-Strohm, trug allerdings keine rote Brille, sondern eine Nickelbrille mit runden Gläsern, ähnlich wie Hermann Hesse.

Trotz seines fortgeschrittenen Alters hatte der Bischof immer noch volles, nur mittlerweile weißes Haar, ungewöhnlich in dieser Familie, in der die Männer ziemlich schnell kahlköpfig wurden.

Auffällig auch die schmale Oberlippe, die sich über der Unterlippe zu einem charakteristischen Schnäuzelchen schürzte, dieses Familien-Schnäuzelchen, das sich auch auf Jerome vererbt hatte und das Bettina extrem süß fand.

Merkwürdig. Wieso war Bischof Hieronymus eigentlich immer noch im Amt? In seinem Alter war auch der zäheste

Geistliche doch schon längst pensioniert. Abgesehen vielleicht vom Papst.

Und wieso war Onkel Hieronymus überhaupt auf dieser Feier? Wieso lebte er? Denn er war doch vermisst, im Krieg geblieben, für tot erklärt.

Die Verwirrung, die der Infraschall in Jeromes Gehirn hervorrief, war beträchtlich.

Nein, Onkel Hieronymus war plötzlich gar nicht mehr tot, er hatte den Krieg überlebt, Onkel Hieronymus, in seinen jungen Jahren ein rechter Bruder Leichtfuß, durch den Krieg geprüft und geläutert, weshalb er, nicht mehr ganz jung und zur großen Überraschung seiner Familie, nach dem Krieg als Spätberufener ein Studium der Theologie aufnahm, Pfarrer wurde, Oberkirchenrat und schließlich sogar Bischof, somit das berühmteste Familienmitglied, derjenige, der es am weitesten gebracht hatte. Aber trotz seiner Karriere war Onkel Hieronymus bescheiden geblieben, auch sein Auftreten auf dieser Geburtstagsfeier hatte eine große Selbstverständlichkeit und Leichtigkeit.

Onkel Hieronymus war nicht ums Leben gekommen, als dieser missgünstige Vorgesetzte, der unter Kontrollzwang litt, ihm gegen Ende des Krieges befahl, einen liegengebliebenen LKW irgendwo in Ostpreußen zu bergen, auf dem sich mitnichten das Bernsteinzimmer oder ähnliches befand, sondern nur ein Präzisions-Scherenfernrohr, immerhin, und irgendwelches andere militärische Gerät. Die Aktion war äußerst fragwürdig und verhieß nichts, außer weiteren Verlusten an Menschenleben; nur mit viel Glück kehrte Onkel Hieronymus von dieser Mission zurück und brachte sogar den LKW nebst Fernrohr mit.

Bischof Hieronymus traf seinen pingeligen Vorgesetzten nach dem Krieg wieder und sagte ihm in aller seelsorgerischen Höflichkeit die Meinung über diesen völlig überflüssigen Einsatz, der ihn das Leben hätte kosten können, und der Schuhhändler, welcher dieser Vorgesetzte mittlerweile geworden war, gab sich sehr schuldbewusst. Bischof Hieronymus meinte, das müsse er nicht sein, es sei alles vergeben und beinahe auch vergessen. Gerade nochmal gutgegangen, im Krieg habe es so vieles gegeben, das gerade nochmal gutgegangen sei.

Halt – so war es gar nicht! Der ehemalige Vorgesetzte und nunmehrige Schuhhändler hatte von sich aus den Kontakt gesucht und dem Bischof geschrieben, weil ihm die Sache mit dem LKW so sehr auf der Seele lag.

Bischof Hieronymus hatte den Vorfall schon fast vergessen und erinnerte sich auch kaum noch an seinen Vorgesetzten. Gut, dass er über ihn damals einen Tagebucheintrag verfertigt hatte: „Unser neuer Kommandeur entpuppt sich als Mann der Genauigkeit und Exaktheit und sorgt mit Energie dafür, dass uns der Kamm nicht schwillt."

Er schrieb seinem ehemaligen Chef zurück, dass es im Krieg eine Menge derartiger Situationen gegeben habe, in denen es nicht gerecht zugegangen sei, er, Bischof Hieronymus, sei selbst als Offizier in manche unheilvolle Befehl-Gehorsam-Kette verstrickt gewesen. Der werfe den ersten Stein. Aber es freue ihn ungemein, dass sich sein Vorgesetzter nach so vielen Jahren wegen dieser „Kleinigkeit" an ihn gewandt habe.

Und jetzt saß also die ganze Familie an der langen Tafel

in diesem Landgasthof, und Bischof Hieronymus war unverhofft als Ehrengast erschienen. Er nahm seine Schwägerin, Schwester oder Kusine (derentwegen jedenfalls die Feier stattfand) in den Arm, sprach leise ein paar Worte, die nur für sie bestimmt waren.

Vorn am Tresen wartete der Fahrer, trank die zweite Tasse Kaffee und tippte auf das Zifferblatt seiner Armbanduhr. Die Zeit des Bischofs war begrenzt, er musste sich verabschieden.

Blieb aber noch kurz bei Jerome stehen.

„Gut siehst du aus, mein lieber Neffe", sagte er. „Ich habe kürzlich einen interessanten Artikel von dir gelesen, über … bei welcher Zeitung arbeitest du noch gleich?"

Dann verließ Bischof Hieronymus den Gasthof.

## 39

Irmela träumte ebenfalls.

„Johanna nennt man mich,
Ich bin nur eines Hirten nied're Tochter
Und hütete die Schafe meines Vaters
Und vor dem Dorf, wo ich geboren, steht
Ein uralt Muttergottesbild
Und eine heil'ge Eiche steht daneben,
Und ging ein Lamm mir in den wüsten Bergen
Verloren, immer zeigte mir's der Traum,
Wenn ich im Schatten dieser Eiche schlief.
Und einstmals, als ich eine lange Nacht
Gesessen und dem Schlafe widerstand,
Da trat die Heilige zu mir, ein Schwert

Und Fahne tragend, aber sonst wie ich
Als Schäferin gekleidet, und sie sprach zu mir:
‚Steh auf, Johanna. Lass die Herde.
Nimm diese Fahne! Dieses Schwert umgürte dir!‘
Und als ich aufwärts sah,
Da war der Himmel voll von Engelknaben,
Die trugen weiße Lilien in der Hand,
Und süßer Ton verschwebte in den Lüften.“

# 40

Jerome schmeckte etwas Bittersüßes auf seinen Lippen. Er öffnete die Augen und sah über sich einen massigen Schädel mit vollem, weißem Haar. Jean Gabin? Das konnte ja wohl nicht sein. Bischof Hieronymus? Träumte er noch?

„Ihhh!“, schrie Irmela. Vor ihr kniete Stefan. Sie schubste Jeromes Kopf von ihrem Bauch und setzte sich auf. „Sie ekliger alter Mann! Was fällt Ihnen ein, mich vollzusabbern!“

„Entschuldigen Sie, junge Dame“, sagte Stefan. „Ich bin alles andere als ein ekliger alter Mann. Sie glauben vielleicht, ich hätte Sie geküsst. Das war jedoch nur scheinbar der Fall. Ich habe vielmehr eine unumgängliche medizinische Maßnahme an Ihnen vorgenommen, für die Sie mir noch dankbar sein werden.“

Jürgen und Jerome starrten einander an.

Diese überstehende Oberlippe. Das Schnäuzelchen. Wie bei mir, dachte Jerome.

„Junge Dame!“ Stefan stand auf und deutete eine

knappe Verbeugung gegen Irmela an. „Können Sie uns darüber Auskunft geben, auf welchem Schiff wir uns gerade befinden?"

„Auf einem Verbrecherschiff!", antwortete Irmela. „Und dieser vertrocknete Greis, der leider mein Großvater ist, ist der Hauptverbrecher! Aber was ist überhaupt geschehen? Ich erinnere mich an nichts. Habe ich geschlafen?"

„Wir änderten, um es laienhaft auszudrücken, Ihren Bewusstseinszustand, und haben Sie nun ins Hier und Jetzt zurückgeholt", erklärte Stefan.

Jürgen und Jerome schauten sich immer noch gleichermaßen fremd und fasziniert an.

„Diese beiden Damen in Hot Pants", fragte Stefan weiter, „was ist mit ihnen?"

„Das sind die Gehilfinnen des Greises", antwortete Irmela.

„Die Gehilfinnen des Greises – was für ein hübscher Romantitel." Stefan lachte. Niemand lachte mit ihm. „Und die Dame im weißen Hermelin?"

„Das ist meine Mutter", gab Irmela Auskunft.

„Und vermutlich meine Kusine", schaltete sich Jerome ein.

„Interessant, interessant", meinte Stefan. „Hier scheint ja jeder mit jedem zusammenzuhängen."

Jürgen räusperte sich. „Mein Herr", sagt er zu Jerome. „Wären Sie so freundlich, mir Ihren Namen zu nennen? Wie heißen Sie?"

„Mein Name ist Jerome Prinz."

„Könnte es sein, dass Sie früher einmal Hieronymus geheißen haben?"

Jerome zögerte etwas und sagte dann langsam: „Ja, das ist möglich."

Jürgen zog die Ritterfigur aus seiner Hosentasche. „Sagt Ihnen diese Figur irgendetwas?"

„Nein, da muss ich leider passen."

„Wie?", fragte Jürgen. „Du hast die ganze Geschichte vergessen?"

„Welche Geschichte?"

„Na, unsere Ausfahrt damals, in dem Mercedes unseres Vaters!"

„Ich habe keine Ahnung, wovon Sie sprechen."

„Von dem Spielzeug-Ritter! Den ich dir weggenommen und aus dem Autofenster geworfen habe!"

„Ich erinnere mich nicht. Aber geben Sie mir mal den Ritter!"

Jerome drehte die Plastikfigur zwischen seinen Fingern hin und her.

„Ich hatte allerdings als kleiner Junge einen Ritter", sagte er nachdenklich. „Er sah aber anders aus. Er hatte einen ganz flachen Helm und trug eine Lanze. Es war der kleine dicke Ritter Oblong Fitz Oblong. Irgendwann war er verschwunden."

Auf dem Thron saß plötzlich die alte Wahrsagerin.

„Höchste Zeit, dass ich mich einschalte", sagte sie zu Jerome und zog an ihrer Senoussi. „Irgendwie magst du den Roman nicht, den du da gerade schreibst."

„Das stimmt doch gar nicht!", protestierte Jerome. „Ich gebe mir sogar richtig Mühe!"

„Widersprich mir nicht!", rief die Wahrsagerin und hustete etwas. „Du solltest deinen Roman etwas mehr wertschätzen. Er ist nämlich streckenweise ganz hübsch. Also bitte jetzt nicht aufgeben. Falls du an so etwas denkst."

Jerome spielte immer noch mit dem Ritter herum, den Jürgen ihm gegeben hatte.

„Ich schreibe, um meinen leeren Tagen etwas Struktur zu geben", sagte er leise. „Vielleicht wollte ich auch etwas über meine Familie erzählen. Ich weiß es nicht genau. Manchmal bin ich sogar richtig glücklich. Aber oft wache ich auch mitten in der Nacht auf und denke: Was schreibst du da bloß für einen Mist! Und jetzt habe ich gerade eine Krise."

Die Wahrsagerin lächelte. „Dachte ich mir's doch. Aber das ist völlig normal, wenn man ein Buch schreibt. Ich hatte mal einen Klienten, Johannes Mario Simmel, was glaubst du, wie deprimiert der manchmal war, wenn es mal wieder nicht weiterging. Ich habe ihn dann hypnotisiert und auf Traumreise geschickt. Danach ging es meistens wieder."

„Wenigstens habe ich mir ein Ziel gesteckt", sagte Jerome. „Jeden Tag eine Seite. Das habe ich sogar meistens geschafft. Aber eigentlich habe ich keine Lust mehr, da hast du schon recht."

„Schreib es trotzdem zu Ende", sagte die Wahrsagerin. „Mir zuliebe. Nur deshalb habe ich mich noch einmal in deinen Roman zurückgeschlichen. Um dich zu ermutigen."

„Ach richtig", sagte Jerome, „du warst ja schon raus. Ich habe ja schon die Szene auf dem Friedhof geschrieben.

Mir fiel bloß kein passender Spruch für deinen Grabstein ein."

„Hattest du nicht an ‚Sacht, sacht die Türe zu …‘ gedacht? Das war gar nicht so verkehrt."

„Okay – wenn dir das gefällt –"

„Den Grabstein bitte anonym, ohne Namen. Nur die Inschrift."

„Alles klar. Entschuldige, aber manchmal komme ich in meinem eigenen Roman durcheinander. Allein schon diese ganzen Verwandtschaftsverhältnisse."

„Selber schuld. Aber das muss wohl so sein. Familie ist nun mal kompliziert."

„Meine liebe alte Tante Grete war unglaublich gut in diesen Verwandtschaftsgeschichten. Die konnte dir genau auseinanderklamüsern, wer von wem der Cousin dritten Grades war. Die hätte dir sogar sagen können, ob und wie wir beide miteinander verwandt sind. Aber leider kann ich sie nicht mehr fragen, sie ist schon seit ein paar Jahren tot. By the way – wieso lebst du eigentlich noch? Du bist doch noch älter als Onkel Hiero."

Die Wahrsagerin schaute Jerome mitleidig vom Thron herab an. „Bist du so bescheuert oder tust du nur so?" Sie zündete sich eine neue Zigarette an. „Tot oder nicht tot, wen interessiert das hier. Sieh das mal nicht so eng. Nimm dir alle Freiheiten. Dein Roman ist alles, was zählt."

„Aber trotzdem bin ich jetzt mit meinem Latein am Ende. Ich habe die Familie in diesem Saal zusammengebracht, aber nun weiß ich nicht, wie ich weitermachen soll. Hast du nicht einen Tipp für mich?"

„Höchstens einen Tipp an die Stirn", antwortete die

Wahrsagerin. „Damit musst du ganz allein fertigwerden. Außerdem hast nicht du die Familie zusammengebracht, sondern Onkel Hiero.“

„Den ich erfunden habe!“

„Wirklich? Hast du ihn erfunden? Wie auch immer – streng dich mal ein bisschen an. Bring es zu Ende.“

„Schick mich wenigstens auf eine Traumreise!“

„Nicht nötig. Du träumst schon genug.“

„Aber –“

„Du schaffst das schon!“

Die Wahrsagerin inhalierte tief, stieß durch Mund und Nase eine mächtige Qualmwolke aus und verschwand in ihr. Als der Rauch sich verzogen hatte, war der Thron leer.

# 41

About Horst. Warum ist Horst schon wieder weggelaufen? Immer läuft Horst weg. Vor sich selbst, vor Ralf und Dieter, vor wem auch immer. Vor der Welt.

Horst ist einmal um die ganze Insel gerannt. Jetzt sitzt er gegen den Lütt Ui-Findling gelehnt und atmet schwer. Dieters Esoterik-Geschwafel war mal wieder unerträglich. Alles an Dieter ist unerträglich. Diese Rituale. Dieser ständige Drang, sich künstlerisch exponieren zu müssen. Warum kann er nicht einfach mal die Klappe halten?

Diese Florian-Geschichte war eben Blödsinn, ein Irrtum, Horst ist der alte Horst geblieben, also gut, warum nicht, dann eben weiter mit Horst, so schlecht war der alte Horst nämlich nicht.

„Diese blöden Flugzeuge! Die haben mir diesen

FLOH-RIAN ins Ohr gesetzt. Nie wieder höre ich auf Flugzeuge!", schimpft Horst vor sich hin. „Flugzeuge im Bauch. Auch so ein Schwachsinn!"

„Dann glaubst du wohl auch nicht an sprechende Steine", flüstert da der Findling Lütt Ui.

„Jetzt werde ich langsam wirklich wahnsinnig!", schreit Horst. „Ich will nichts hören! Von niemandem! Auch von Findlingen nicht!"

Plötzlich fängt er bitterlich an zu weinen. „Papa, Papa!", schluchzt er.

„Hast du gerade nach deinem Papa gerufen?", fragt Lütt Ui.

Horst hat sich wieder im Griff. „Nein, habe ich nicht!"

„Doch, hast du wohl! Ich flüstere dir etwas: Dein Papa ist ganz in der Nähe."

„Mein Papa kann nicht in der Nähe sein. Mein Papa ist tot! Tot! Tot! Tot!"

„Keineswegs! Er wusste nur lange nichts von dir. Aber er hat sich auf die Suche gemacht. Er wird dich finden, ganz sicher. Schlaf jetzt! Schlafe mein Horstel schlaf ein."

Der Findling brummt leise, beruhigend und tief.

Und Horst schläft ein.

Horst träumt.

Die Luft flimmert. Glühende Hitze. Brennend heißer Wüstensand. Eine schnurgerade Piste, die auf ein rötliches Gebirgsmassiv zuläuft. Der Asphalt kocht, wirft Blasen.

Am Straßenrand ein rundliches, silbern schimmerndes Wohnmobil. Unter dem Vorzelt, das nur wenig Schatten spendet, ein kleiner Junge und eine Frau mit hochtoupiertem, blondem Haar. Sie sitzen auf Campingstühlen.

Eine Staubwolke. Es nähern sich die letzten verbliebenen Teilnehmer des mörderischen Desert-Triathlons. Dritte, entscheidende Disziplin, der Marathon. Die Läufer sind der Erschöpfung nahe oder schon darüber hinaus. Verzerrte, ausgemergelte Gesichter, verbrannte Haut, dehydrierte Eingeweide.

Der kleine Junge springt auf. „Vater, Vater, gib nicht auf, du schaffst es!", ruft er.

Der Läufer mit der Startnummer 878 hört den kleinen Jungen nicht. Seine Augen sind aus den Höhlen getreten. Er läuft an seinem Sohn vorbei, ohne ihn wahrzunehmen. Schwankt, wankt, läuft aber weiter.

„Vater, Vater ..." Der Junge läuft ein paar Meter mit.

Die Frau mit dem toupierten Haar steht auf, läuft ihm hinterher und zieht ihn von der Strecke weg. „Dieser Irre!", schimpft sie. „Diesmal wird es sein Leben kosten. Aber er weiß ja angeblich, was er tut. Schluss! Ich mache diesen Zirkus nicht mehr mit. Komm! Wir haben damit nichts mehr zu tun."

Die Frau zerrt ihren Sohn in das klimatisierte Wohnmobil, auf dessen Heck in schwarzer Schreibschrift „Laura's" steht. Sie startet das Fahrzeug und fährt mit durchdrehenden Reifen an. Die Campingstühle wirbeln durch die Luft, das flatternde Vorzelt wird ein Stück weit mitgeschleift. Die Frau fährt nicht den Läufern hinterher, sondern in die entgegengesetzte Richtung.

„Wir dürfen Papa doch nicht alleinlassen", weint der kleine Junge.

„Der kommt schon zurecht. Besser für uns alle, wenn wir ihn nie wiedersehen."

Die Frau hat das Radio angemacht. Johnny Cash singt „Ring of Fire".

„Papa! Papa!", schreit der kleine Junge.

„Halt den Mund! Onkel Jim ist ab jetzt dein Papa!", schreit die Frau zurück.

„Nein! Ich will nicht zu Onkel Jim! Ich mag Onkel Jim nicht!"

„Ich kann dir nur dringend raten, Onkel Jim ab sofort zu mögen. Sonst …"

„Was – sonst?"

„Sonst kommst du ins Heim!"

„Neeiin!"

„Doch! Ich stecke dich ins Heim!"

„Ich will nicht ins Heim!"

„Dann überleg dir das mit Onkel Jim!"

„Er stirbt!"

„Bitte?!"

„Onkel Jim stirbt! Ich hasse ihn!"

„Das hast du gerade nicht wirklich gesagt."

„Doch! Onkel Jim stirbt!"

„Okay, wie du willst. Dann kommst du sofort ins Heim – Horst Widerborst!"

Johnny Cash singt:

„I went down, down, down
And the flames went higher
And it burns, burns, burns
The ring of fire
The ring of fire"

# 42

Die Senoussi-Zigarette der Wahrsagerin hatte einen schweren, süßlichen Duft hinterlassen.

Bring den Roman zu Ende – das kann doch nicht so schwer sein, dachte Jerome, ein paar Sätze noch, fertig, und ich muss mich nicht mehr quälen. Also los.

Ich schlage die Augen auf und sehe über mir Jean Gabin.

„Wer bist du?", frage ich.

„Ich bin Jürgen", antwortet Jean Gabin.

„Mein Bruder?"

„Ich denke, ja."

Jürgen zeigt auf Irmela. „Wer ist sie?"

„Unsere Großnichte", antworte ich.

Stefan schiebt Onkel Hiero ein Lakritzbonbon zwischen die Zähne und presst die Kiefer aufeinander, dass es knackt und knirscht. Onkel Hiero wacht auf.

„Das ist der, der wir beide hätten sein sollen", sage ich zu meinem Bruder. „Gut, dass wir es nicht geworden sind. Unser Onkel Hieronymus ist leider ein Schwerverbrecher. Und ein unverbesserlicher Nazi."

„Stimmt nicht, stimmt nicht!", protestiert Onkel Hiero. „Ich bin ein glühender Bert-Brecht-Verehrer! Wie kann ich dann ein Nazi sein?"

„Du bist alles durcheinander", sage ich. „Man kennt sich mit dir nicht aus."

„Stimmt, ich bin alles durcheinander", krakeelt Onkel Hiero. „Ich bin in allen Zeiten. Ich war gestern, ich bin heute, und ich werde auch morgen sein!"

„Das glaube ich nicht", sagt Prothoe. Stefan hat ihr, noch bevor er sich um Onkel Hiero kümmerte, einen ausführlichen Lakritzkuss gegeben. „Onkel, du hast mich gedemütigt, du hast mich missbraucht. Wollt ihr meine Geschichte hören?"

„Gut", sage ich. „Aber mach's bitte kurz."

„Ich war ein Straßenkind in den Favelas von Asunción. Onkel Hiero versprach mir ein besseres Leben und nahm mich zu sich. Er brachte mich auf seine Hazienda in Nueva Esperanza. Jede Nacht musste ich ihm zu Willen sein. Aber das machte mich hart. Ich stieg in der Organisation H auf, wurde zu einer Schlüsselfigur, und nachdem ich Onkel Hieros rechte Hand geworden war, beschloss ich, mich für das zu rächen, was er mir angetan hatte. Ich wechselte die Seiten und wurde eine verdeckte Agentin von Counter-H. Alle wichtigen Informationen erhieltet ihr von mir. Ihr seid nicht in Gefahr. Das Schiff ist unter meiner Kontrolle. Alles wird gut."

Onkel Hiero hat sich, niemand hinderte ihn, auf den Thron geschleppt; zwergenhaft sieht er aus, als er schließlich auf dem üppigen roten Polster sitzt.

„Keine Tricks mehr, lass es, Onkel Hiero – es ist vorbei", sagt Prothoe. „Du bist over."

Onkel Hiero lächelt selig, er hat Prothoe gar nicht zugehört.

„Du bist mein Neffe Jürgen, nicht wahr?", fragt er, und Jürgen antwortet: „Wie es aussieht: ja."

„Dann habe ich es ja tatsächlich geschafft, die Familie wieder zusammenzubringen", flüstert Onkel Hiero. „Jetzt kann ich in Ruhe sterben."

„Du Verbrecher!", zischt Brunhild. Sie ist seltsamerweise von allein aufgewacht, vermutlich wegen der strengen, tierhaften Ausdünstung ihres Hermelinmantels.

Pathetische Musik erklingt, diesmal ist es wirklich Beethoven, die Eroica; Prothoe hat die Musikanlage angeschaltet und sagt zu Onkel Hiero: „Du musst noch ein Letztes tun, Avunculus."

„Was?", fragt Onkel Hiero.

„Auf Lütt Ui befinden sich noch Menschen. Angehörige der Organisation Counter-H. Sie sollen die Chance bekommen, sich zu retten. Schalte den elektronischen Schutzschild über der Insel aus."

„Wieso ich?"

„Weil nur du den Entsperr-Code kennst."

„Ach so, ach ja", sagt Onkel Hiero, „natürlich tue ich das. Sie sollen frei sein. Alle sollen frei sein. Der Code – der Code ist ganz einfach. Moment."

Onkel Hiero holt tief Luft und ruft, so laut er kann: „Alexa! Eins-Eins-Zwei! Hex, hex!"

Das Licht im Saal erlischt, und als es nach kurzer Zeit wieder angeht, ist Onkel Hiero verschwunden. Auf der roten Polsterfläche des Throns befinden sich nur noch seine Augenklappe und ein kleines Häufchen Staub.

Stefan hat die Dunkelheit dazu benutzt, um auch Meroe wachzuküssen.

Sie weint hemmungslos.

„Du Verräterin!", schreit sie Prothoe ins Gesicht. „Wenn ich das gewusst hätte! Ich habe dich geliebt!"

„Du kannst mich ruhig weiter lieben", antwortet Prothoe. „Was spricht denn dagegen?"

„Aber die Organisation H, für die ich gelebt, für die ich alles gegeben habe!"

„Die Organisation H ist schon lange am Ende", antwortet Prothoe ruhig. „Sie ist nur noch eine leere Hülle. H wie hohl, eine große Lüge. Nichts, aber auch gar nichts hat mehr gestimmt. Das Nazigold ist aufgebraucht, das Plutonium verbrannt. Das Weltwirtschaftssystem war niemals in Gefahr, und die Martin B. wird in einer Stunde untergehen. Denn ich bin hier die wahre Herrscherin. Ich bin die Mathilde von Zahnd dieses Romans. Mein Trust wird die Länder, die Kontinente erobern, das Sonnensystem ausbeuten, nach dem Andromedanebel fahren. Und die Martin B. werde ich in die Luft jagen, weil sie mir noch nie gefallen hat. Niemand wird mich davon abhalten! Alles ist vorbereitet. Das gesamte Schiff ist vermint!"

„Schön und gut", sagt Stefan. „Aber haben Sie sich das alles auch gut überlegt?"

„Natürlich! Wieso?"

„Ich meine nur – der Raketenrucksack, der unter der Musikanlage versteckt ist und mit dem Sie sich möglicherweise in Sicherheit bringen wollen – diesen Rucksack habe ich vorhin deaktiviert. Nur damit Sie Bescheid wissen."

„Und den Schlüssel zum Black Rooster – den habe ich", fügt Brunhild triumphierend hinzu. „Und bild dir bloß nicht ein, dass du den kriegst – Schnalle!"

Prothoe stöhnt auf. „Mist! Ich kann die Zeitschaltung nicht mehr beeinflussen!"

„Was sollen wir tun? Wie können wir uns retten?", rufen die anderen durcheinander.

„Nur keine Aufregung!", verschafft sich Stefan Gehör.

„Moment! Ich rufe schnell meinen guten Freund Sergej an." Er zieht sein Satellitentelefon aus der Gürteltasche und stellt sich ein wenig abseits.

„Sergej? Dobry den. Moschke prokofje nischgi nowgorodsche. Polchasa? Spasiva!"

Stefan wendet sich wieder den Anwesenden zu, die ihn erwartungsvoll anschauen.

„Alles klar. Sergej ist in vierzig Minuten hier und holt uns ab."

„Abholen? Womit?", fragt Jürgen.

„Mit dem Extreme Cargo Lifter."

„Was ist der Extreme Cargo Lifter?"

„Der größte Zeppelin der Welt."

# 43

Die Wahrsagerin hatte das Häufchen Staub, das einmal Onkel Hiero war, von dem roten Polster gepustet, sich das Band mit der Augenklappe ums Handgelenk genestelt und wieder auf dem Thron Platz genommen.

„Liebster Jerome! Das ist doch wohl nicht dein Ernst. Erinnere dich bitte daran, wozu du angetreten bist. Du bist angetreten, um über deine Familie zu schreiben, über die DREI H, Hieronymus eins bis drei, um Rechenschaft abzulegen. Über deinen Onkel Hieronymus, der im Krieg geblieben ist oder vielleicht auch nicht. Über dich, der diesen Namen tragen musste, es aber nicht wollte. Über deinen Bruder, der nicht so heißen durfte. Und jetzt rettest du dich in kuriose Splatter-Effekte und hältst dich selbst fein raus aus der Geschichte. Das ist ja wohl das Letzte!"

„Das stimmt nicht", verteidigte sich Jerome. „Ich habe mich wirklich bemüht! Ich habe das letzte Kapitel sogar in Ich-Form geschrieben, falls dir das nicht aufgefallen ist. Ich habe auch nie behauptet, dass ich das kann. Ich wollte überhaupt nicht. Wie gesagt – meine leeren Tage, die ich irgendwie füllen musste ..."

„Egal. Roman leider scheiße. Nochmal von vorn."

„Liebe alte Wahrsagerin", flehte Jerome, „sei bitte nicht so streng! Ich weiß ja selbst, dass noch nicht alles stimmt. Aber lass mich doch erst einmal die ganzen zappelnden Enden der Geschichte zusammenbinden. Provisorisch. Ich will einfach mit einem gewissen Stolz sagen können: seht her, ich hab's geschafft!"

„Na gut", sagte die Wahrsagerin, „wenn dir das so viel bedeutet. Versuch's."

„Also", begann Jerome. „Die Martin B. wird evakuiert. Alle verlassen den Thronsaal und eilen zum Hubschrauberlandedeck."

„Stopp!", unterbrach die Wahrsagerin. „Was ist mit Onkel Hiero? Du kannst ihn nicht einfach pulverisieren und aus der Geschichte verschwinden lassen! Er ist die heimliche Hauptfigur des Romans! Und dass ich meinem Schwiegersohn nicht begegnen darf, ist auch schade."

„Ja, aber das Schiff wird gleich explodieren. Keine Zeit für irgendwelche Exkurse. Wir brauchen jetzt Tempo. Später, wenn alles vorbei ist, können wir eine Nachbetrachtung machen. Ich weiß auch schon, wo."

„Ich werde dich daran erinnern." Die Wahrsagerin zündete sich die nächste Senoussi an. „Weiter."

„Wir stehen also alle frierend am Landekreuz. Dort ist

immer noch Brunhilds Black little Rooster geparkt. ‚Da bist du ja, mein Kleiner!‘, ruft Brunhild und tätschelt dem Heli zärtlich die Kanzel.

Stefan und Jürgen lassen Prothoe nicht aus den Augen. Aber sie verhält sich ruhig, weiß, dass sie verloren hat.

Nach einer guten halben Stunde erscheint tatsächlich ein gigantisches Luftschiff über der Martin B.: der Extreme Cargo Lifter. Potemkin steht in riesigen Lettern auf der Hülle des Zeppelins.

‚Auf meinen alten Freund Sergej ist eben Verlass‘, sagt Stefan.

‚Kann ich vielleicht mit?‘, fragt Prothoe kleinlaut.

‚Warum sollten wir ausgerechnet Sie mitnehmen, Fräulein von Zahnd?‘

‚Ich weiß nicht wohin. Und irgendwie gehöre ich doch auch zur Familie. Bitte!‘

Stefan sieht Jürgen an, Jürgen nickt. Brunhild zögert kurz und nickt ebenfalls.

‚Einverstanden, Sie können mitkommen‘, sagt Stefan. ‚Ach, fast hätte ich's vergessen - wir müssen ja noch die Besatzung aus ihrem Dornröschenschlaf wecken!‘

Er nimmt den Infraschall-Transponder zur Hand.

‚Nicht nötig‘, sagt Prothoe. ‚Die habe ich bereits von Bord geschickt, bevor ihr die Martin B. geentert habt. Bis auf – o Gott, die beiden wachhabenden Offizierinnen sind noch auf der Brücke! Bitte unternehmen Sie etwas!‘

‚Kein Problem!‘

Stefan betätigt den Transponder. Kurz darauf stolpern zwei verschlafen aussehende junge Frauen in blütenweißen Marineuniformen auf das Landedeck.

‚Guten Abend, meine Damen!', sagt Jürgen. ‚Ich denke, wir sind jetzt vollzählig.'

Eine Sirene heult auf.

‚Ah!', ruft Stefan. ‚Sergej verliert keine Zeit!'

Von der Potemkin wird eine Rettungsgondel herabgelassen. ‚Einsteigen bitte!', kommandiert eine Stimme.

‚Seids mir net bös, aber ich nehm den Rooster!', ruft Brunhild, schwingt sich in ihren Heli und knattert vom Schiff.

An Bord der Potemkin begrüßt Kommandant Sergej Andropov die Geretteten. Ein Tablett mit Wodka kreist. Sergej hat eine auffallende Ähnlichkeit mit Maurice Reval, dem französischen U-Boot-Kapitän.

Kurz nachdem die Potemkin abgedreht hat, verwandelt sich die Martin B. in einen riesigen Feuerball. Die Druckwelle der Explosion lässt das Luftschiff erzittern. Meroe weint hemmungslos.

‚Ich bin froh, dass es vorbei ist', sagt Prothoe.

‚Ist euch klar, dass da unten gerade ein kleines Tschernobyl stattfindet?', frage ich.

Prothoe lächelt milde. ‚Du übertreibst. Der Atomreaktor ist erstklassig verkapselt und hat sich zuverlässig abgeschaltet. Niemand wird je davon erfahren.'

Sergej pflichtet ihr bei. ‚Was glauben Sie, wie viele russische Atom-U-Boote auf dem Grund des Eismeers liegen, ohne Schaden anzurichten.'

Ich will gerade zu einer Erwiderung ansetzen, als sich Brunhild über Funk meldet: ‚Wann treffen wir wieder zusamm'? Over.'

‚Um die siebente Stund' auf dem Eiland Lütt Ui. Over',

antwortet Sergej, und ich verzichte darauf, wegen des Atomreaktors nochmal nachzuhaken.

Das stolze Luftschiff Potemkin nimmt Kurs auf Lütt Ui."

## 44

„Lütt Ui? Was geschieht denn dort gerade?", fragte die Wahrsagerin.

„Lütt Ui? Äh –" Jerome überlegte einen Moment. „Auf Lütt Ui hat Ralf nach Horst Ausschau gehalten und ihn schließlich am Findling sitzend gefunden. Er nimmt den sich anfangs sträubenden Kameraden in den Arm und spendet ihm Trost. Horst gibt seinen Widerstand auf. Alles ist gut. Dieter kommt hinzu. Er verspricht, sich künftig mit seinen überbordenden Einfällen etwas zurückzuhalten.

Ein Rousseau'sches Idyll hat auf Lütt Ui Einzug gehalten. Es ist immer noch erstaunlich mild. Alles auf der kleinen Insel befindet sich im Einklang mit der Natur. Die Namenlosen haben ihre dunklen Anzüge längst abgelegt; sie bereiten sich Tee aus Strandhafer und Hagebutten, sprechen freundlich mit den Möwen und Seeschwalben, die ihnen weiterhin Fische und Meeresfrüchte bringen. Ihre silbernen Colts und die anderen Waffen haben die ehemaligen Krieger unter achselzuckender Duldung von Ralf, Horst und Dieter symbolisch bepinkelt und danach in den Dünen vergraben.

,Schaut mal!', ruft Dieter.

Ein Segelschiff mit einer zierlichen, barbusigen Galionsfigur nähert sich der Insel. Es sind die von der Martin

B. evakuierten Amazonen. Anfangs noch etwas zurückhaltend, feiern sie schon bald mit den Namenlosen das ohnehin fällige alljährliche Fruchtbarkeitsfest. Mit allem Drum und Dran. Ralf und Horst sind, ebenso wie die meisten Seevögel, peinlich berührt und lehnen eine Teilnahme ab. Dieter allerdings lässt sich nur mit Mühe abhalten.

Am Strand von Lütt Ui verschmelzen die Amazonen mit den Namenlosen zu einer stöhnenden, konvulsivisch zuckenden Körperlandschaft, und weil die Amazonen in dieser Saison gnädig gestimmt sind, überleben die meisten Namenlosen sogar die Küsse und Bisse des Zärtlichkeits-Tsunamis, der an diesem außergewöhnlichen Januartag über sie hereinbricht.

Als die Potemkin auf Lütt Ui eintrifft, gehen nur Ralf, Horst und Dieter an Bord. Die Amazonen und die Namenlosen beschließen, auf der Insel zu bleiben und ein sensationelles, neues Menschengeschlecht zu begründen. Die Möwen, Seeschwalben und Austernfischer reagieren entsetzt. Etliche von ihnen wandern auf der Stelle aus, das ist ja nun wieder möglich, nachdem die elektronische Sperre über Lütt Ui aufgehoben ist.

Ralf, Horst und Dieter winken aus der entschwebenden Gondel.

,Wir kommen wieder! Ganz bestimmt!', rufen sie den wenigen Seevögeln zu, die es trotz der befremdlichen Orgie vorgezogen haben, auf Lütt Ui zu bleiben.

,Quak, quak, großer Quark', krächzen die Möwen, Strandläufer und Austernfischer traurig, ,nie im Leben kommt ihr wieder!'

Spontan will sich Dieter zurück auf die Insel stürzen,

aber Ralf zieht ihn im letzten Moment wieder in die Gondel. ‚Du bleibst hier. Basta!'

Unter dem Bauch des Zeppelins hängen sicher vertäut die Ju 52 und der Fieseler Storch. Es hat sich gut getroffen, dass die Potemkin das größte Schwerlasten-Luftschiff der Welt ist.

‚Auch schön, wenn man mal selbst nichts tun muss', sagt die Tante Ju zum Fieseler Storch.

In der Passagiergondel der Potemkin ploppen während der Fahrt die Korken aus den Krimsekt-Flaschen. Ein leiernder alter Kassettenrekorder spielt Kalinka und andere russische Volkslieder, hauptsächlich aber Kalinka.

Brunhild in ihrem Black little Rooster umkreist den Extreme Cargo Lifter wie eine übermütige Hummelkönigin auf Hochzeitsreise. Sie meldet sich noch einmal über Funk: ‚Habe gerade eine Nachricht von Jeff Bezos bekommen. Counter-H wird mit sofortiger Wirkung aufgelöst. Die Organisation H ist besiegt und die Geschäftsgrundlage somit entfallen. Over.'

## 45

Sergej Andropov legt eine fast perfekte Landung auf dem alten Flugplatz von Hanna Reitsch hin, und nachdem die Ju, der Fieseler Storch und die Potemkin in Parkposition gebracht sind, fällt die schon etwas berauschte Gesellschaft fröhlich lärmend in den Letzten Hangar ein.

An einem kleinen Tisch in der hintersten Ecke, unter einem welken, verstaubten Lorbeerkranz, sitzt schon Dr. Adenauer. Er hat eine Verabredung mit der Wahrsagerin, die ihn aber offenbar versetzt hat. Dr. Adenauer ist etwas angetrunken und singt leise vor sich hin: ‚Heile heile Mausespeck, in hundert Jahr'n ist alles weg.'

‚Grüß mir die Sonne, liebste Hanna!', ruft Ralf in das vertraute Dämmerlicht des Letzten Hangars. ‚Wir haben dir die alte Tante Ju zurückgebracht, versprochen ist versprochen. Und den Fieseler Storch auch. Alles ist heilgeblieben. Bis auf ein paar unbedeutende Beulen. Beim Storch sind möglicherweise die Zündkerzen etwas verölt.'

‚Zündkerzen verölt? Ein paar Beulen?!' Hanna Reitsch lässt eine Schimpfkanonade vom Stapel, die sich gewaschen hat. ‚Ihr Dilettanten! Ihr nichtsnutzigen Amateure!'

‚Nun komm mal wieder runter, Hanna', versucht Horst sie zu beruhigen.

‚Komm mal wieder runter?!', schreit Hanna. ‚Weißt du, was es heißt, einer alten Fliegerin zu sagen: komm mal runter?! Du vollkommener Idiot!'

‚Der Horst meint es doch nicht so', sagt Ralf. ‚Jetzt reich uns erstmal ein paar Fläschchen Heineken rüber.'

‚Und Kleingeld für den Musikautomaten!', ruft Dieter."

Jerome hielt inne und atmete tief ein und wieder aus.

„So, meine liebe Wahrsagerin. Das Lied, das Dieter jetzt drückt, darfst du dir aussuchen."

Die Wahrsagerin überlegte einen Augenblick und sagte dann: „Ich wünsche mir ‚Are you lonesome tonight' von Elvis Presley."

„Okay. Dann drückt Dieter also ‚Are you lonesome tonight'. Elvis singt, die Band begleitet in gemächlichem Dreivierteltakt.

Dr. Adenauer schunkelt mit der Wahrsagerin, die sich

aus der Mitte des Lorbeerkranzes hinunter an den Tisch gewunden hat."

„Was soll ich denn da plötzlich? Lass mich da raus!", protestierte die Wahrsagerin.

„Irgendwo musst du aber sein", sagte Jerome. „Du hast dich selbst in die Geschichte zurückgebeamt. Und der Thronsaal, wo du auch schon nichts zu suchen hattest, ist leider mit der Martin B. in die Luft geflogen."

„Also gut", seufzte die Wahrsagerin, „dann schunkele ich eben mit Dr. Adenauer. Ich war ja ohnehin mit ihm verabredet."

„Danke, liebe Wahrsagerin. Das erleichtert vieles.
Elvis singt:

‚Is your heart filled with pain

Shall I come back again?

Tell me dear, are you lonesome tonight?'

Meroes feuchte Rehaugen suchen Prothoe. Ihre Lippen beben. Aber Prothoe ignoriert sie, kippt mit Sergej einen Wodka nach dem anderen.

Brunhild und Hanna Reitsch sprechen dem Danziger Goldwasser zu, das Hermann Göring einstmals gestiftet hat, befeuern sich gegenseitig mit Sprüchen wie ‚Auf einem Bein kann man nicht stehen', ‚Aller guten Dinge sind drei' oder ‚Eine vierfache Schnur hält besser'.

Stefan steht neben Horst am Tresen. Beiden nippen an ihrem Heineken und schweigen.

‚Bist du Horst?', fragt Stefan schließlich.

‚Jawohl', antwortet Horst, ‚ich bin Horst.'

‚Mein Junge!' Stefan prostet seinem Sohn zu. ‚Schön, dich wiederzusehen.'

‚Ich finde es auch schön‘, sagt Horst.

Es entsteht ein Pause. Elvis murmelt:

‚You know someone said
That the world is a stage
And each must play a part.‘

‚Entschuldige, dass ich mich so lange nicht gemeldet habe‘, sagt Stefan. ‚Ehrlich gesagt, habe ich mich erst durch meinen Freund Jürgen, der auf der Suche nach seinem Bruder war, wieder an dich erinnert. Nichts für ungut, mein Junge.‘

‚Kein Problem.‘

‚Wie ich höre, hast du eine ähnliche berufliche Laufbahn eingeschlagen wie ich.‘

‚Das stimmt. Der Apfel fällt nicht weit vom Stamm.‘

‚Wie geht es Laura, deiner Mutter? Habt ihr noch Kontakt?‘

‚Nein. Sie ist nach dem Desert-Triathlon in den Staaten geblieben.‘

‚Und du?‘

‚Mich hat sie in ein Flugzeug gesetzt und zurück nach Deutschland geschickt.‘

‚Allein?‘

‚Allein.‘

‚Wie bitter. Und dann?‘

‚Kinderheim.‘

‚Das tut mir leid.‘

‚Muss es nicht. Ich hätte sonst bei Mama und Onkel Jim bleiben müssen. Das wollte ich auf keinen Fall.‘

‚Onkel Jim?‘

‚Muttis Geliebter. Wusstest du das nicht?'

‚Nein.'

‚Sie hatte mir verboten, darüber zu reden. Aber jetzt kann ich es dir ja ruhig sagen.'

‚Gut, dass ich erst heute davon erfahre. Damals hätte ich mich möglicherweise unangemessen verhalten.' Stefan grinst. ‚Horst Widerborst. So haben Laura und ich dich früher immer genannt.'

‚Ich erinnere mich. Horst Widerborst. Das hängt mir bis heute an.'

‚Du warst nicht einfach. Ein sehr jähzorniger Junge.'

‚Ich wollte so nicht sein. Habe mir sogar einen anderen Namen zugelegt. Aber es hat nicht funktioniert. Man soll nicht auf Flugzeuge hören.'

‚Was meinst du damit?'

‚Hast du das noch nie erlebt? Sprechende Flugzeuge?'

‚Ehrlich gesagt, nein.'

‚Ist auch nicht so wichtig. Jedenfalls – ich bin wer ich bin. Ich bin Horst. Und das ist gut so.'

‚Glückwunsch, mein Sohn. Das ist die richtige Einstellung. Wir sollten in Verbindung bleiben. Besuch mich doch mal. Mein Haus ist groß genug.'

‚Vielleicht komme ich eines Tages darauf zurück. Aber ich verspreche dir besser nichts', sagt Horst.

Elvis singt:

‚And if you won't come back to me

Then make them bring the curtain down.'

Neben der Musikbox schwoft Dieter mit einer Sektflasche.

# 46

Jürgen und ich in der leeren, nur schwach erleuchteten Flugzeughalle. Der Fieseler Storch und die Tante Ju hatten darum gebeten, noch ein wenig draußen bleiben zu dürfen. Durch die Schiebetür, die einen Spalt geöffnet ist, wehen Musikfetzen aus der Kneipe.

Jürgen betrachtet mich lange. ‚Mir scheint, unser Lakritzkuss auf der Martin B. war ein Bruderkuss', sagt er dann.

‚Richtig', bestätige ich. ‚Es war ein Bruderkuss.'

‚Die Geschichte mit dem Ritter tut mir übrigens leid', sagt Jürgen. ‚Und alles andere auch.'

‚Schwamm drüber', erwidere ich.

‚Was ist mit unseren Eltern?', will Jürgen wissen.

‚Liegen schon lange auf dem Friedhof. Direkt neben unserem leeren Grab.'

‚… Hieronymus Prinz, 1945 vermisst in Ostpreußen. Richtig. Ich erinnere mich.'

‚Irgendwie ist das Grab jetzt endlich bewohnt. Ein beruhigender Gedanke, findest du nicht?'

Jürgen schaut mich wieder lange an. ‚Wie wär's?', fragt er. ‚Willst du nicht wieder Hieronymus heißen? Jetzt, nachdem das Schicksal unseres Onkels geklärt ist und wir miteinander versöhnt sind?'

‚Ich überleg's mir', antworte ich. ‚Aber was wirst du tun, Jean Gabin? Bleibst du hier?'

‚Nein. Meine Mission ist erfüllt. Ich fliege morgen nach Indochina zurück. Deutschland ist mir zu kalt und zu nass. Schau mal!' Jürgen zieht sein Telefon aus der Hosentasche und zeigt mir ein Foto. Auf ihm ist Ban Liu zu sehen. Er lacht, trägt einen Kranz aus bunten Blüten um den Hals und hält einen großen Sägefisch an der Schwanzflosse in die Kamera. Hinter ihm das blaue Meer.

‚Kannst du mir irgendeinen Grund nennen, warum ich in Deutschland bleiben sollte?‘, fragt Jürgen.

‚Nein‘, erwidere ich, ‚das kann ich nicht.‘

Jürgen steckt sein Telefon wieder ein. ‚Und du? Was wirst du tun?‘

‚Ich gehe morgen beim Unterländer Anzeiger vorbei und frage, ob sie etwas für mich haben. Außerdem muss ich dringend einkaufen. Mir fehlen Kaffee und noch ein paar andere Sachen.‘

Wir umarmen uns.

‚Jürgen!‘

‚Hieronymus!‘

# 47

Ralf ist nach draußen gegangen. Er will allein sein. Die Harmonieseligkeit drinnen im Lokal geht ihm auf die Nerven.

Vor dem Letzten Hangar steht immer noch der rote Minolta XRS. Ralf öffnet die Fahrertür, setzt sich hinter das Lenkrad, stellt die Lehne des Sitzes etwas nach hinten und zündet sich ein Zigarillo an.

Warum mache ich das alles eigentlich, seufzt er.

Das Display leuchtet auf, die Schnecke kriecht aus ihrem Haus und hustet affektiert. ‚Bedaure, dies ist leider ein Nichtraucherfahrzeug‘, sagt sie.

Ein selten blödes Auto, denkt Ralf und macht Anstalten, wieder auszusteigen.

Die Schnecke hält ihren Kopf etwas schief, lässt die Fühler hängen und stellt sie gleich wieder auf.

‚Aber wir wollen heute mal nicht so sein‘, flüstert sie. ‚Wohin soll's denn geh'n, Compañero?‘

Ralf lächelt. Die Schnecke lächelt zurück. Im nächsten Moment verschwindet das Lächeln wieder aus Ralfs Gesicht.

‚Maul halten. Irgendwohin‘, knurrt er, drückt den Starterknopf und gibt dem roten Minolta XRS die Sporen.

Irgendwo hat er gelesen, dass eine Blitzeinschlag-Schnellladung für ein ganzes E-Autoleben ausreicht.

## 48

Im Letzten Hangar setzt sich Irmela zur Wahrsagerin an den Tisch. Dr. Adenauer hängt schief auf seinem Stuhl, er ist eingenickt. Sein Mund steht offen, die pergamentene Haut spannt über den Wangenknochen.

‚Wenn ich das richtig sehe‘, sagt Irmela, ‚dann bist du meine Urgroßmutter.‘

‚Das siehst du vollkommen richtig‘, antwortet die Wahrsagerin.

‚Jetzt ist mir auch klar, von wem ich meine übersinnlichen Fähigkeiten geerbt habe. Die allerdings in letzter Zeit stark nachgelassen haben.‘

‚Sei froh!‘, sagt die Wahrsagerin. ‚Man kann damit ganz ordentlich Geld verdienen. Aber häufig sind diese so genannten speziellen Fähigkeiten auch einfach nur lästig. Alles schon im Voraus zu wissen, scheinbar unverrückbare Dinge zu verrücken, in andere Identitäten schlüpfen – so toll ist das auf die Dauer nicht. Es macht eigentlich nur müde.‘

‚Wem sagst du das!‘ Irmela lacht. ‚Eine Zeitlang habe ich sogar geglaubt, ich sei eine Wiedergängerin der Jungfrau von Orléans. Ziemlich fies. Der Scheiterhaufen und all das.‘

‚In mir steckte für ein paar Jahre die Tänzerin Anita Berber. Eine ganz wilde Hummel. Das war auch nicht immer angenehm. – Vorsicht, Dr. Adenauer!‘

Der Altbundeskanzler droht vom Stuhl zu rutschen, Irmela erwischt gerade noch den Ärmel seines Jacketts.

‚Was wirst du tun, jetzt, nachdem die Organisation Counter-H aufgelöst ist?‘, fragt die Wahrsagerin.

‚Ich weiß noch nicht genau‘, antwortet Irmela. ‚Vielleicht heuere ich bei Astro-TV an. Die haben mir vor einiger Zeit ein ziemlich gutes Angebot gemacht. Lockerer Job. Wie wär's – wir zu zweit? Die alte und die junge Seherin?‘

‚Nein danke. Ich setze mich endgültig zur Ruhe. Nach der ganzen Aufregung, die ich wegen diesen Familiengeschichten – hoppla!‘

Dieter, schwer betrunken, ist mit seiner Sektflasche an den Tisch gestoßen.

‚Tschuldigung – wollte nicht stören!‘

‚Kein Problem.‘

Dieter torkelt weiter. Er lallt:

‚Hinab glitt ich die Flüsse, von träger Flut getragen,
da fühlte ich: es zogen die Treidler mich nicht mehr.
Sie waren, von Indianern ans Marterholz geschlagen,
ein Ziel an buntem Pfahle, Gejohle um sich her.'

## 49

Dieters dionysische Rezitation mischt sich mit dem Gesang von Elvis, der plötzlich aus unerfindlichen Gründen
in Gelächter ausbricht und nicht mehr in den Refrain seines Liedes zurückfindet. Jedesmal, wenn er glaubt, wieder
in der Spur zu sein, schüttelt ihn ein neuer Lachanfall.

‚Are you lonesome tonight' endet irgendwie; der Greif-
arm im Innern der Musikbox bugsiert die Single vom Plat-
tenteller und befördert sie wieder ins Magazin.

Ein buntes, zitterndes Hologramm erscheint unter der
Glaskuppel des Musikautomaten. Es ist der kahle, alters-
fleckige Schädel von Onkel Hiero.

‚Wollte euch nur schnell Auf Wiedersehen sagen, bevor
ich endgültig abtrete.'

Seine Stimme klingt wie die Sprachausgabe eines sehr
alten Elektronengehirns.

‚Good bye Spiegelei Paraguay!'

Onkel Hieros Schädel verwandelt sich in einen flim-
mernden Sternenregen und verschwindet.

## 50

Und?", fragte Jerome. „Zufrieden?"

Die Wahrsagerin zog an ihrer Senoussi, blies den

schweren, süßlichen Rauch der Orient-Zigarette (1,3 Milligramm Nikotin, 22 Milligramm Teer) durch Mund und Nase in die Luft, und schwieg.